JN412999

칠복신의 환영

김이수
장편소설

칠복신의
환영

나무옆의자

차례

프롤로그

"내가 꼴찌는 아니지?"

연구소 문을 밀고 들어온 사토루가 패딩에 묻은 눈을 떨어냈다. 아침엔 진눈깨비였던 것이 지금은 함박눈으로 변해 창틀 위에 소복이 쌓여갔다. 창밖 주차장은 마치 하얀 담요를 덮어놓은 듯했다.

"3월에 눈이 이렇게 쌓이다니 기후가 이상해졌어."

히데오가 손을 들어 사토루를 반겼다. 사토루의 안경은 난방 때문에 금세 뿌옇게 변했다.

"인류세를 불러온 건 우리 인간이야. 화석연료가 지구를 질식시켜버렸어. 이건 어디에 놓을까?"

사토루가 캔 맥주가 든 비닐봉지를 들어 올렸다.

"테이블 위에 올려놔. 스미레만 오면 바로 시작할 거니까."

"오늘로써 이 지긋지긋한 연구실과도 굿바이구나."

귀밑에 구레나룻이 가득한 다이치가 의자 뒤로 고개를 젖히고 기지개를 켰다.

"다이치, 너 진짜 오사카로 갈 거야?"

회의용 테이블에서 커피를 마시던 시노부가 웃으면서 물었다.

"당연하지. 히타치에서 좋은 조건을 제시했어. 연구 시설도 좋고, 사택도 주고, 연봉도 괜찮고, 안 갈 이유가 없지. 여기 이쓰쿠바 촌구석에서 썩는 것보다야 훨씬 낫지."

다이치가 턱으로 노부키를 가리켰다. 그러거나 말거나 노부키는 파란 코드가 흐르는 모니터 화면에 집중하고 있었다.

"그래도 우리 중 한 명이 남는다니 다행이야. 가끔 놀러 올 수도 있고."

슌이치가 책상에서 일어나 시노부 옆에 앉았다. 그러자 하나둘 회의용 테이블로 모여들었다.

"미안, 미안! 내가 너무 늦었지?"

스미레가 호들갑을 떨며 들어왔다.

"괜찮아. 사토루도 지금 막 왔어. 눈 때문에 길이 많이 막히지?"

"응, 장난 아니더라. 근데 눈 때문은 아니고, 사사키 교수님 방에 들렀다가 오느라고."

그녀가 목에 감은 머플러를 풀며 호흡을 가다듬었다.

"거긴 왜?"

"우리끼리 졸업 파티한다니까, 와인 주셨어. 짜잔."

스미레가 노란 리본이 달린 쇼핑백을 번쩍 들어 올렸다.

"와, 맥주에 사케에 와인까지. 오늘은 좀 달려야겠는걸."

술꾼인 다이치가 활짝 웃으며 술병들을 테이블 위에 나란히 늘어놓았다.

"피자하고 치킨도 꺼내놓을까? 배고파 죽겠어."

히데오가 탕비실을 향해 고개를 돌렸다. 조금 전 배달된 피자와 치킨이 싱크대 위에 있었다.

"그래, 다들 왔으니까 시작하지. 그건 뭐야?"

다이치가 와인 옆에 있는, 예쁘게 포장된 선물 꾸러미를 가리켰다.

"응, 이건 내가 준비한 졸업 선물이야."

스미레가 포장을 풀고 내용물을 꺼냈다.

"푸하하하. 너무 귀여운데. 시치후쿠진(칠복신七福神, 일본 민간 신앙에서 섬기는 일곱 신으로 행운이나 복과 관련이 있음) 아냐?"

히데오가 일곱 개의 인형 중 하나를 집어 들었다.

"역 앞에 있는 가게에서 샀어. 우리가 일곱 명이니까, 하나씩 나눠 가지려고."

"선물 이야기는 나중에 하고, 일단 알코올부터 투입하자. 술고파 죽겠다."

성질 급한 다이치가 탕비실로 가서 피자와 치킨을 한꺼번에 들고 왔다.

"거기 과자하고 귤도 있을 거야. 종이컵도 좀 가져오고."

시노부의 말에, 컴퓨터에 매달려 있는 노부키를 제외하고 다들 분주하게 움직이기 시작했다.

"노부키, 너도 게임 그만하고 이리 와."

"잠깐, 커밋만……."

"쟤, 뭐 하고 있는 거야? 게임? 닌텐도에서 스카우트 제의도 왔다며?"

히데오가 사람 수에 맞게 일회용 접시를 늘어놓았다.

"그런데도 그냥 연구실에 남기로 했나 봐. 사사키 교수님 정년이 3년 남았잖아. 버티고 있으면 기회가 올 거라고 생각한 거지. 넌 진짜 후쿠시마 촌구석으로 내려갈 거야?"

시노부가 옆에 젓가락을 내려놓으며 물었다.

"아버지가 편찮으시니 어쩌겠어. 장남인 내가 가업을 물려받아야지."

"히로시가 이어받는다고 하지 않았어?"

"그 새낀 웹툰 작가가 되겠다고 도쿄로 도망갔어. 그놈 때문에 아버지 건강이 더 나빠지는 것 같아."

"잡담 그만들 하고 파티를 시작하자. 다들 잔부터 채워. 건배하게."

'술이 고픈' 다이치가 종이컵을 나누어주며 재촉했다.

"와우, 이겼다!"

노부키가 두 손을 번쩍 치켜들었다. 모두의 시선이 노부키에게로 향했다. 노부키가 의기양양하게 테이블로 와서 맥주 캔을 따더니 쭉 들이켰다.

"야! 아직 건배도 안 했어."

"어, 그래. 쏘리, 쏘리."

노부키가 캔에서 입을 떼고 남은 맥주를 종이컵에 따랐다.

"자, 다들 잔 채웠으면 건배하자. 계산과학연구센터의 발전과 우리의 새로운 출발을 위하여!"

다이치가 선창하자 나머지 여섯 명도 잔을 들어 올렸다.

"너희, 비트코인이라고 들어봤어?"

단숨에 잔을 비운 노부키가 흥분한 목소리로 말했다.

"알아. 사토시 나카모토라는 미스터리한 인물이 만든 P2P 디지털 화폐잖아. 작년에 첫 블록 캐고, 소스도 공개했고."

사토루가 종이컵을 내려놓고 피자 한 조각을 집었다.

"오호 제법인데. 다이치, 너 작년 가을에 오사카에서 열린 '5개 국립대학 전자공학과 정기 세미나'에 갔던 거 기억나지?"

"그럼 기억나지. 그때 나랑 너랑 사사키 교수님 모시고 참석했잖아. 거기서 히타치 관계자한테 스카우트 제의를 받았는데, 당연히 기억하고말고."

히타치 이야기가 나오자 다이치가 싱글벙글거렸다.

"그날 저녁 뒤풀이 시간 때 사사키 교수님이 취하는 바람에 네가 모시고 호텔로 먼저 갔고 나는 남은 애들하고 한잔 더 하러 갔잖아."

"나도 남아서 한잔 더 하고 싶었는데……."

다이치가 아쉬운 표정으로 고개를 끄덕였다.

"거기서 사토시 논문 이야기가 나와서 한참 토론했거든. 뒤풀이 끝날 무렵에, 기무라가 누가 비트코인을 많이 캘지 내기하자고 제안했어."

"'게임 확률 통계' 논문을 썼던 교토대 기무라 말하는 거야?"

"너도 알아? 걔가 그런 거 엄청 좋아하잖아. 다들 술에 취해 있던 터라 분위기를 타고 동의했지. 우승한 사람한테 비트코인을 전부 몰아주고, 부상으로 다음 세미나 뒤풀이 때 술값 면제 특권까지 주기로 말이야."

기분이 고조된 노부키가 침을 튀겨가며 열심히 떠들었다.

"비트코인? 그게 뭔데? '코인'이면 돈인 거야?"

슌이치가 호기심 어린 표정으로 관심을 보였다.

"게임 시장용 화폐 중 하나겠지. 게임에 환장한 남자애들을 노린 득템 화폐라고 보면 될 거야."

스미레가 한심하다는 눈빛으로 남자 동료들을 훑어봤다.

"스미레, 너 사토시 논문을 안 읽어봤구나! 이건 암호화 체인 기술이야. 중앙은행이나 정부 간섭 없이 개인 간에 자유롭게 거래할 수 있는 진짜 획기적인 기술이라고. 게임 머니랑은 완전 달라."

노부키가 벌컥 화를 내며 반박했다.

"그러니까, 그게 돈이 되는 거냐고."

"미래에는 화폐로 쓰일 가능성이 있기는 하지. 한 10년 뒤에 이 피자 정도는 사 먹을 수 있을 거야."

다이치가 손에 든 피자를 흔들며 웃었다.

"그래서 여태까지 컴퓨터에 매달려 있던 거야? 결과는 어떻게 됐어?"

"처음엔 연구실 공용 워크스테이션이랑 노트북으로만 채굴했어. 그런데 기무라가 대학원 클러스터의 전 노드를 예약해서 블록을 긁어 간다는 거야. 그 얘길 듣고 확 오기가……."

"설마……."

스미레가 손으로 입을 틀어막았다.

"맞아. T2K-Tsukuba 자원을 좀 썼지."

"미쳤어? 슈퍼컴으로 그런 장난을? 사사키 교수님이 알면 어떡하려고!"

"걱정 마. 작업로그는 내가 싹 로테이트했어. 그리고 난 여기 계속 남아 있을 거잖아. 나만 그런 게 아니더라. 다른 애들도 학교 컴퓨터를 돌려서 엄청 캤더라고."

"그 비트코인이라는 건 얼마든지 캘 수 있는 거야?"

호기심이 동한 슌이치가 계속 질문을 던졌다.

"지금 네트워크 난이도는 '1.00'이야. 블록당 50개고 하루에 144블록이 생성되니까, 매일 비트코인 7,200개가 채굴 가능하지."

"넌 얼마나 캤는데?"

"조금 전에 결과가 나왔는데, 한번 볼래?"

노부키가 득의양양해서 콘솔을 띄웠다.

"짜잔!"

모니터에 초록색 글자가 천천히 떠올랐다.

교토대	기무라	58,204 개
오사카대	기쿠치	40,162 개
도쿄공대	무사시	31,184 개
나고야대	쇼이치	34,181 개
쓰쿠바대	노부키	88,188 개

총합: 251,919 개

일순 연구소 안이 조용해졌다. 윙 하는 난방기 팬 소리만 들렸다.

"야! 네가 일등이잖아? 해시 절반은 삼켰어."

흥분한 다이치가 테이블을 쾅 쳤다. 노부키가 어깨를 으쓱했다.

"T2K를 밤마다 돌렸지. 학교 명예가 걸렸는데 질 순 없잖아?"

화면을 보는 노부키의 입꼬리가 계속 위로 올라갔다.

"명예는 개뿔. 지들끼리 재미로 게임하듯 한 거면서."

스미레가 코웃음을 쳤다.

"게임은 무조건 이기고 봐야지. 기분이다! 졸업 선물로 3만 개씩 쏜다! 프라이빗키로 줄 테니 주소 불러."

"입막음용? 그 정도론 약해. 내일 교수님께 바로 보고 들어 간다."

히데오가 짓궂은 표정으로 노부키를 협박했다.

"야, 시노부. 네 피자 한 조각에 내 비트코인 3만 개, 어때? 콜?"

다이치가 시노부의 접시를 노리며 손을 뻗었다.

"노, 내 피자는 불가침 영역이야."

시노부가 두 손으로 접시를 가렸다.

"그럼 내 피자랑 바꾸자."

슌이치가 자신의 접시를 다이치에게 건넸다.

"슌이치, 자판기에서 캔 커피 하나만 뽑아줘. 블랙으로. 그럼 내 것도 줄게."

사토루도 장난스럽게 웃어댔다.

"다들 너무한 거 아냐? 그래도 노부키가 우리 대학의 명예를 지키면서 힘들게 마련한 선물인데."

"난 즉물적인 놈이라 실체가 있는 스미레, 네 선물이 더 좋아. 이 다이호쿠텐大黑天은 내가 가질게."

사토루가 복주머니와 방망이를 든 인형을 집어 들었다.

"에비스惠比須는 내가 가질게."

히데오도 아까 잡았던, 낚싯대를 든 인형을 집었다.

"이 비샤몬텐多聞天은 딱 내 스타일인데, 전투력이 높아 보이잖아."

성격이 괄괄한 다이치가 갑옷을 입고 투구를 쓴 인형을 잡았다. 그러자 슌이치가 주로진壽老人, 시노부가 호테이布袋를 집었다.

"너희들한테 서프라이즈 선물하려고 내기 결과를 오늘로 잡았는데, 비트코인보다 이 목각 인형이 더 인기라니……. 해시가 울겠다."

노부키가 후쿠로쿠주福祿壽를 집으며 투덜댔다.

"우리 그러지 말고 비트코인을 공용 지갑 하나에 몰아넣고 여기에 각자 비밀번호를 적는 거야. 일종의 키를 만드는 거지."

스미레가 마지막 남은, 비파를 든 벤자이텐辨才天을 가리켰다. 나무 인형은 밑면이 곱게 갈려 있어 글자를 쓰기에 적당했다.

"에비스부터 호테이까지 칠복신 일곱 개가 모이면 암호가 완성되는 거지. 그러면 비트코인과 키를 우리가 공동 관리하는 셈이 되는 거야. 지금이 2010년이니까, 7년 후인 2017년 3월 14일에 여기서 다시 만나는 거야. 노부키 말대로 비트코인이 가치를 인정받게 되면 그때 나눠 가지는 거지, 어때?"

"그거 재밌겠는걸, 꼭 보물찾기 같다. 난 찬성이야."

다이치가 손을 번쩍 들었다.

"나도 찬성. 그러니까, 타임캡슐을 심어놨다고 생각하면 되는 거네."

사토루도 고개를 끄덕였다.

"근데, 보관은 어디에?"

"당연히 T2K에 숨겨야지. 그럼 절대 잃어버리지 않을 거야. 노부키가 그때쯤이면 여기 주임교수가 되어 있을 테고. 안 그래, 노부키 교수님?"

히데오의 말에 노부키가 일어서서 두 손을 마주 잡고 아주 능청스럽게 배꼽 인사를 했다.

"근데 비밀번호만 설정하는 건 너무 고전적이지 않아? 우린 최첨단을 달리는 공학도인데, 좀 더 근사한 방법이 없을까?"

"그럼, 아바타 API로 1차 게이트를 씌울까?"

노부키가 컴퓨터로 가서 캡처 카메라를 켰다.

"히데오, 에비스 올려봐."

카메라가 스캔을 시작하자 모니터에 귀여운 에비스 캐릭터가 등장했다.

"이게 히데오의 아바타야. 빌런은 오니鬼(한국의 도깨비에 해당하는 일본의 요괴)로 정하자. 자, 이제 보물을 찾으러 가볼까나? 고! 고! 비트코인!"

노부키가 소리치며 마우스를 클릭하자 "요코소, 에비스 사마"라는 음성과 함께 무시무시한 오니가 나타났다. 에비스 가슴에 비밀번호 입력창이 함께 떴다. 히데오가 검정 유성 펜으로 비밀번호 다섯 자리를 적어 노부키에게 건넸다.

노부키가 엔터 키를 누르자, 에비스가 낚싯대로 사정없이 오니를 내려치기 시작했다. 오니도 방망이로 맞섰지만 속도에서 상대가 안 됐다. 결국 오니가 산산조각이 나면서 '제1관문 통과'라는 자막이 화면에 떴다.

"한번 입력하고 나면 다음부턴 같은 순서로 해야 해. 두 번째는 누가 할래?"

"내가 할게."

사토루가 다이코쿠텐에 숫자와 영문을 섞어 일곱 자리로 비밀번호를 적은 다음 노부키에게 건넸다. 망치를 쥔 다이코쿠텐이 불을 뿜는 드래곤을 산산조각 냈다.

"이거 재미있는데."

다이치가 비샤몬텐을 건네며 웃었다. 다이치의 비샤몬텐은 여섯 자리의 비밀번호로 메두사의 머리를 날려버렸다. 이어 노부키의 후쿠로쿠주는 다섯 자리, 스미레의 벤자이텐도 다섯 자리, 슌이치의 주로진은 여덟 자리로 이루어진 비밀번호를 적었다.

"난 비번을 좀 더 복잡하게 만들어야겠어."

마지막으로 시노부가 비밀번호를 열 자리로 적었다.

"야, 시노부, 너무 많은 거 아냐?"

노부키가 비밀번호를 입력하며 투덜댔다.

"내가 마지막 보루잖아. 당연히 남들보다 어려워야지."

부채를 든 호테이가 침을 질질 흘리는 트롤을 한 방에 날려버렸다. 시노부가 자신의 호테이를 소중하게 집어 들었다.

"이제 타임캡슐 닫는다."

"근데, 비밀번호를 잘못 입력하면 어떻게 되는 거지?"

"기회는 딱 세 번뿐이야. 세 번 틀리면 지갑은 즉시 삭제되고, 코인은 T2K 안에 영구적으로 봉인될 거야."

방 안이 조용해졌다.

"너무 위험한 거 아닐까?"

슌이치가 불안한 목소리로 말했다.

"그러니까 절대 틀리면 안 돼. 각자 칠복신을 소중히 보관해. 한 명이라도 잃어버리면 다 끝장나는 거야."

노부키가 다짐하듯 모두에게 큰 소리로 말했다.

"순서도 있는 거야?"

"그럼, 금방 입력했던 순서대로 일곱 개 칠복신이 관문을 모두 통과해야 지갑을 열 수 있어."

"와! 이걸 해킹하는 건 은행을 터는 것보다 더 어렵겠는걸."

"인형 없이 여는 건 불가능하다고 봐야지. 똑같은 아바타를 생성하려면 인형이 꼭 필요하거든. 한 사람이라도 잃어버리면 안 돼."

"알았어. 우리 집 가보로 잘 보관할 테니까, 이제 졸업 파티 좀 하자. 선물 받다 날 새겠다."

"잠깐! 다들 인형을 나한테 맡겨. 비번을 마킹기로 확실하게 새겨줄게. 그럼 절대 지워지지 않을 거야."

스미레에 말에 모두 칠복신을 내려놓았다.

"새기는 건 나중에 하고 일단 한잔하자!"

"그래, 이제 제대로 마셔보자고. 사사키 교수님이 준 와인으로 건배 한 번 더 하자."

일곱 명이 잔을 채워 중앙 테이블을 둘러쌌다.

"노부키, 네가 건배사 해. 교수님이 되실 몸이니까, 미리 무게 좀 잡아봐."

"좋았어. 이 노부키 교수님께서 한마디 하겠습니다."

노부키가 근엄한 표정으로, 테이블에 모인 친구들과 눈을 한 번씩 맞췄다.

"그럼 건배를 하겠습니다. 7년 후 우리 모두가 건강한 모습으로 이 자리에 칠복신을 갖고 다시 모일 수 있기를 바라면서, 우리의 건강과 미래를 위하여!"

노부키의 선창에 모두가 잔을 높이 들었다.

"그리고 비트코인도 대박 나길……."

슌이치가 수줍은 듯 작은 목소리로 말했다. 슌이치의 말에 모두 웃고 말았다. 7년 후 칠복신을 가지고 다시 모이겠다는 약속은 웃음으로 마무리됐다. 하지만 그들의 장난 어린 선택이 가져올 파급력은 아무도 예측하지 못했다.

1. 영춘, 청부 살인을 마치다

휴, 덥다. 조금 움직였다고 숨이 턱턱 막혔다. 달력은 벌써 가을 문턱인데, 이 빌어먹을 열도는 왜 이리 더운지 모르겠다. 영춘은 편의점 봉투를 고타쓰 위에 던지고 에어컨부터 틀었다. 찬 바람이 나왔지만, 다다미 여섯 장짜리 방을 시원하게 하려면 한참을 기다려야 했다. '후지쯔'라는 상표답게 후지기 이를 데 없었다.

TV 앞에 앉아 삼각김밥과 캔 맥주를 꺼냈다. 아침부터 강제징용자 배상 문제와 관련한 뉴스가 나오고 있었다. 전범 기업 대신 한국 기업들이 출연한 기금으로 대납하는 제3자 변제 안을 한국 정부에서 제안했다는 내용이었다. 한국의 입장 변화에 일본 방송은 '양국 관계 리셋'이라며 환영의 목소리를 높였다.

　대체 우리 정부는 무슨 생각으로 이런 말도 안 되는 제안을 한 걸까? 짜증이 난 영춘은 TV를 끄고 냉장고에서 물통을 꺼냈다. 창문틀에 몸을 기대고 검은 화강암 비석이 빽빽한 공동묘지를 내려다봤다. 도시 한가운데 공동묘지라니, 죽음을 가까이 두고 사는 일본인답다는 생각이 들었다. 자연재해로 수많은 사상자가 발생하더니 이번에는 코로나바이러스감염증-19, 일명 코로나가 덮쳤다. 여름에 접어들면서 한풀 꺾이나 싶더니 갑자기 변종까지 등장하며 한층 더 기승을 부렸다. 재수가 없으면 뒤로 자빠져도 코가 깨진다더니, 힘들게 타깃 제거 임무를 완수했는데 생각지도 못한 상황으로 곤경에 빠지고 말았다.

*

　영춘은 팔목에 찬 세이코 시계를 보았다. 10분만 있으면 놈이 도착한다. 'ZAKUZAKU' 로고가 찍힌 파티셰 가운을 걸치고 하얀 마스크로 얼굴을 가렸다. 팬데믹 덕분에 모두 마스크를 쓰고 있어 변장하기가 편리했다. 미리 준비한 빗자루로 바닥을 쓸며 천천히 주차장으로 향했다. 조금 전까지만 해도 점심을 먹은 샐러리맨들이 들이닥쳐 한바탕 난리를 피웠다. 달달한 디저트에 환장했는지 아이스커피와 슈크림 빵을 하나씩 물고 사라졌다. 지금은 주부들만 간간이 들를 뿐, 주차장은 한산했다.

영춘은 주변에 떨어진 쓰레기를 하나하나 주워 쓰레기통 속에 넣으며 시간을 끌었다. 드디어 기다리던 진주색 렉서스 LS500h 모델이 미끄러지듯 주차장 안으로 들어왔다. 영춘은 무심한 척 쓰레기통으로 시선을 돌렸다. 운전석 문이 열리고 검은 슈트에 흰 와이셔츠를 입은 사내가 내렸다. 블랙맨. 숨구멍이 뚫린 검정 마스크를 항상 눈 밑까지 올려 쓰고 있어 영춘이 붙인 별명이다.

블랙맨이 문을 닫고 차가운 시선으로 영춘을 쳐다봤다. 그의 정체를 꿰뚫기라도 한 듯 예리한 눈빛이었다. 영춘은 무심한 표정으로 비질에 열중했다. 블랙맨이 매장 안으로 들어갔다.

예상대로 렉서스는 에어컨과 함께 공회전 중이었다. 이 무더위에 시동을 끈 채 차 안에 머무는 건 무리였다. 슈크림을 포장해 계산까지 마치려면 적어도 5분은 걸린다. 영춘은 비질을 계속하며 천천히, 그러나 정확하게 렉서스 측면으로 접근했다. 빗자루를 내려놓고 뒷문 손잡이를 잡아당겼다. 머리가 희끗희끗한 노인이 시트에 기댄 채 자고 있었다. 옛날에는 한가락 했을지 모르지만, 지금은 이빨 빠진 호랑이에 불과했다. 영춘은 준비해둔 클로로포름 거즈로 노인의 입과 코를 틀어막았다. 잠시 몸부림치더니 곧 축 늘어졌다.

블랙맨이 슈크림 봉투를 내팽개치며 가게 문을 박차고 나왔다. 운전석에 앉은 영춘이 '스타트' 버튼을 누르자, 엔진이 무음에서 깨어났다. 블랙맨의 손끝이 도어 프레임에 닿기 직전, 렉서스가 앞으로 튀어 나갔다. 블랙맨이 전력을 다해 쫓아 왔지만 역부족이었다. 영춘은 백미러로 블랙맨의 모습을 확인하고 미소를 지었다.

도쿄만 연안에 있는 낡은 목재 창고 안으로 노인을 데려갔다. 야마시타 이사부로, 이나가와구미稻川組의 살아 있는 전설. 그는 은퇴해서 조용히 노년을 보내고 있었다. 현재 오야붕인 구로사와 다케시와 함께 이나가와구미를 고베 야마구치구미山口組 본가로부터 독립시켰다. 이나가와구미가 도쿄 3대 야쿠자 중 하나로 자리 잡을 수 있었던 건 이사부로와 다케시가 있었기 때문이었다. 이사부로가 이나가와의 '두뇌'라면 다케시는 행동 대장, 즉 '무투武鬪파'였다.

이사부로가 NIS, 다시 말해 대한민국 국가정보원의 제거 대상이 된 이유는 극우단체인 대일본국수회 핵심 후원자란 이유도 있지만, 혐한 시위대의 막후 조정자란 이유가 더 컸다. 작년 9월 요코아미초 공원에서 '간토대지진 조선인 희생자 추도식'이 열렸다. 이 행사에 이사부로가 지원하는 혐한 단체가 난입하여 참가자 수십 명이 다치는 사건이 발생했다. 국가정보원, 즉 국정원의 시긴트SIGINT(정보기관이 수집한 신호정보 signals intelligence) 분석 결과, 현장 무전 채널에 이나가와 조직원의 호출부호가 대거 잡혔다. 이사부로가 사주한 야쿠자들이었다. 매년 추도식이 열리는 만큼 빨리 원인 제거를 해야만 했다. 그러나 외교적 문제가 발생할 수 있어 국정원이 직접 개입할 수는 없었다.

영춘과 개인적으로 친분이 있던 M에게서 의뢰가 왔다. 돈이 급한 영춘은 망설임 없이 계약을 수락했다. 사람들은 킬러가 특수한 직업이니 돈을 많이 번다고 생각하지만, 현실은 달랐다. 타깃 제거와 같은 '습식 작업'이라면 돈이 되겠지만, 보험사기나 불륜 조사 같은 시시한 의뢰가 대부분이었다. 코로나 이후론 외출이 자유롭지 못한 탓에 그런 고객조차 드물었다. 오랜만에 제대로 된 작업 의뢰가 들어왔다. 이런 기회가 영춘에게 찾아온 것은 어릴 적 노스님을 따라 교토로 와 시내에 있는 작은 사찰에서 지낸 경험이 있기 때문이었다. 일본에서 초등학교 과정을 마친 덕분에 언어는 물론 생활관습을 어느 정도 이해하고 있었다.

M은 이사부로의 프로필, 이나가와 조직도, 주변 인물 약력, 이동 경로, 식습관까지 자세한 자료를 PDF 파일로 보내왔다. M이 제공한 자료는 충실했다. 이사부로의 과거 궤적이 자세히 적혀 있었다. 이사부로는 고베 본가에서 독립해 도쿄에 자신의 조직을 꾸리기로 마음먹고 본가의 행동 대장이었던 다케시를 설득해 지금의 이나가와구미를 조직했다.

모든 일이 그렇듯이 조직 운영의 성패는 돈, 즉 자금이었다.

자료에 따르면 이사부로는 중계무역 창구로 한국을 택했다. 동남아산 메스암페타민과 엑스터시를 부산항으로 들여와, 다시 배후 네트워크를 통해 도쿄, 오사카 일대에 유통해 막대한 이익을 얻었다.

마약으로 부족했는지 한국 여성들을 취업 알선 명목으로 모집하여 매춘업소에 넘겼다. 자료에는 이나가와가 운영하던 윤락가에서 도망친 한국 여성들이 무자비하게 폭행당한 장면을 촬영한 끔찍한 사진도 여러 장 포함돼 있었다.

맨 뒤에 도쿄암센터에서 발행한 이사부로의 폐암 진단서가 첨부돼 있었다. 이사부로는 다케시에게 오야붕 자리를 넘겨주고 암 치료에 들어갔다. 병이 호전되어 현역으로 복귀하려 했지만, 권력을 잡은 다케시가 쉽게 자리를 내놓지 않았다. 이사부로파와 다케시파가 대립하면서 조직 내 긴장감이 높아졌다. 조직의 와해를 걱정한 이사부로가 힘을 앞세운 다케시에게 양보하기로 결단을 내리고 건강을 핑계로 은퇴를 선언했다.

이사부로는 명예 총재로 추대되어 자연스럽게 뒤로 물러났다. 조직에서는 미나토구 고급 주택가에 집을 마련해주었다. 혹시 모를 습격에 대비해 신변 보호도 철저히 해주었다. 곳곳에 설치된 CCTV와 송아지만 한 도베르만을 피해 그의 집에 잠입하는 건 쉽지 않은 일이었다. 밖에서 해치우는 게 손쉬웠다. 3개월간 감시한 끝에 그의 약점을 잡았다.

요코하마 외곽 조용한 주택가에 이사부로의 외동딸이 살고 있었다. 이사부로는 일주일에 한 번씩 딸의 집을 방문했다. 경시청 간부인 사위는 야쿠자 출신인 장인이 집에 출입하는 걸 꺼려했다. 그래서 낮에 몰래 방문해 외손자인 지로를 만나는 게 그의 유일한 낙이었다. 작전 타이밍도 잡았다. 지로를 보러 갈 때마다 손자가 좋아하는 커스터드 슈크림을 '자쿠자쿠'에서 사 갔다. 이사부로가 보디가드 겸 운전기사인 블랙맨과 떨어져 있는 유일한 순간이었다. 말이 없는 블랙맨은 단순한 운전기사가 아니었다.

한번은 대문을 나서는 이사부로를 토마호크와 사시미칼로 무장한 세 명의 킬러가 급습했다. 블랙맨은 눈도 깜박이지 않고 순식간에 세 명을 제압해 차고 안에 집어넣었다. 얼마 뒤 '처리반'으로 보이는 조직원들이 차고로 들어갔고, 이사부로와 블랙맨은 아무 일 없다는 듯 요코하마로 떠났다. 조용히 임무를 완수하려면 이사부로와 블랙맨을 떼어놓아야 했다.

영춘은 세이코를 들여다봤다. 이사부로가 깨어나려면 10분은 더 기다려야 했다. 아이보리 가죽 시트에 몸을 기댄 이사부로는 편안한 자세로 눈을 감고 있었다. 영춘은 차문 옆에서 팔짱을 낀 채 시체 처리 방법을 고민했다. 품속에는 그의 죄목을 빽빽이 적은 판결문이 들어 있었다. 정확히 10분이 지나자 이사부로가 눈을 떴다. 그가 노인이라는 점을 참작하여 결박하지 않았다. 과거엔 '이나가와의 두뇌'라 불리었지만, 지금은 거동조차 간신히 하는 노인에 불과했다.

"넌……."

이사부로가 입을 벌린 채 영춘을 쳐다봤다.

너, 납치된 거야. 놀란 표정을 보니 어떤 영화 대사가 떠올라 무심코 한마디 던질 뻔했다.

"무엇 때문에?"

고개를 갸웃하던 이사부로가 정신을 차렸는지 영춘을 노려봤다. 영춘도 아무 말 없이 이사부로를 노려봤다. 고수 간 기싸움이 시작됐다. 둘은 한동안 서로를 노려보며 신경전을 벌였다.

"다케시가 시켰나?"

침묵 끝에 이사부로가 입을 열었다. 영춘은 긍정도 부정도 하지 않았다.

"입단식 때 대일본제국을 위해 목숨을 바치겠다고 혈서를 쓰며 맹세한 건 거짓이었나?"

이사부로가 실의에 찬 목소리로 말했다.

"다케시, 그놈은 소인배일 뿐이야. 대일본제국의 부흥보다는 자신의 이익만 생각하는 놈이라고. 극도極道의 길에 발을 들여놓은 이상 천황 폐하께 충성을 해야 하지 않겠나? 다시 한번 잘 생각해보게."

영춘은 미간을 찌푸렸다. 이놈이 무언가 오해가 한 것 같았다. 판결문을 건네주고 빨리 일을 마치기로 했다. 깔끔하게 정리된 문장을 보면 자신이 무슨 죄를 지었는지 금세 깨달을 수 있을 것이다.

영춘은 재킷 안주머니에서 봉투를 꺼내 이사부로에게 건넸다. 봉투 안을 들여다보던 이사부로가 입술을 깨물었다. 잠시 후 눈가에 눈물이 맺히면서 고개를 아래로 떨구었다. 자신의 죄를 인정한 걸까? 이나가와의 오야붕이었던 자가 눈물을 흘리자, 영춘은 자신도 모르게 숙연해졌다. 그가 눈물을 쏟으며 참회한다면 명성에 걸맞게 깔끔히 죽여주기로 마음먹었다.

"내가 사람을 잘못 보았군. 아무리 사무라이 정신이 땅에 떨어졌다고 하지만 이런 비열한 술수를 써. 그러고도 네놈이 야쿠자냐?"

이사부로가 고개를 들고 매서운 눈빛으로 영춘을 노려봤다.

이 노친네가 뭐라는 거야. 사무라이 정신은 너희들끼리 따지라고. 난 비즈니스를 하러 온 거니까. 영춘은 말없이 사시미 칼을 꺼내 목을 긋는 시늉을 했다.

"그래, 내가 졌다. 원하는 걸 주겠다."

이사부로가 체념한 듯 고개를 숙이고는 천천히 양복 재킷의 단추를 풀기 시작했다.

"가져가게."

와이셔츠를 벗고 배에 감긴 붕대를 풀자 양가죽 파우치가 나왔다. 영춘은 이사부로가 내민 파우치를 엉겁결에 받아 들고 말았다.

"다케시에게 내 말을 꼭 전해주게. 액수가 만만치 않은 만큼 절반은 대일본국수회에 넘기라고 해. 그래야 이나가와도, 일본제국도 사는 거야. 지금의 일본은 산송장이나 다름없어. 패기도 야망도 없는 삼류 국가라고. 소인배의 협소한 사고를 버리고 좀 더 넓은 사고로 세상을 바라보라고 해."

이사부로는 계속 자기 이야기만 했다. 늙으면 입은 닫고 지갑만 열라는 명언은 어느 나라에서나 통용되는 진리였다.

"열쇠는 내 목에 걸려 있네. 원하는 걸 얻었으니 우리 지로에게는 절대로 손대지 말라고 해."

이사부로가 오른손을 목 옆으로 가져갔다. 순간 핏줄기가 튀어나와 차창을 때렸다. 영춘은 얼른 몸을 젖혀 핏방울을 피했다. 이사부로가 숨기고 있던 호신용 칼로 자신의 경동맥을 찌른 것이다. 깔끔하게 끝내려던 계획이 어긋났다. 피가 낭자하면 시체 처리가 쉽지 않다. 시체를 옮기는 동안 흔적이 남을 수 있었다. 갑자기 엔진 소리가 들렸다.

영춘은 얼른 녹슨 H빔 위로 몸을 던져 천장 골조에 달라붙었다. 허리를 낮춰 빔 위로 몸을 숨긴 채 아래를 응시했다. 헤드라이트가 서치라이트처럼 바닥을 훑더니 날렵한 오토바이한 대가 창고 안으로 들어왔다. 오토바이에서 내린 사람은 블랙맨이었다.

"세, 세, 센세이!"

블랙맨이 혀짧은소리를 내며 렉서스 뒷좌석으로 뛰어들었다. 손수건을 꺼내 급히 이사부로의 얼굴에 묻은 피를 닦아냈다. 맥박을 확인한 블랙맨이 고개를 숙이고 흐느끼기 시작했다. 그렇지 않아도 시체 처리를 고민했는데, 블랙맨이 이사부로를 데리고 가준다면 사후 처리는 깨끗이 마무리되는 셈이다. 어찌 되었건 이사부로가 죽었으니 임무는 완수했다. 프로는 과정보다 결과를 중요시한다. 내일 비행기로 귀국해 남은 잔금만 받으면 이번 청부 건은 마무리된다.

영춘은 블랙맨이 정신 차리고 수습하길 기다렸다. 하지만 놈은 오열하며 좀처럼 자리에서 일어나지 않았다. 보통 야쿠자들은 윗사람을 '오야붕親分'이나 '아니키兄'라고 부른다. 그런데 놈은 이사부로를 '센세이', 즉 '선생님'이라고 불렀다. 야쿠자들 사이에서 일반적으로 쓰이는 호칭은 아니었다. 둘의 관계가 무얼까? 영춘은 블랙맨을 다시 한번 살펴봤다. 늘 마스크를 쓰고 있어 얼굴을 제대로 본 적이 없었다. 좀 말랐지만 전체적으로 균형 잡힌 몸매를 가지고 있었다. 간결한 움직임으로 보건대 무술을 제대로 배운 놈이 틀림없었다.

블랙맨이 움직이기 시작했다. 이사부로에게 피 묻은 와이셔츠를 입혀주고, 재킷 단추까지 채워줬다. 그러고는 자신도 옆자리에 나란히 앉았다. 무엇을 하려는지 궁금해 영춘은 빔 사이로 고개를 빼고 블랙맨을 주시했다. 놈이 재킷을 벗어 운전석으로 던졌다. 그리고 천천히 와이셔츠를 벗기 시작했다. 잘 다듬어진 근육질의 상체가 드러났다. 블랙맨은 깊은 고민에 빠진 듯 눈을 감고 한동안 그대로 앉아 있었다.

이윽고 결심이 선 듯 눈을 떴다. 하얀 와이셔츠를 앞좌석에 걸쳐 등판이 보이게 했다. 왼손이 아래로 내려가더니 버들잎 형태의 날카로운 사시미칼을 꺼냈다. 칼끝을 오른손 검지 끝에 대자 붉은 피가 솟아 나왔다. 그는 망설임 없이 현수막처럼 펼쳐진 와이셔츠에 '憂國(우국)'이라는 글자를 또렷하게 써 내려갔다. 그리고는 만족한 듯 고개를 끄덕였다. 이사부로 시체에 덮어줄 생각인가? 시간이 꽤 지났는데도 시체는 치우지 않고 엉뚱한 짓만 하고 있어 영춘은 슬슬 짜증이 났다.

블랙맨이 칼을 오른손으로 옮겨 잡고 왼손을 조심스럽게 아랫배로 가져갔다. 검지와 중지를 배에 대고 천천히 작은 원을 그리기 시작했다. 원하는 지점을 찾았는지 손가락이 멈췄다. 블랙맨은 심호흡을 크게 하고 칼끝을 손가락이 짚었던 부분으로 가져갔다. 날카로운 칼날이 살갗에 닿자, 그의 몸이 미세하게 떨렸다. 잠깐의 머뭇거림이 느껴진 순간, 짧고 강렬한 기합 소리가 조용한 창고 안에 울려 퍼졌다.

칼날이 무자비하게 배 속으로 파고들었다. 그의 몸이 경련하듯 크게 떨렸다. 고통스러운 얼굴을 하고도 끝까지 칼을 놓지 않았다. 칼자루가 지퍼를 열 듯 서서히 오른쪽으로 움직였다. 고통으로 일그러진 그의 얼굴에서 굵은 땀방울이 빗물처럼 흘러내렸다. 배가 다 열릴 때까지 손이 멈추지 않았다.

혹시 저게 그 유명한 할복……. 영춘은 온 신경을 집중해서 블랙맨의 행동을 지켜봤다. 아랫입술을 꽉 깨문 블랙맨이 할

일을 다 마쳤다는 듯 고개를 의자 뒤로 떨궜다. 무슨 가미카제도 아니고 한물간 야쿠자 오야붕이 죽었다고 동반 자살까지 할 필요가 있을까? 하여간 이해하기 힘든 족속이다.

자신의 손으로 목숨을 끊는 일에는 대단한 용기가 필요했다. 할복은 권총을 관자놀이에 대고 방아쇠를 당기는 것하고는 차원이 달랐다. 엄청난 고통이 동반되는 죽음이었다. 주군을 지키지 못한 책임을 죽음으로 대신하려는 걸까? 우익 세계에서는 명분만 주어진다면 죽음도 미학적 예술로 평가한다는 글을 읽은 적이 있었다. *아냐, 그냥 미친 짓일 거야.* 영춘은 고개를 저었다.

아래로 내려온 영춘은 렉서스 후드 너머를 응시했다. 이사부로와 블랙맨이 뒷좌석에 나란히 앉아 있었다. 와이셔츠 차림의 이사부로 목에서는 아직 피가 흘러내리고 있었다. 왼쪽 복부에서 오른쪽 복부까지 그어진 블랙맨의 상처는 마지막에 위로 약간 올라가 있었다. *삐침까지 구현한, 제대로 된 할복이었다. 사진이라도 찍어서 이나가와구미에 보내줘야 하는 거 아니야?* 요즘 제대로 된 야쿠자는 사라지고 생양아치들만 남았다. 모처럼 귀감이 될 수 있는 좋은 본보기였다.

영춘은 운전석에 걸쳐진 와이셔츠를 보았다. 블랙맨이 자신의 유언을 남겼다. 흰 셔츠에 붉게 흘러내린 피 때문에 '憂國'이라는 한자가 공포 영화의 제목처럼 괴기스럽게 보였다. 이사부로 곁에 있더니 우익 사상에 제대로 물이 든 것 같았다.

영춘은 블랙맨의 얼굴을 주시했다. 도대체 어떻게 생겨 먹은 놈인데 이런 극단적인 선택을 한 걸까? 언제나 마스크를 쓰고 있어서 얼굴을 제대로 본 적이 없었다. 마스크 위로 드러난 눈꼬리와 반듯한 이마가 낯설지 않았다.

영춘은 천천히 블랙맨의 마스크를 턱 밑으로 끌어 내렸다. 순간, 자신도 모르게 입이 벌어졌다. 블랙맨의 뺨을 왼쪽, 오른쪽으로 돌려가며 정밀 검시라도 하듯 몇 번이고 살폈다. *이건…… 말도 안 돼.* 코 밑의 희미한 수술 자국만 없으면 거울 속 얼굴이라고 착각할 만큼 똑같았다.

도플갱어. 지구상 어딘가에 존재한다는 자신의 반쪽이 아닐까? *어쩌면?* 영춘은 갑작스레 들이닥친 가능성에 눈을 감았다. *혹시 일본에 피붙이가?* 도솔암 앞에 버려진 자신을 노스님이 키웠다는 것 외에는 자신의 출생에 대해 아는 게 없었다. 한국이라면 가능성이 조금이라도 있겠지만, 여기는 일본이었다. 우연일 가능성이 컸다. 영춘은 눈을 뜨고 고통으로 일그러진 블랙맨의 얼굴을 다시 쳐다봤다. 마치 거울을 들여다보는 것만 같았다. 이사부로가 자신을 블랙맨으로 오해한 이유를 알 것 같았다.

세상에는 이해할 수 없는 일이 자주 일어난다. 영춘은 마음을 가다듬고 일에 집중하기로 했다. 이사부로는 죽었지만 해야 할 일이 많았다. 우선 시체 두 구와 피가 묻은 차량부터 처리해야 한다.

창고 문을 열고 나가자, 비릿한 갯내와 함께 도쿄만의 거뭇한 수면이 시야에 들어왔다. 멀리 레인보우브리지 너머 도심의 불빛이 반짝였다. 영춘은 수면 가장자리로 다가가 지형을 훑었다. 슬립웨이(선박이 뭍과 물 사이를 이동할 수 있게끔 만든 경사로)를 이용하면 가능할 것 같았다. 경사로의 각도는 17도 정도. 장애물은 길을 막고 있는 녹슨 철봉 두 개가 전부였다. 영춘은 바닥에 굴러다니는 호박돌을 집어 들고 자물쇠를 내리쳤다. 소금기 먹은 금속은 맥없이 부서졌다. 철봉을 뽑아 던지자 바다까지 길이 열렸다.

창고로 돌아와 증거인멸 작업을 시작했다. 이사부로와 블랙맨의 휴대폰에서 심카드를 제거하고 소지품과 함께 비닐봉투에 넣었다. 빠뜨린 게 없는지 차 안을 둘러봤다. 블랙맨 양복에서 빠져나온 검은 장지갑이 의자 옆에 끼어 있었다. 지갑을 주워 이사부로의 파우치 안에 넣었다. 마지막으로 이사부로와 블랙맨을 보았다. 아무래도 복부를 드러낸 블랙맨의 모습이 보기에 좋지 않았다. 유언이 적힌 와이셔츠로 가슴 아래를 감싸주었다. 이사부로는 목에 열쇠가 있다고 했다. 열쇠를 꺼내려면 와이셔츠 깃 안에 손을 집어넣어야 한다. 목에서 흘러내린 피로 가슴까지 흥건했다. 용도도 모르는 물건 때문에 손에 피를 묻히고 싶지 않아 그냥 두기로 했다.

렉서스를 경사로 바로 앞까지 몰고 갔다. 운전석 창문을 10센티 정도 열어 해수 유입 통로를 확보했다. 철봉을 제거할 때 사용한 호박돌을 브레이크에 올려놓았다. 중립에 있던 기어를 'D'로 옮기고 렉서스에서 빠져나왔다. 긴 막대를 차창으로 밀어 넣어 돌을 액셀 위로 굴리자, 렉세스가 포효하며 바다를 향해 질주했다.

풍덩 소리와 함께 검은 물살 속으로 차가 천천히 가라앉았다. 렉서스가 사라진 자리에서 거품이 솟아올랐다. 영춘은 우두커니 서서 보글보글 기포가 이는 것을 바라봤다. 수면이 곧 잔잔해졌다. 블랙맨의 잔상이 좀처럼 뇌리에서 떠나지 않았다. 영춘은 숨을 길게 내쉬며 라텍스 장갑을 벗었다.

이제 돌아갈 시간이다. 원래는 언덕을 넘어 원목이 쌓인 목재소를 시나 도로가 나올 때까지 걸어갈 작정이었다. 블랙맨 덕분에 수고를 덜었다. 오토바이를 일으켜 세웠다. 무광 블랙으로 래핑된 가와사키 닌자. 검정색 바탕에 빨간 불꽃이 새겨진 레플리카였다. 올라타자 몸이 앞으로 쏠리는 게 그럴싸했다. 노땅들이 타는 할리가 아닌 게 다행이다 싶었다. 영춘은 바퀴가 달린 것은 종류를 불문하고 기가 막히게 몰았다. 오토바이야 말할 것도 없었다. '후카시(오토바이의 엔진을 공회전시켜 배기음을 내는 것)'를 두어 번 넣어 RPM을 끌어 올렸다. 엔진 온도가 올라가자 클러치를 절반만 물리고 앞바퀴를 치켜든 다음 아스팔트를 향해 쏜살같이 달려갔다.

다음 날 아침, 모든 것은 예정대로 굴러가는 듯했다. 영춘은 호텔에서 체크아웃한 뒤 리무진을 타고 하네다 공항 국제선 터미널에 도착했다.

뭐야, 전부 캔슬이라고? 영춘은 붉게 물든 전광판에서 눈을 떼지 못했다. 하룻밤 새 코로나 감염자가 폭증하자 일본 정부는 즉시 미즈기와 대책(일본에서 코로나-19 유행 당시 시행된 방역 대책)을 '단계 4'로 격상하고, 국제선 여객기 운항을 전면 취소시켰다.

영춘은 혹시나 하는 마음에 항공권과 여권을 내밀었지만, 직원은 고개를 저었다.

"정부 지침이 풀릴 때까지 전면 운항 금지입니다. 그런데 고객님 비자가 내일 24시로 만료되네요."

직원이 매뉴얼대로 읊조리며 여권을 밀어냈다. 영춘은 기간 만료를 앞둔 비자를 바라보며 한숨을 내쉬었다. 코로나로 외국 방문이 하늘의 별 따기보다 힘들어졌다. M은 일본이 허용한 30명의 비즈니스 방문단에 영춘을 넣어주었다. 명함도 하나 새겨줬다. **동해정밀 대표이사.**

이번 방문은 3박 4일 일정으로 일본중소기업협회 사람들과 회의도 하고, 각자 비즈니스 파트너를 만나 오랜만에 사업 현황을 점검하는 자리였다. 영춘은 일본에 도착하자마자 따로 행동했다. 그들과는 '비즈니스' 분야가 달랐고, 무엇보다 비자 만료 기간인 90일을 다 채울 작정이었다. 3개월 만에 일을 겨우 끝내고 비자 만기일에 맞춰 돌아가려고 했는데, 이런 사달이 나고 말았다.

급히 비즈니스 센터를 찾아 컴퓨터 앞에 앉았다. 인터넷을 열고 국정원 사이버안보센터 홈페이지를 연결했다. 'Q&A' 탭을 열고 M에게 지급至急을 알리는 암호로 된 메일을 보냈다.

귀사에서 맡긴 업무는 성공리에 마쳤습니다만, 예상치 못한 일이 벌어졌습니다. 우리 회사의 정밀기계 부품과 똑같은 제품을 일본 중소기업이 3개월 전부터 생산하고 있는 걸 확인했습니다. 아무래도 설계도가 외부로 유출된 것 같습니다. 회사 내부에 산업스파이가 숨어 있는 게 분명합니다. 중소기업인 저희로서는 범인을 색출하는 데 한계가 있습니다. 이로 인한 손실액이 매년 수백억 원을 넘어설 전망입니다. 이대로 가다가는 회사가 파산하고 말 것입니다. 범인을 잡기 위해서는 귀사의 도움이 절실합니다. 부디 우리 회사를 구해주시기 바랍니다.

—동해정밀 대표이사 드림

이걸 해독하면 한마디로 '나를 구해줘'였다. 영춘은 흡연 구역에 마련해놓은 스테인리스 재떨이 앞에서 줄담배를 피우고 돌아와 답장을 확인했다.

긴급 회신
영춘, 네 연락을 막 받음. 나도 곧 호출할 참이었음. '타이밍'에 문제가 생김.

네가 출국하고 열흘 뒤에 치러진 대선 결과는 알다시피 정권 교체.

새 정부 인수위가 대일 기조를 전면 수정하면서, '강경→화해'로 완전히 스위치가 넘어감.

*지난주—원장·차장 포함 수뇌부 전원 경질

*어제—내가 속한 TF팀 해체, 새 국장 취임

새 국장에게 이번 작전에 대해 구두 보고하자 즉각 중지하라는 명령이 내려옴.

그런데 벌써 임무 완료라니…….

본 건은 유령 작전(Ghost Op)으로 넘겨버리고 '기관 무관'으로 처리함.

네 문제는 자력으로 해결하고 더는 연락하지 말기 바람.

필요하면 내가 창구를 열겠음.

—M

회신 메일을 끝까지 읽고 나자 영춘의 머릿속이 하얘졌다. *이제 나는 버려진 카드가 된 건가.* 한국을 떠나기 전까지만 해도 대일 초강경을 외치던 정부가, 정권 교체와 함께 단번에 화해 모드로 돌아섰다. 최근 뉴스 헤드라인이 심상치 않던 이유가 여기에 있었다.

리무진 버스 차창 너머 어둠 속에서 도쿄 스카이라인이 물결쳤다. 버스 안에서 영춘은 향후 닥칠 문제와 대책을 고민했다. 18시간이 지나면 비자 만료와 동시에 불법 체류자 신분으로 전락한다. 두 번째 문제는 언제 끝날지 모를 코로나 유행 기간을 버틸 자금이다. 일본으로 건너올 때 여권 이외에 카드나 면허증같이 신원이 노출될 만한 물건은 일절 가져오지 않았다. 대신 현금만 넉넉히 가져왔다. 하지만 세 달 동안 호텔 생활을 하다 보니 바닥이 났다. *21세기에 도쿄 난민이라니……*. 영춘은 고개를 들어 유리창에 비친 자신의 얼굴을 봤다. 이제부터는 귀국이 아니라 생존이 문제였다.

당장 머물 곳이 필요했다. 남은 돈이 얼마 없어 호텔 생활을 접어야 했다. 돈? 렉서스 안에서 주운 블랙맨의 지갑이 떠올랐다. 영춘은 파우치를 열어 내용물을 들여다봤다. 촛농으로 봉인된 대봉투 겉면에는 '유언장'이라고 적혀 있었다. 호기심이 일었지만, 나중에 보기로 하고 다시 파우치 안에 집어넣었다.

그때, 안에서 사진 한 장이 툭 떨어졌다. 나비넥타이를 맨 꼬마 지로가 검지와 중지로 V자를 그리며 웃고 있었다. 아무리 악당이라지만 누군가에게는 인자한 할아버지였다고 생각하니 마음이 좋지 않았다. '악의 평범성'이라고 했던가? 지로에게는 따뜻하고 인자한 할아버지일지 몰라도 그가 한 짓은 천벌을 받아 마땅했다. 많은 사람이 이사부로 때문에 고통스럽게 죽어갔다. 아우슈비츠에서 홀로코스트를 자행하고, 자상한 아버지의 모습으로 식탁에 앉은 아이히만과 무엇이 다른가? 영춘은 동전만 한 양심을 지우고 사진을 파우치에 넣었다.

사진? 영춘은 재킷 안주머니에서 사각봉투를 꺼냈다. 안을 들여다보고 나서야 모든 게 이해됐다. 판결문이 든 봉투를 건넸어야 했는데, 착오로 이사부로를 감시하며 찍은 사진을 준 것이었다. 요코하마 수변 공원에서 해맑게 뛰노는 지로의 모습, 비둘기에게 모이를 뿌리는 지로를 흐뭇하게 바라보는 이사부로의 모습이 담긴 사진. 이사부로가 오해했다. 다케시라는 놈은 어떨지 모르지만, 자신은 어린아이를 인질로 쓸 만큼 비열한 인간이 아니다. 하긴 판결문을 주었든 사진을 주었든 결과는 마찬가지였다. 영춘이 청부를 수락한 순간 이사부로는 죽을 수밖에 없는 운명이었다.

영춘은 봉투를 집어넣고, 파우치 안에서 블랙맨의 지갑을 꺼냈다. 1만 엔권 두 장과 1,000엔권 다섯 장. 한 푼이 아쉬운 처지라 얼른 챙겼다. 운전면허증도 있었다. 면허증 사진에 눈길이 머물렀다. 포토샵 프로그램으로 보정을 했는지 코 밑의 수술 자국이 없었다. 그래서인지 더 닮아 보였다. 영춘은 무심코 손을 들어 사진을 만져보고, 자신의 얼굴을 만졌다. 나이는 30세. 체격은 자신과 비슷했다. 이름이? '氏名: 石川 源氏'. 이시카와 겐지, 강가의 돌멩이, 강석. 어디서 많이 들어본 이름인데. 이름도 나쁘지 않고…… 이놈으로 변장해 살아볼까? 해서 영춘은 지금 겐지로 살고 있다.

2. 영춘, 겐지로 살다

딩동, 딩동.

초인종 소리에 영춘은 자신도 모르게 몸을 벌떡 일으켰다. 겐지로 살게 된 후 작은 소리에도 신경을 곤두세우는 버릇이 생겼다.

"겐지, 일어났어?"

아, 저 여자가 또. 익숙한 목소리에 안심이 된 영춘은 기지개를 켜고 시계를 봤다. 시침이 8시에 매달려 있다. 새벽까지 미시마 유키오의 단편집을 읽다가 잠이 들었다. 오늘은 느긋하게 늦잠을 잘 계획이었다.

"일어났냐니까?"

아무 반응이 없자 여자가 문을 두드리기 시작했다. 일본 사람들은 남에게 폐를 끼치지 않기로 유명한데, 미코라는 저 여자는 존재 자체가 민폐였다. 식탁 한번 들어준 죄로 완전히 발목이 잡히고 말았다. 영춘은 천천히 목을 돌리며 일어나 문을 열었다.

"날이 이렇게 밝았는데, 여태까지 자고 있었던 거야?"

쇼트커트를 한 여자의 머리 뒤로 아침 햇살이 눈부시게 빛나고 있었다. 영춘은 시큰둥한 표정으로 못마땅함을 드러냈다. 이 여자가 개인 영역을 지나치게 침범하고 있었다.

"오늘 단체 손님이 예약돼 있어서 좀 서둘러야 해."

미코가 조금 미안한 듯 나름 애교 있는 미소를 지었다. 웃을 때면 작은 보조개가 잡히는 걸 커다란 장점으로 생각하는 것 같았다. 영춘은 귀찮은 표정으로 고개를 끄덕였다.

"그럼, 20분 뒤에 문 앞으로 와."

자신의 애교 작전이 먹혔다고 생각한 여자가 한 번 더 치명적인 미소를 짓고는 등을 돌렸다. 새벽부터 장사 준비를 했는지 엉덩이에 양념이 묻어 있었다. 영춘은 화장실로 가서 밤새 고인 방광을 비워내고 양치를 시작했다. 고요하고 무료했던 일상이 저 여자를 만나면서 완전히 무너졌다.

영춘이 겐지로 산 지 벌써 3개월이 지났다. 지갑에서 찾아낸 주소는 메구로역에서 메구로강 하류 쪽으로 2킬로미터쯤 떨어진 곳에 자리한 5층짜리 복도식 아파트였다. 일주일 동안 감시하며 택배와 방문객을 체크했다. 택배는커녕 전단지를 끼워 넣는 손길조차 없었다. 안전을 확신한 그는 현관문의 도어록을 따고 안으로 들어갔다.

아파트 외관은 깔끔했지만, 내부는 오래된 티가 났다. 다다미 여섯 장짜리 침실과 거실 겸 부엌, 화장실이 있는 소위 '1LDK(일본식 부동산 용어로 방의 개수와 거실, 식사 공간, 부엌의 유무를 표시하는 줄임말)'였다. 가구는 벽걸이 에어컨, 32인치 HD TV, 슬라이딩 옷장, 좌식 책상이 전부였다. 집 안을 샅샅이 뒤진 끝에 연장 가방과 임대차 계약서를 찾아냈다. 보증금 100만 엔에 월 12만 엔. 월세는 12월까지 완납되어 있었다. 호텔보다는 못해도 은신처로는 완벽했다.

한동안은 편의점을 갔다 오는 것 외에 바깥출입을 자제했다. 한 달이 지나도 아무도 찾아오는 사람이 없자 조금씩 바깥 나들이를 시작했다. 그래 봤자 아침 일찍 근처에 있는 신사를 둘러보거나 공원을 한 바퀴 도는 정도였다. 가끔 가와사키를 몰고 시부야 스크램블을 가로질러 요요기 공원까지 드라이브를 하기도 했다.

미코를 만난 것도 그즈음이었다. 산책을 마치고 돌아오는 길에 현관 계단 앞에서 원목 식탁을 난감하게 바라보는 여자가 눈에 들어왔다. 짧은 머리카락이 땀에 젖어 이마에 찰싹 들러붙어 있었다. 여기까지 겨우 들고 온 것 같았다. 저층 아파트라 엘리베이터가 설치되어 있지 않았다. 혼자서 계단 위로 옮기는 건 쉽지 않았다. 현관 계단까지는 올린다고 해도 나머지 계단은 무리였다.

영춘은 다가가 무심한 척 식탁 한쪽 끝을 잡았다. 여자의 표정이 환하게 바뀌었다. 힘을 합치자 어렵지 않게 3층 여자의 아파트까지 올릴 수 있었다.

"여기까지 어떻게 올라오나 막막했는데, 정말 감사합니다! 차라도 한잔하고 가시죠?"

여자가 사내처럼 시원한 표정으로 아파트 문을 열었다. 영춘은 손을 들어 사양하고 얼른 5층으로 올라갔다. 그 일이 족쇄가 될 줄은 꿈에도 몰랐다.

"이게 오카야마에서 모모타로가 먹던 그 유명한 복숭아래요. 엄청 달고 맛나요."

잠시 후 초인종을 누른 여자가 커다란 황도 두 개가 얹혀 있는 쟁반을 내밀었다. 짐을 들어준 답례라 생각한 영춘은 고개를 숙이고 받았다. 살짝 눌러본 과육은 물이 오를 대로 올라 있었다. 이렇게 달콤한 복숭아는 처음이었다. 오후에 쟁반을 돌려주려 내려갔지만, 아무도 없었다.

"아침 안 먹었죠? 마침 식사를 하려는 참인데."

다음 날 아침 일찍 쟁반을 가지고 내려가자, 여자가 영춘의 손을 덥석 잡고 안으로 끌고 들어갔다. 어제 본 2인용 식탁에 된장국과 노란 단무지, 산채 절임, 주먹만 한 무조림에 달걀부침까지 정갈하게 차려져 있었다.

"앉아요. 계란만 하나 더 부치면 되니까."

양념 묻은 청바지를 입은 여자가 김이 펄펄 나는 쌀밥을 한 공기 퍼서 식탁 위에 놓았다. 그날 된장국에 밥 한 공기 얻어먹고 여자에게 모든 걸 탈탈 털렸다.

이름은? 나이는? 고향은? 직업은? 여자친구는? 여자는 쉴 새 없는 질문 공세로 영춘을 질리게 했다. 대답이 필요 없는 질문은 고갯짓으로, 대답이 필요한 질문은 단답형으로 하며 싫은 티를 냈지만, 여자는 굴하지 않고 자신이 원하는 정보를 모두 빼내 갔다.

"겐지, 앞으로 우리 같은 아파트에서 잘 지내보자고."

자기보다 두 살 아래인 것을 확인한 미코가 현관 앞에서 손을 내밀었다. 활짝 핀 보조개로 그녀가 얼마나 즐거운 기분인지 알 것 같았다. 영춘이 그때 여자의 질문에 성실히 대답하고 이후 그녀의 부름에 응했던 것은 계산이 있어서였다. 코로나의 기세가 한풀 꺾이면서 미즈기와 대책이 해제되어 항공편 운항은 재개됐지만, 비자가 만료된 상태라 한국으로 갈 수가 없었다. 다른 방안이 생길 때까지 겐지로 위장하여 지내야 했다. 주변의 의심을 받지 않고 현지인 사이에 녹아들려면 일본인 친구를 사귀는 게 가장 좋은 방법이었다. 이 미코라는 여자가 먼저 손을 내밀었는데 마다할 이유가 없었다. 게다가 그녀의 밝은 기운이 마음에 들었다. 음습한 일만 하던 영춘에게 그렇게 많은 웃음을 보내준 사람은 그녀가 처음이었다. 치밀한 계산과 복잡한 감정이 지금의 결과를 만들었다.

지금 생각해보면 미코도 나름 속셈이 있었다. 아파트에서 미코의 가게까지는 2킬로미터 정도 떨어져 있었다. 걷기에는 조금 멀고, 자전거로 왕래하기에 딱 좋은 거리였다. 문제는 짐이 많으면 자전거로 나르기가 힘들다는 거다. 미코가 영춘이 가와사키를 몰고 외출하는 걸 눈여겨보고 있다가 기회를 잡았다는 느낌을 영 지울 수 없었다. 예상했던 대로 플라스틱 반찬 통이 든 비닐 백이 문 앞에 놓여 있었다.

"무조림은 국물이 흐를 수 있으니까, 조심해야 해."

영춘이 비닐 백을 들어 올리자 미코가 경고했다. 가와사키 뒷자리에 비닐 백을 안은 미코가 올라탔다. 헬멧까지 따로 마련했다는 사실은 사전에 치밀한 계획을 세웠다는 증거였다.

"국물 흐르지 않게 천천히 가."

자리를 잡은 미코가 그의 허리를 꽉 끌어안았다. 그러거나 말거나 영춘은 후카시를 넣고 스로틀 레버를 냅다 당겼다.

"야, 너!"

미코가 더욱 세게 영춘을 끌어안았다. 두 사람은 시원한 공기를 가르며 도로를 질주했다. 사거리를 네 개 지나치고 나서 속도를 늦췄다. 허름한 4층짜리 상가 앞에 가와사키를 세웠다.

"하시모토 상, 사모님은 요양원에 잘 계셔요?"

"요시노 상, 코로나도 끝나가는데 장사는 어때요?"

"히로키 상, 사모님은 여전히 혈기왕성하시죠?"

오토바이에서 내린 미코는 만나는 사람마다 안부를 물으며 손을 흔들어댔다. 사람들은 언제나 활짝 웃는 얼굴로 미코와 인사했다.

'단포포タンポポ', 다시 말해 '민들레'라고 적힌 명패가 붙은 4층 상가건물이 미코의 '나와바리'였다. 쇼와 시대에 지어진 상가는 언제 무너져도 이상하지 않을 정도로 낡았다. 주변은 전부 현대식 고층 건물인데, 이 건물만 고집스럽게 버티고 있는 걸 보면 알 박기를 제대로 한 것 같았다.

지하 계단 옆에 영문 필기체로 'LUPIN'이라 갈겨쓴 루팡의 세련된 간판이 붙어 있고, 가정식 백반집 오미코의 입간판이 서 있었다. 계단을 내려가서 붉은 노렌(상호 등을 적어 출입문에 걸어둔 천 가림막)을 걷고 가게 안으로 들어서면, 복을 부르는 고양이 인형 '마네키 네코'가 손을 흔들며 반겨준다. 가게에는 1인용 나무 테이블이 바처럼 길게 주방을 둘러싸고 있고, 4인용 테이블 열두 개가 넓은 홀에 여유 있게 흩어져 있었다.

"겐지 왔어."

주방에서 밤송이 머리가 고개를 내밀었다. 영춘은 아무 말 없이 비닐 백을 넘겨주고 구석으로 갔다.

"스발, 멋있는 척하기는."

밤송이가 시비조로 말하고는 내밀었던 머리를 쏙 집어넣었다. 미코의 남동생 준페이다. 가부키초에서 '삐끼' 생활을 하다가 미코가 불러서 왔다고 한다. 야쿠자 쪽에서 스카우트 제의가 있었지만 얽매이는 게 싫어 거절했다며 으스댔다. 영춘과 처음 만나던 날에는 등에 새긴 외로운 늑대 문신을 보여주며 자신을 과시하기 바빴다. 동갑이란 이유로 바로 반말을 했다. 영춘이 보기에는 그냥 싸가지 없는 허풍쟁이에 불과했다.

"겐지, 홀 세팅 좀 해줘. 나랑 준페이는 바로 음식 준비 들어갈게!"

상가 사람들과 인사를 마치고 들어온 미코가 큰 소리로 말했다. 처음에는 부탁하듯 말하더니 갈수록 뻔뻔해져서 이제는 명령조로 지시했다. 바닥을 보니 아직 청소도 하지 않았다. 영춘이 도와주기 전까지는 준페이가 했던 모양인데, 어느새 청소까지 그의 몫이 됐다. 이럴 거면 알바로 정식 채용하든가 할 것이지, 기껏 식사 제공만 하면서 너무 많이 부려먹는다. 아파트에 혼자 있는 것보다 사람들과 어울리면 의심을 덜 받을 거란 생각에 참고 지냈지만, 이쯤 되니 슬슬 피곤해진다.

눈처럼 하얀 무, 카나리아빛 단무지, 연보랏빛 가지, 상아색 죽순, 새싹 같은 푸른 오이, 노을에 물든 주홍빛 당근, 와인에 적신 듯한 붉은 매실, 거기에 분홍빛 명란을 얹어 쌀겨와 된장에 절인 무, 오이, 당근과 함께 블루빛 사기 접시에 담아, 달짝지근한 무조림과 된장국을 곁들이면 오미코의 시그니처, 쓰케모노 정식이 완성된다.

테이블 중앙에 색색의 절임 채소로 장식한 화려한 접시가 놓이고, 개인별로 하얀 쌀밥과 얇게 저민 돼지고기와 채소가 들어간 된장국을 배분하면 홀 서빙은 끝난다. "오이시!"를 연발하며 과장된 액션을 취하는 아주머니들을 뒤로하고 영춘은 가게를 빠져나왔다. 뒷정리에 설거지까지 떠맡기는 싫었다.

가구점 앞에서 하시모토 상이 목장갑으로 옷에 묻은 톱밥을 툭툭 떨어내다가, 영춘을 보더니 인상을 찌푸렸다.

'미코 언니하고 너무 붙어 다니지 마. 여기 영감들이 안 좋아할 거야. 다들 자기가 미코 보호자인 줄 안다니까.' 루나는 언젠가 영춘에게 이렇게 말했다. 미코의 어머니가 어린 미코를 데리고 이곳에서 장사를 시작해서 다들 미코에 대한 애정이 크다고. 어차피 여기서 살 것도 아니고, 잠시 임시변통으로 머무르고 있을 뿐이다. 모든 사람하고 잘 지낼 필요는 없었다. 영춘은 하시모토를 무시하고 잡화점으로 들어갔다. 여기도 감시의 눈초리가 있었다. 담배를 건네주는 요시노 상의 눈빛 또한 차갑기는 마찬가지였다.

사이쿠엔 공원은 사람들로 붐볐다. 코로나 대책이 완화되자 보복이라도 하듯 공원으로 쏟아져 나왔다. 영춘은 벤치에 앉아 느긋하게 담배를 피웠다. 넓은 잔디밭에는 목줄에서 풀려난 반려견들이 스프링처럼 튀어 다녔다.

"겐지!"

초록 실크 블라우스에 양가죽 미니스커트를 입은 루나가 사이쿠엔 공원의 햇살을 헤치며 다가왔다. 미용실에 다녀온 듯 잘 말린 버건디 웨이브 머리가 어깨 위에서 물결쳤다. 손바닥만 한 프라다 백이 골반 언저리에 걸쳐져 있었다. 출근하는 모양이다.

"미코 언니한테서 탈출한 거야?"

루나가 손목시계를 들여다보며 말했다. 영춘은 모호한 미소로 대답했다.

"미코 언니도 너무 해. 대장 노릇만 해서 사람을 함부로 대한다니까. 겐지처럼 사람이 좋으면 계속 이용만 당할 거야."

영춘 옆에 앉은 루나가 핸드백 안에서 피아니시모 슬립을 꺼냈다.

"겐지, 그거 알아? 미코 언니가 한때 '면도날 미코'라 불린 레이디스 보스였다는 거. 몸 어디엔가 항상 면도날을 숨기고 있으니까, 조심하는 게 좋을 거야"

루나가 영춘에게 몸을 기울이며 속삭였다. 멘톨 향이 빨간 입술을 통해 풍겨 나왔다. 풀린 단추 틈새로 깊은 가슴골이 반쯤 드러났다. 티파니 하트 펜던트가 매끄러운 피부에 달라붙어 반짝였다.

"언니 밑에 서른 명이 넘게 있었어. '요요기 스가렌'을 모르면 간첩이었다니까."

루나는 담배 연기를 옆으로 길게 뿜어냈다.

"우리가 스가렌을 결성하고 처음 한 일이 뭔지 알아? 등에 문신 새기기. 다들 관음보살에 꽂혔지. 왠지 알아?"

영춘이 관심을 보이자, 루나가 바싹 다가왔다.

"처음엔 표정 없이 새겨. 그러면 시간이 지나면서 표정이 만

들어진대. 온화하거나, 사납거나, 기술로는 새길 수 없는 자연스러운 자신만의 표정이 만들어지는 거는 거야. 연륜 같은 거지. 그래서 다들 관음보살을 새기고 싶어 했어. 하지만 보스인 미코 언니 외는 아무도 새길 수 없었어. 우린 그냥 나찰녀나 새겨야 했어. 한번 볼래?"

루나가 블라우스 한쪽을 내리자 하얀 어깨가 드러났다. 영춘이 급히 손을 내젓자 루나가 낄낄 웃어댔다. 아이섀도를 짙게 칠한 눈가에 주름이 잡혔다. 조명 속에서 볼 때는 잡아내지 못했던 연륜이 자연광 아래 드러났다. 조금이라도 어려지고 싶은지 미코에게 언니라는 호칭을 꼭 붙였다. 서른이나 서른둘이나 별반 차이가 없는데도 말이다.

"나, 갈게. 이따가 시간 되면 놀러 와."

루나가 자리에서 일어났다. 하이힐을 신고 또박또박 걸어가는 루나의 뒷모습을 영춘은 빤히 바라봤다. 짙은 쌍꺼풀, 도톰한 입술…… 성형으로 빚은 매력이 선명했다. 준페이가 루나에게 푹 파진 것도 무리가 아니었다. 영춘에게 시비조로 툭툭 쏘아대는 이유도 다 루나 때문이다.

"겐지."

루나가 오미코 문틈으로 손짓했다. 밤 8시를 넘긴 홀엔 다코와사비를 안주로 사케 잔을 기울이는 샐러리맨 둘만 남아 있었다.

"미안하지만, 카스미에 가서 이것 좀 사다 줄래?"

루나가 메모지와 카드를 내밀었다. '수박 1통, 파인애플 2개, 방울토마토 1상자, 사과 10개.'

"어제 주문해놨어야 하는데, 깜박했어. 저녁 장사 준비하려면 시간이 없어서."

루나가 눈웃음을 살살 쳤다. 미코가 거침없는 늑대라면 루나는 영악한 여우였다. 공원에서 미코 험담을 하더니 본인도 영춘을 부려먹는다. 영춘은, 이를테면 지하층의 공용물인 셈이다. 사람은 뭐든지 처음이 중요하다. 미코의 막무가내에 순응했더니 이것들이 사람을 물로 본다. 자연스럽게 순진한 말더듬증 총각으로 콘셉트가 잡혔다. 덕분에 밥은 오미코에서, 술은 루팡에서 해결하고 있었지만.

빨간 인조가죽 쿠션을 댄 문을 열자, 스툴에 앉아 있던 루나가 고개를 들었다. 바쁘다고 하더니 한가하게 손톱을 다듬고 있었다.

"냉장고 앞에 놔줘. 정리는 내가 할게."

루나가 일어나 허리 높이의 바 문을 열어줬다. 안쪽에 자그마한 주방이 있었다.

"수고했어. 술 한 잔 해."

루나가 얼음 컵에 위스키를 반쯤 따라 바 위에 놓았다. 영춘은 글라스를 들고 구석 자리로 갔다. 가게는 아담했다. 나뭇결무늬가 도는 원목 바 앞에 빨간 스툴 다섯 개가 나란히 놓여 있었다. 홀에 4인용 나무 테이블 네 개가 있고, 벽과 벽이 맞닿는 구석에 2인용 테이블 하나가 놓여 있었다. 허리 높이의 칸막이가 있어 혼자 앉아 있기 딱 좋았다. 벽에 걸린 클림트의 〈키스〉와 호박색 조명의 은은함이 약간 문란한 느낌을 주었다.

이런 변두리 바에서 저게 팔릴까? 장식장에 진열된 고급 위스키를 보자 당연한 의심이 들었다. 메뉴판에는 발렌타인 17년산 가격이 6만 5,000엔으로 적혀 있었다. 오미코에서 쓰케모노 정식 60개를 팔아야 비슷한 금액이 나온다. 루나의 성향으로 볼 때 과시용으로 진열해놓은 것 같았다. 영춘은 얼음이 반쯤 채워진 잔을 들어 술을 쭉 들이켰다.

"왜, 저기 있는 것들 마시고 싶어?"

루나가 쟁반을 들고 영춘 앞에 앉았다.

"저거 엄청 비싼 것들이야. 내가 긴자에서 일할 때는 하루에 서너 병씩 팔았는데……."

루나가 영춘의 빈 잔에 산토리를 따랐다.

"그냥 거기 있었어야 했는데……. 코로나인지 뭔지가 돌 줄 누가 알았겠어."

루나가 심란한 표정으로 자신의 얼음 잔에도 위스키를 따랐다.

"내가 비밀 하나 말해줄까? 언니가 겐지, 너를 좋아하는 이유가 그 과묵한 성격이래. 자기가 무슨 이야기를 해도 다 들어주기만 해서 좋대."

풋, 하고 웃음이 나왔다. 영춘이 과묵한 이유는 일종의 병이었다. 고착화된 발성기관을 가지고 태어난 탓에 혀의 굴림이 자유롭지 못했다. 말을 내뱉는 순간 혀의 위치를 정하느라 시간이 걸렸다. 그새 뒷말이 앞말을 씹으며 튀어나오려 했다. 마음이 급해져 첫음절만 서너 번 내뱉게 된다. 그제야 뒷말이 따라 나왔다. 그러다 보니 더듬거리는 걸 피할 수 없었다. 말을 못 하는 게 나쁘지만은 않았다. 킬러라는 직업 특성상 침묵이 방탄조끼 역할을 할 때도 있었다.

"그건 나도 인정해. 너랑 있으면 왠지 마음이 편해지는 거 있지. 겐지! 미코 언니하고 나 중에 누가 더 좋아?"

루나가 영춘을 빤히 바라보며 도발적인 질문을 던졌다. 영춘은 슬며시 고개를 돌렸다. 할로겐 조명 아래, 붉은 스툴 가죽이 미묘하게 번쩍거렸다.

"겐지! 가자!"

문이 활짝 열리며 미코의 목소리가 바 안에 쩌렁쩌렁 울렸다.

"뭐야, 손님이라도 있으면 어쩌려고 소릴 질러?"

루나가 벌떡 일어나 더 크게 쏘아붙였다.

"이 시간에 손님이 있을 리 없잖아."

미코가 문설주에 몸을 기댄 채 팔짱을 꼈다.

"그렇다고 남의 영업장에서 함부로 소리를 질러?"

루나가 허리에 손을 얹고 미코를 노려봤다.

"겐지, 빨리!"

미코가 루나를 무시하고 영춘에게 손짓했다.

"언니 말대로 손님이 오려면 시간이 좀 있으니까, 겐지는 여기서 술이나 마시고 나중에 가. 이거 한 잔 줄까?"

루나는 진열장 맨 위 칸에서 위스키 한 병을 꺼냈다. 오, 조니워커 블루! 영춘은 엉거주춤하던 허리를 똑바로 펴고 푸른 빛이 감도는 양주 병을 바라봤다. 미소가 절로 나왔다.

"웃기고 있네. 모리 아저씨한테도 들러야 해서 시간 없어."

미코가 성큼성큼 들어와 영춘의 손목을 덥석 잡아 끌었다. 루나가 위스키 병을 흔들며 유혹했다. 영춘은 끌려가면서도 블루에서 눈을 떼지 못했다.

"마셔!"

미코가 냉장고에서 우롱차를 꺼내 내밀었다.

"술 냄새 난다고. 빨리 마셔!"

영춘이 머뭇거리자 미코가 뚜껑을 따서 억지로 손에 쥐여줬다. 조니워커 블루 대신 씁쓸한 우롱차를 원샷하고 미코를 따라 밖으로 나갔다. 도시락을 든 미코가 가와사키 뒷자리에 올라탔다.

"모리 아저씨한테 들렀다 갈 거야."

오미코에서 메구로강 쪽으로 10분 정도 내려가면 다리 밑으로 얼기설기 지어진 판잣집이 강가를 따라 쭉 늘어서 있다. 주로 막노동을 하는 일용 노동자들이 좁은 방에 세 들어 살고 있었다. 미코는 가끔 남은 반찬으로 도시락을 만들어 모리를 찾아갔다. 다리에 가까워질수록 메구로강 지류인 하천에서 시궁창 냄새가 나기 시작했다. 하천 변에는 까마중과 도깨비바늘이 무성했다. 시내에서 얼마 떨어지지 않은 곳에 이런 판자촌이 있다는 게 신기했다. 뒤편으로 환하게 빛나는 도시의 불빛이 마치 딴 세상 같았다. 허름한 양철 문 사이로 가느다란 신음이 흘러나왔다.

"모리 아저씨?"

미코가 급히 문을 열고 안으로 들어갔다. 흙바닥인 부엌을 지나 방문을 열자, 컴컴한 방 안에 TV만 켜져 있었다.

"이런, 이런."

미코가 방으로 들어가 불을 켰다. 수염이 덥수룩한 모리가 벽에 기대앉아 땀을 뻘뻘 흘리고 있었다. 미코는 모리를 자리에 눕게 하고 이불을 덮어줬다. 벽에 걸린 수건으로 땀을 닦아주며 모리의 안색을 살폈다. 능숙한 행동이 한두 번 해본 솜씨가 아니었다.

"안 되겠다. 세븐일레븐에서 짐빔 한 병만 사다줘."

미코가 1,000엔짜리 지폐 세 장을 건네줬다. 타이레놀이 아니라 양주? 영춘은 의아했지만, 시키는 대로 700밀리리터 짐빔을 한 병 사 가지고 왔다. 미코가 맥주잔에 짐빔을 반쯤 채웠다. 알코올 냄새가 퍼지자, 모리가 눈을 떴다. 눈에 생기가 돌더니 잔을 빼앗아 단숨에 들이켰다.

"휴, 이제야 좀 살 것 같구먼."

신기하게 모리의 얼굴에서 식은땀이 사라지고, 두 눈이 반짝였다.

"미코 쨩, 한 잔 더."

모리가 잔을 내밀었다.

"밥부터요."

미코가 술 대신 잘 뭉쳐진 주먹밥을 내밀었다.

"알았어. 한 잔만 더. 거기 술병 좀 이리 줘봐."

모리가 손을 뻗었다. 영춘은 앞에 있던 짐빔을 모리에게 건 넸다. 또 한 번 원샷을 때렸다. 금세 짐빔 반병이 사라졌다.

"어이쿠, 배고파. 그라고 보니 오늘 종일 한 끼도 못 먹었구 면."

제정신으로 돌아온 모리가 주먹밥을 들고 허겁지겁 먹기 시작했다. 영춘은 가볍게 한숨을 내쉬고 밖으로 나왔다. 전형 적인 알코올중독자였다. 상태를 보니 중증이다. 저 정도면 간 암에 걸릴 틈도 없이 간경화가 먼저 찾아올 것이다. 간이 딱 딱해지고 복수가 차기 시작하면 황천길이 머지않았다고 봐야 한다.

'동일본 대지진 쓰나미에 가족을 다 잃어버렸대.' 처음 모리 를 방문했을 때 미코가 말해줬다. 1년 동안 폐허 속에서 살면 서 아내와 딸아이 시신을 찾았다고 한다. 아무것도 찾지 못 하고 가족사진 한 장만 들고 여기저기 떠돌다 이곳까지 흘러들 었다며 미코가 안타까워했다.

영춘의 처지도 모리와 다를 바 없었다. 언제부턴가 시간이 나면 혼자 술잔을 기울이는 자신을 발견할 수 있었다. 외로움이 계속되다 보면 모리처럼 중독이 될 수 있다. 그런 점에서 '민들레 상가' 사람들을 만난 건 다행이었다. 자신을 마구 부려먹긴 했어도 외로움에서 벗어나게 해주었으니까.

"가자!"

미코가 빈 도시락을 들고 나왔다. 영춘은 미코를 태우고 아파트로 향했다.

"모리 아저씨하고 어떻게 만났는지 내가 말해줬나?"

아파트에 도착하자 미코가 손가락 두 개를 내밀었다. 영춘이 담배를 꺼내 끼워줬다. 미코는 간헐적 금연 중이었다. 둘은 시멘트 턱에 걸터앉아 사이좋게 담배를 피웠다.

"우리 상가 앞에 메구로강으로 흘러가는 작은 하천 있잖아. 원래 거기도 모리 아저씨네 집처럼 냄새가 심했어. 민들레 상가 사람들이 하천 정비 사업을 해달라고 서명을 받아 구청에 민원도 넣고, 구의회에 항의 방문도 하고 해서 지금처럼 깨끗해진 거야."

미코는 민들레 상가 번영회 간사를 맡고 있었다. 옆의 꼬마 빌딩을 소유한 일해흥업이 민들레 상가를 호시탐탐 노리고 있다는 소문이 들리자 사람들은 배포가 좋은 미코를 간사로 선임했다.

"모리 아저씨네 동네도 문제가 많다고 해서 2차 정비 사업을 추진했지. 돌아다니며 서명을 받고 있는데, 모리 아저씨가 찾아왔어. 동네 대표로 왔다고 하천 정비 사업 민원을 제발 중단해달라는 거야. 처음엔 무슨 말도 안 되는 소린가 했어."

미코가 담배꽁초를 발로 비벼 끄고 도로 주웠다. 영춘이 빈 담뱃갑을 내밀자 그걸 그 안에 집어넣었다.

"하천이 정비돼 냄새가 없어지게 되면 집세가 올라가서 자기들은 쫓겨날 거라는 거야. 그나마 여기서 지낼 수 있는 것도 다 시궁창 냄새 때문이라고 제발 가만있어달라고 간청을 하는 거야. 이야기를 듣고 나니 이해가 가더라고."

미코가 자리에서 일어났다. 영춘도 미코를 따라 아파트 현관으로 들어갔다.

"세상 참 어렵지 않아? 눈에 보이는 것만 가지고는 알 수 없는 게 세상이야."

미코가 노인네 같은 말을 하고 302호로 들어갔다. *보이는 것만 가지고는 알 수 없는 세상이라*……. 그 말은 자신의 상황을 정확하게 설명하고 있었다. 영춘은 해답이 없는 현실에 한숨을 쉬며 5층으로 발길을 옮겼다.

3. 영춘, 민들레 상가의 위기를 보다

점심을 때우고 느지막이 오미코로 내려갔을 때, 계단 옆 간판을 보고 본능적으로 이상 징후를 감지했다. 루팡 간판이 바닥에 떨어져 있고 그 위에 구둣발 자국이 선명했다. 늘 있던 오미코 입간판도 사라졌다. 영춘은 서둘러 가게 안으로 들어갔다. 미코와 준페이가 테이블에 앉아 있었다.

"겐지 왔어?"

미코의 표정이 심각했다. 준페이는 고개도 돌리지 않았다.

"도대체 무슨 생각으로 그놈들한테 돈을 빌린 거야?"

미코의 목소리에 날이 서 있었다.

"사정이 있었겠지."

준페이가 한숨을 삼켰다.

"우리만의 문제가 아냐. 상가 사람들 모두 오라고 해야겠어."

영춘은 입구에 내동댕이쳐진 간판을 흘끗 봤다. 한가운데 구둣발에 차인 흔적이 보였다. 표적은 오미코가 아닌 듯했다. 영춘은 루팡을 향해 고개를 돌렸다. 미코가 고개를 끄덕였다. 루팡 문을 열자, 폭력의 흔적이 눈에 들어왔다. 테이블이 모조리 쓰러져 있었고, 클림트의 그림은 종잇장처럼 찢겨 바닥에 나뒹굴었다. 바 위에서 포인트 조명을 받은 사기 파편이 날카롭게 반짝였다. 안쪽에서 산발이 된 루나가 깨진 글라스를 모으다 말고 고개를 들었다. 눈 밑 화장이 번져 있었다. 영춘은 상황 파악에 들어갔다.

한 놈이 글라스를 던지며 후카시를 세웠고, 또 한 놈은 테이블을 뒤집으며 야코를 죽였고, 마지막 한 놈은 스툴에 앉아 위스키를 마시며 쇼부를 쳤군.

그렇다면 스툴에 앉은 놈이 '아니키'고, 다른 두 놈이 '꼬붕子分'이다. 전문가의 눈으로 홀 안을 한번 둘러보자 딱 견적이 나왔다. 루나가 돈을 빌렸다고 했다. 사채를 썼다면, 그쪽 업권業權은 야쿠자의 영역이다.

"루나, 얘기 마저 끝내자."

문이 쾅 하고 열리며 미코가 들이닥쳤다. 준페이는 머쓱한 얼굴로 뒤에 붙어 섰다.

"얼마를 빌렸는데 이 난리야?"

루나가 아랫입술을 깨물면서 손가락 다섯 개를 펴 보였다.

"50만?"

"아니."

"그럼, 500만?"

미코의 눈이 동그래졌다.

"이 코딱지만 한 바에서? 500만 엔을?"

미코가 탄식했다.

"코로나 때 물장사는 직격탄 맞았잖아. 운영비도……."

준페이가 미코 눈치를 보며 루나 편을 들었다.

"넌 가만있어."

미코가 쏘아붙였다.

"준페이 말이 맞아. 코로나 동안 내 인건비는커녕 가게 운영
비도 안 나왔어."

"그렇다고 핫토리 놈들한테 돈을 빌려? 걔들이 어떤 놈들인
지 알아?"

"돈을 빌려주는 데가 거기밖에 없는데 어떡해."

금방이라도 울음을 터뜨릴 듯 루나의 눈시울이 촉촉해졌다.

"돈이 없다는 애가 명품에, 성형까지."

"아, 몰라. 내가 알아서 할 거니까, 언니는 참견하지 마."

표정을 바꾼 루나가 정색하며 목소리를 높였다.

"누군 하고 싶어서 참견해? 상가 사람들 다 모였으니까, 네
입으로 해명해!"

미코가 문을 박차고 나갔다. 준페이도 뒤통수를 긁으며 미코를 따라 나갔다. 루나가 혼자 남은 영춘을 보더니 바닥에 풀썩 주저앉았다. 무릎을 끌어안은 그녀의 어깨가 떨렸다.

"코로나 때문에 문을 닫을까도 생각했지만…… 여기를 포기하면 난 정말 끝장이란 말이야."

바닥에 흩어진 사기 조각을 보며 루나가 중얼거렸다. 목소리에는 후회와 절망이 뒤섞여 있었다. 깨진 사기 조각들이 그녀의 남은 인생을 그대로 보여주는 것만 같았다.

1층 가구점 하시모토 상과 잡화점 요시노 상

2층 세탁소 히로키, 마사에 부부와 전자 담배 가게 청년 구로다 군

3층 당구장 주인 다쓰오 상

4층 건물주 야스코 할머니

민들레 상가의 모든 멤버가 오미코에 모였다. 루나는 죄인처럼 고개를 떨군 채 앉아 있었다. 영춘은 주방 문기둥에 기대어 상황을 주시했다.

"그럼 이번 달까지 빚을 갚지 못하면 핫토리 애들이 루팡에 사무실을 낸다는 거야?"

가구점 하시모토 상이 미간을 찌푸리며 루나를 쳐다봤다.

"무슨 소리야. 난 그런 놈들하고 거래 안 해."

보청기를 낀 야스코 할머니가 손을 내저었다.

"할머니가 '안 해' 한다고 될 문제가 아니에요."

미코가 답답하다는 듯 목청을 높였다.

"루나하고 2년간 임대 계약을 했잖아요. 루나가 그 계약서를 담보로 핫토리한테 돈을 빌렸대요. 그걸 갚지 못하면 루나 대신 그 기간 동안 여길 사용할 수 있는 권리가 핫토리한테 생긴다고요."

"난 그놈들하고는 거래 안 한다니까?"

야스코 할머니가 계속 손을 내저었다.

"그럼 남은 1년 동안 자기들이 여기를 쓰겠다고?"

잡화상 요시노 상이 야스코 할머니를 무시하고 대화를 이어갔다.

"이달 말까지 돈을 갚지 않으면 루팡 자리에 일해흥업 사무소를 낼 테니, 그때가 되면 나가달라고 루나한테 그랬대요."

"걔들이 여기에 사무소를 내서 뭘 어쩌겠다는 거야? 어차피 융자 못 갚으면 내년에 은행에서 경매 들어간다고 하지 않았어? 할머니, 사업한다는 아들한테 연락은 왔어요?"

세탁소 마사에 아줌마가 화가 잔뜩 난 목소리로 소리쳤다.

"몰라, 아무튼 난 그런 놈들하고 거래 안 할 겨."

야스코 할머니가 똑같은 소리만 반복했다.

"난 갈게요. 가게가 작아 보증금도 얼마 안 되는데, 그것만 받으면 돼요."

이야기가 길어지자 전자 담배 가게 구로다가 슬그머니 일어섰다.

"나도 갈게. 장사도 안 되는데, 깡패 놈들이라도 오면 한 게임 칠지 누가 알아. 보증금만 받으면 나도 나갈 거야."

당구장 다쓰오 상도 혼잣말처럼 중얼거리면서 일어섰다.

"잠깐만요!"

미코가 소리쳤다.

"그 보증금 때문에 우리가 모인 거라고요. 자칫하면 보증금도 못 받고 쫓겨날지 몰라요."

"뭐라고? 그게 무슨 소리야?"

마사에 아줌마가 펄쩍 뛰며 일어섰다.

"할머니 아들, 오자키라고 했죠?"

"우리 아들 왔어?"

졸고 있던 야스코 할머니가 슬며시 눈을 떴다.

"오자키 상이 민들레 상가가 낡았긴 해도 위치가 좋아서 경매에 들어가도 5억 엔 이상은 충분히 받을 수 있을 거라고, 은행이 3억 엔 가져가도 우리한테 줄 보증금은 충분하다고 했는데 무슨 소리야?"

보증금을 못 받을 수 있다는 말에 충격을 받았는지 마사에 아줌마가 열변을 토했다.

"저놈들이 왜 루나 계약서를 담보로 500만 엔이나 빌려줬겠어요? 다음 달부터 루팡에 일해흥업 사무실을 차려놓고 진을 친다고 생각해봐요. 민들레 상가에 야쿠자 사무실이 있다고 소문나면 아무도 경매에 참가하지 않을 거라고요. 3억 엔 아래로 낙찰되면 우린 맨몸으로 쫓겨나는 거예요."

"뭐? 저 여우 같은 년이 도대체 무슨 짓을 한 거야?"

하얗게 질린 마사에 아줌마가 루나에게 달려들었다.

"아줌마, 진정하세요."

준페이가 중간에서 두 팔을 벌리고 막아섰다.

"이년아, 그 돈이 어떤 돈인지 알아?"

덩치 큰 마사에 아줌마가 준페이를 밀어내고 루나의 머리채를 잡아챘다. 루나가 비명을 질렀다. 준페이가 사력을 다해 뜯어말린 덕분에 두 사람 사이가 벌어졌다.

"그 돈이 없으면 우린 어디 가서 장사하느냐고. 아이고!"

마사에 아줌마가 바닥에 주저앉아 울음을 터뜨렸다. 히로키 상이 다가가 아줌마를 위로했다. 그 광경을 지켜보던 구로다와 다쓰오가 슬그머니 자리를 떴다. 이 난리통에도 야스코 할머니는 의자에 앉아 꾸벅꾸벅 졸고 있었다.

"안 되겠다, 준페이. 할머니를 집에 모셔다드려. 나중에 오자키 상하고 이야기하는 게 낫겠어."

준페이는 혼자 있을 루나가 걱정되는지 몇 번이나 뒤를 힐끔거리면서 할머니를 부축해 밖으로 나갔다.

"그럼 어떻게 해야 하지?"

연장자인 하시모토 상이 미코에게 해결 방안을 물었다.

"일단 우리가 돈을 모아 루나 빚을 갚아주는 방법밖에 없어요. 어떻게든 핫토리 패거리가 민들레 상가 안으로 들어오는 것만은 막아야 해요."

"얼마나 부담해야 하는 건데?"

요시노 상이 주위를 둘러봤다. 전자 담배와 당구장이 빠지는 바람에 가구점 하시모토 상, 잡화점 요시노 상, 세탁소 히로키 상 그리고 미코, 이렇게 네 집만 남았다.

"잠깐만요."

미코가 카운터에서 계산기를 집어 왔다.

"저……."

산발이 된 루나가 고개를 들었다.

"이자가 붙어서……."

"뭐라고?"

"1200만이래요. 이자만 700만……."

"뭐? 1200만 엔?"

다들 놀라서 눈이 휘둥그레졌다. 배보다 배꼽이 더 커진 형국이다. 양아치들은 한국이나 일본이나 차이가 없었다.

"허허, 그럼 한 집당 300만씩 내야 하는 건가?"

요시노 상이 어처구니없다는 듯 웃었다.

"요즘 장사도 안 되는데 그런 돈이 어디 있어? 그것도 이달 말이라면 3일밖에 안 남았잖아. 저게!"

마사에 아줌마가 테이블 위에 있던 플라스틱 컵을 집어 들자, 루나가 잽싸게 겐지 뒤로 숨었다.

"어어, 왜 그래요?"

준페이가 급히 뛰어 들어와 루나 앞을 막아섰다.

"저, 비잉신. 너 일루 안 와?"

미코가 플라스틱 컵을 준페이에게 집어 던졌다.

"자, 자. 무슨 얘긴지는 알았으니까, 낼 다시 모이기로 하고 오늘은 그만 헤어지자고."

마사에 아줌마의 분노가 또다시 끓기 시작하자, 하시모토 상이 해산을 선언했다.

"여보, 우리도 가자. 300만 엔이라고? 제정신이야?"

히로키 상이 루나를 째려보고는 아줌마를 끌고 나갔다. 결국, 미코와 루나, 준페이만 남고 모두 자리를 떴다. 깊게 생각할 것도 없이 견적이 딱 나왔다. 빌딩으로 둘러싸인 이 알짜배기 땅을 핫토리인가 하는 놈이 노린 것이다. 제일 약한 고리인 루나를 공략해서 거점을 만들고, 문신한 몸통으로 소란을 피워 장사를 방해해서, 헐값에 낙찰하려는 속셈이었다. 제일 먼저 타격을 받는 곳은 오미코였다. 야쿠자 사무실이 옆에 있는데 누가 밥을 먹으러 오겠는가? 미코가 안절부절못하는 건 당연했다. 민들레 상가의 평화는, 이제 시한폭탄처럼 초읽기에 들어갔다.

4. 영춘, 보물지도를 보다

"어느 놈이 이런 몹쓸 짓을 해놨데야······."

모리가 구멍 난 간판을 들고 이리저리 살폈다.

"모리 아저씨, 어서 오세요."

미코가 힘없이 인사했다.

"하시모토 형님 표정이 영 안 좋던디. 뭐, 일 있는 겨?"

모리가 의자에 털썩 주저앉았다. 이마에 땀이 송골송골 맺혀 있고 손까지 덜덜 떨었다. 딱 봐도 금단증세였다.

"또 공짜 술 마시러 온 거죠?"

준페이가 퉁명스럽게 말하자, 모리가 괜히 헛기침을 했다.

"아니여. 지난번에 고맙다구 인사도 할 겸······ 들렀구먼."

"몸은 좀 괜찮아요? 몸살이 심한 것 같던데."

"몸이여 맨날 찌뿌둥혀. 간만에 도요스 시장꺼정 나가봤는디, 일거리가 영 시원찮여."

모리가 마른침을 삼키며 눈치를 봤다.

"이 분위기에 저녁 장사 못 하겠다. 술이나 한잔하자. 준페이, 나가서 '휴일' 팻말 좀 걸고 와."

미코가 주방으로 들어갔다. 잠시 후 테이블 위에 조촐한 술상이 차려졌다.

"모리 아저씨는 뭘로? 맥주?"

"맥주는 여기 있는 거 다 마셔도 모자랄 텐디. 독한 놈 없는겨?"

"여기 독한 년은 있어요."

미코가 루나를 손가락으로 가리키며 일어섰다.

"자기가 더 독하면서."

루나가 주방으로 들어가는 미코를 향해 입을 삐죽 내밀었다. 미코가 따뜻한 물에 일본 소주를 부어 모리에게 건넸다. 물을 섞자 모리가 인상을 썼지만, 잔을 받자마자 허겁지겁 마셨다. 영춘도 간만에 미코가 건네준 따뜻한 소주를 마셨다. 배 속이 뜨끈해지는 게 제법 괜찮았다.

"너도 한잔해."

미코가 뽀로통해 있는 루나에게 술을 권했다. 상황이 상황인지라 두 사람이 연거푸 잔을 들이켰다. 병권을 잡은 미코는 모리의 잔에 물을 많이 부어가며 페이스를 조절했다. 성이 차지 않는지 모리가 초조한 눈빛으로 다음 잔을 기다렸다.

"언제까지라고 했지?"

"몇 번이나 말해야 돼? 이달 말까지라고!"

"이게 뭘 잘했다고 큰소리야?"

미코가 루나의 머리채를 움켜쥐었다.

"아, 누나!"

준페이가 얼른 미코를 밀어내고 두 사람 사이에 자리를 잡았다. 미코가 한심하다는 듯 준페이를 흘겨봤다.

"두 사람, 싸운 겨?"

제정신으로 돌아온 모리가 분위기를 감지한 듯 대화에 끼어들었다.

"쟤가 핫토리 놈들한테 돈을 빌리는 바람에 오미코가 문을 닫게 생겼다고요."

"뭐? 핫토리? 그놈들은 이나가와가 뒷배를 봐주는 것들이라던디……. 얼마나 빌린 겨?"

모리가 화들짝 놀라 루나를 쳐다봤다.

"500만에, 이자가 700만이래요. 완전 양아치 새끼들한테 당한 거라고요."

"음."

모리의 표정이 심각했다.

"돈을 갚지 못허면 여자는 요시와라로 넘기고, 남자는 장기를 빼 간다던디. 500만에 이자 700만이라……. 그 액수면 무사허지 못할 것 같은디."

방 안의 공기가 싸하게 가라앉았다. *이나가와라*……. 영춘은 조용히 한숨을 내쉬었다. 도쿄만에 수장한 이사부로의 검은 그림자가 떠올랐다.

"루팡만 넘겨주면 된다고 했어요."

루나가 힘겹게 미소를 지었지만, 얼굴은 하얗게 질려 있었다.

"여기 오미코가 더 문제예요. 야쿠자들이 루팡에 자릴 잡으면 장사는 완전 망했다고 봐야죠. 괜히 옆에 있던 애먼 사람이 날벼락을 맞은 꼴이라니까."

"누나, 말로 해."

미코가 루나를 향해 팔을 뻗으려 하자 준페이가 막아섰다.

"너, 지금 누구 편을 드는 거야? 오미코가 망하게 생겼는데, 그래도 저년이 좋아? 젠장, 이달 말까지 1000만 엔이 넘는 돈을 어떻게 마련하느냐고."

미코가 술을 단숨에 목으로 털어 넣었다.

"1000만 엔이라……."

모리가 잔을 만지작거리며 중얼거렸다.

"적진 않지만…… 아주 불가능한 금액도 아녀."

"진짜요? 돈을 구할 방법이 있어요?"

준페이가 미코 손에서 소주 병을 낚아채 모리의 잔에 술을 콸콸 부었다. 모리는 얼른 잔을 비웠다. 모두의 시선이 모리에게 쏠렸다. 하지만 모리는 또다시 빈 잔만 만지작거렸다.

"에이 뭐야! 술 얻어먹으려고 뻥친 거잖아?"

준페이가 역시나, 하는 눈빛으로 모리를 노려봤다.

"뻥이 아니라, 진짜 방법이 있긴 혀."

"그러니까, 무슨 방법이냐고요."

준페이가 다그쳤지만, 모리는 좀처럼 입을 열지 않았다. 갑자기 루나가 밖으로 뛰어나갔다.

"한 잔 드실래요?"

다시 돌아온 루나의 손에는 블루빛 위스키 병이 들려 있었다. 지난번에 영춘을 유혹했던 조니워커 블루다. 병목의 푸른색 시그니처 라벨은 이 술이 미개봉 상태임을 증명하고 있었다. 모리의 시선이 술병에 고정된 채 떠날 줄을 몰랐다. 루나가 캡 실을 벗기고 코르크를 뽑자, 몰트 향이 순식간에 오미코를 채웠다. 모리의 입이 서서히 벌어졌다. 금방이라도 침이 흘러내릴 것만 같았다.

"아까 방법이 있다고 하셨죠?"

루나가 위스키 병을 좌우로 살랑살랑 흔들었다. 모리의 고개도 병을 따라 살랑살랑 돌아갔다.

"암, 있구말구. 일단 한 잔……."

"일단 말씀부터 듣고."

루나가 눈웃음을 살짝 치면서 빈 잔에 술을 딱 한 모금 양만큼만 떨어뜨렸다.

"에이, 오미코를 살릴 수 있다면야……."

모리가 입맛을 다시며 안주머니를 뒤적였다. 손때가 묻은 낡은 지갑에서 꼬깃꼬깃 접은 종이 쪼가리 한 장을 꺼냈다. 다들 보물 지도를 상상하며 숨을 죽였다.

"자, 다들 여길 잘 봐아."

모리가 종이쪽지를 탁자 위에 올려놓았다. 그건 보물 지도가 아니라 오래된 신문 기사였다. 기사에는 금고가 잔뜩 쌓인 사진이 실려 있었다. '쓰나미가 쓸어 간 금고'라는 헤드라인 아래 기사 내용은 대충 이랬다. 시골 노인들이 은행을 믿지 못해 집 안 금고에 현금을 보관. 동일본 대지진 때 밀어닥친 쓰나미에 수백 개 금고 유실. 경찰과 자위대가 폐허 더미에서 수습한 금고가 경찰서 앞마당에 산처럼 쌓임.

"그러니까, 모리 아저씨 말은 지금 이걸 털자는 거야?"

준페이가 김빠진 목소리로 물었다. 미코도 내심 기대했었는지 작게 한숨을 내쉬었다.

금고 안에 뭐가 들어 있을까? 현금? 금붙이? 요즘 금값이 장난이 아닌데……. 영춘은 사진 속 마당에 쌓인 금고들을 자세히 들여다봤다.

"그기 아니구, 지금부터 내가 허는 말 잘 들어야 혀."

모리의 표정이 진지하게 변했다. 루나가 얼른 술을 잔에 3분의 1쯤 채웠다. 모리가 냉큼 들이켰다. 제대로 된 알코올이 들어가자 얼굴에 생기가 돌았다.

"기사에 나와 있지만, 후쿠시마 사람들도 은행을 안 믿고 다들 금고에 현금을 넣고 살은 겨."

"그럼 아저씨도 후쿠시마?"

"그려, 후타바 출신이여. 대지진 때문에 여기까지 흘러온 겨. 이 기사를 보니까 과거 기억이 떠오른 겨. 그때 나는 어묵 만드는 수산물 공장 작업반장이었구먼."

모리가 슬쩍 빈 잔을 보고 루나에게 시선을 돌렸다. 루나는 배시시 웃기만 했다. 아직 정보가 부족한 모양이다.

"…… 어느 날 말여, 사장인 하야시가 경리 직원인 이치코를 데리고 나루호토 별장으로 오라는 겨. 월급 전날인디 이치코가 돈을 찾아놓지 못한 모양이여. 사장이 돈을 줄 테니께 이치코를 안전하게 회사까지 데려다주라고 하고는 안으로 들어가는 겨."

모리의 목소리가 점점 낮게 가라앉았다. 다들 숨을 죽이고 귀를 기울였다.

"사장을 기다리는 동안 별장 구경도 헐 겸 한 바퀴 돌아보는디, 뒤쪽 창문 아래로 사장이 보이는 겨. 호기심에 안을 들여다봤더니……."

모리가 잠시 말을 멈췄다.

"아, 글씨…… 사장이 탁자 위에 돈을 잔뜩 쌓아놓고 열심히 세고 있는 겨. 좀 있다가 남은 돈을 금고에 집어넣는디, 말로만 듣던 돈다발이 잔뜩 쌓여 있는 겨."

"돈이 가득 있었다고요?"

루나가 앞에 있던 글라스에 블루를 따라 모리 앞으로 밀어
줬다.

"그려, 내 평생 그렇게 많은 돈은 처음 봤구면."

모리가 양주를 꿀꺽꿀꺽 들이켰다.

"혀지만 별수 있었어. 그림의 떡이려니 혀고 잊어야제. 근데
이 기사를 본 겨. 수소문해서 알아봤는디, 하야시는 공장에 있
다가 쓰나미에 휩쓸려 행방불명되었다는 겨. 별장이 있던 나
루호토는 고지대라 쓰나미가 안 닿을 수도 있단 말여. 그렇다
면 금고에 있던 돈은 그대로 있을 게 분명혀."

모리가 자신만만하게 말했다.

"그러니까, 그 돈을 찾으러 가잔 말이죠?"

루나의 눈이 반짝였다.

"에이, 그게 남아 있겠어? 10년도 넘게 지났는데. 가족들이
챙겨 갔겠지."

준페이가 말도 안 된다는 듯 손을 내저었다.

"가족이라곤 갓 결혼한 아들 내외뿐인디, 걔들도 같이 실종
됐다는 겨."

"그렇다면……."

루나가 모리를 향해 목을 길게 뺐다.

"시방 거기에 금고가 있다는 사실을 아는 사람은 나 말고는
아무도 없다는 말이 되는 겨, 그지?"

모리가 자신의 가슴을 탁탁 치며 으스댔다.

"금고에 얼마나 들어 있을까요?"

루나가 위스키 병을 든 채 이마가 닿을 정도로 모리에게 바싹 다가갔다. 쌍꺼풀 진 커다란 눈이 탐욕으로 반짝였다.

"그건 금고를 열어보기 전까진 정확히 모르제. 허지만 돈이 쌓여 있던 양을 보면 억은 충분히 넘을 겨."

"억이라고요? 당장 가자!"

홍분한 루나가 술병에서 손을 떼고 두 손을 불끈 쥐었다. 영춘은 기회를 놓치지 않고 얼른 위스키를 가져다 모리의 잔과 자신의 잔을 채웠다. 병을 내려놓으려니 미코가 인상을 썼다. 눈치껏 미코의 잔도 채웠다.

"언니, 준페이. 어떻게 할래?"

"루나가 간다면 나도 당연히 가야지."

준페이가 루나를 보며 싱글벙글했다.

"글쎄, 거긴 아직 방사능오염 지역 아냐? 민간인 출입도 안 된다는데, 별장을 어떻게 찾아?"

미코는 별로 내키지 않는 표정이었다.

"내가 약도를 그려줄게. 그거 보면 충분히 찾아갈 수 있을 겨."

"그냥 같이 가시는 건……."

루나가 위스키 병을 슬그머니 자기 앞으로 당겨 왔다.

"아니여, 난 그 저주받은 땅에는 다신 안 갈 겨. 약도를 그려줄 테니께, 가고 싶은 사람이나 갔다 와."

모리가 손을 뻗어 술병을 잡아당겼다.

"약도 먼저 그려주셔야죠. 준페이!"

루나가 손을 뻗어 병을 잡았다. 블루가 테이블 한가운데서 멈춰 섰다. 준페이가 카운터로 가서 볼펜과 메모지를 들고 왔다. 할 수 없다는 듯 모리가 손을 거두고 볼펜을 잡았다. 모두의 시선이 모리에게 집중됐다.

"일단 후쿠시마역까지 가야 혀. 거기까지는 쉽게 갈 수 있을 겨. 거서 38호선 국도를 타고 후타바역을 지나 바다 쪽으로 쭉 가면 되는 겨. 계속 가다 보면 나루호토 언덕으로 올라가는 표지판이 보일 겨. 내가 허는 말, 무슨 말인지 알아듣겠지?"

모리는 한껏 고무된 표정으로 좌우를 번갈아 보며 기분을 만끽했다. 양주를 글라스로 마신 후라 자신감이 충만해 보였다.

"언덕 꼭대기까지 올라가면 넓은 평지가 나올 텐디, 거기가 나루호토 별장 지대여. 바다가 한눈에 들어오는 게 전망이 끝내주게 좋아. 별장이 여러 채 있는디, 그중 오른쪽 두 번째 빨간 벽돌로 지은 게 하야시네 별장이여."

"별장은 찾았다 치고, 금고는요?"

루나가 위스키를 따라주며 물었다.

"계단을 찾아 지하로 내려가면 찾을 수 있을 겨. 콘크리트 벽에 붙어 있으니께, 금방 눈에 띌 겨."

모리가 펜을 내려놓았다. 약도가 엉성하기는 해도 찾아가는 데 문제는 없어 보였다. 과연 금고가 있을까? 영춘은 미심

쩍은 표정으로 모리를 바라봤다. 잔을 들고 있는 그의 손이 떨리고 있었다. 알코올중독자였다. 그의 말은 흥미로웠지만, 술 때문에 과장해서 말하고 있는 건지도 몰랐다.

"근데 금고를 찾아도…… 어떻게 열어요? 비밀번호는요?"

미코가 팔짱을 낀 채 약도를 내려다봤다. 눈빛이 살짝 바뀌었다. 드디어 구미가 당긴 것 같았다.

"번호? 내가 그걸 알 리가 있겠어?"

모리가 당연하다는 표정으로 말했다.

"그럼…… 못 여는 거잖아."

"못 열면 부수면 되지. 함마로 까든가, 다이너마이트로 날리든가. 알아서들 혀."

자기가 할 일은 다 했다는 듯 모리가 손을 털었다.

"그럼, 결국 금고를 찾아도 열 수가 없다는 거네."

루나가 낙담한 표정을 지었다.

"방법은 있어. 전에 야마다 고물상에서 금고 여는 걸 본 적 있어. 용접기로 자물쇠 부분만 도려내더라고."

준페이가 루나를 보며 자신만만한 목소리로 말했다. 절단하려면 산소용접기를 가져가야 한다. 게다가 용접은 기술이 필요한 작업이다. 의욕만 앞세운다고 될 일이 아니었다. 영춘은 위스키를 홀짝이며 계산에 들어갔다.

"자, 그럼 다 해결된 거네. 다 같이 가는 거지?"

루나가 결의에 찬 눈빛으로 준페이를 쳐다봤다.

"그려, 잘들 다녀와. 난 이제 집에 가야겠어. 오랜만에 양주를 먹었더니 취기가 제법 올라오는구먼."

모리가 남은 위스키 병을 들고 일어섰다. 다들 모리가 나가는 걸 지켜봤다. 모리가 사라지자 침묵의 시간이 찾아왔다.

"가자! 다른 방법이 없잖아?"

루나가 침묵을 깼다.

"걸리는 게 어디 한두 가지여야지. 방사능에, 출입 금지에, 잠긴 금고에…… 게다가 열어도 돈이 없으면 개고생만 하는 거잖아."

미코가 현실적인 말을 했다.

"모리 아저씨 말 안 들었어? 금고에 돈이 쌓여 있다잖아. 어쩌면 수억 엔이 들어 있을지도 몰라. 한 방에 인생이 역전될 수도 있어."

루나의 커다란 눈동자가 탐욕으로 이글거렸다.

"한 푼도 없을 수도 있고."

미코가 시니컬하게 받아쳤다.

"많이도 필요 없고 루나 빚만 갚아줄 정도만 있으면 되는 거 아냐?"

준페이가 루나에게 힘을 실어줬다.

"쟤 빚을 갚아주자고 그 험한 데에 가자고? 그래, 둘이서 갔다 오면 딱 좋겠네. 이 빙신아!"

미코가 준페이의 머리를 쥐어박았다.

"오미코를 구하기 위해서라니까! 루나 빚을 못 갚으면 오미코도 문 닫을 수밖에 없다며."

준페이가 머리를 어루만지며 억울해했다.

"아무튼 찜찜해. 방사능에 오염된 지역이야. 자칫하면 죽을 수 있어."

미코는 여전히 내키지 않는 표정이었다.

"누나, 방사능에 조금 노출된다고 금방은 안 죽어. 후유증은 수십 년 후에 나타난다고. 하지만 지금 당장은 오미코가 날아갈 판이잖아."

준페이가 강하게 밀어붙였다.

"맞아. 돈 버는 데 쉬운 일이 어딨어? 그 정도 위험은 각오해야지. 거긴 아무것도 없을 테니까, 비상식량하고 생수를 가져가야 할 거야. 참! 용접기도 필요하다 그랬지. 그건 어디서 구하지?"

두 사람의 열띤 대화에도 아랑곳하지 않고 루나는 출발 준비에 여념이 없었다.

"야마다 고물상에 방치된 용접기가 있거든. 새벽 일찍 가져오면 아무도 모를 거야."

준페이의 말에 루나가 엄지를 척 올리며 기뻐했다.

"잘들 놀고 있네. 짐 싣고 갈 차도 없는 주제에."

미코의 말에 영춘은 가와사키 키를 테이블 위에 던졌다. 세 사람의 시선이 동시에 영춘에게 꽂혔다. 모리의 말이 사실이라면 금고 안에 현금이 꽤 있을지도 모른다. 확인을 해보는 것도 나쁘지 않았다. 게다가 나루호토가 별장 지대라면 하야시의 별장 말고 다른 별장도 있을 것이다. 값나가는 물건들이 그대로 있다면? 그건 또 다른 기회였다.

올해 말이면 겐지 아파트의 계약이 끝난다. 그 전에 한국으로 돌아가려면 목돈이 필요했다. 가만있으면 아무 일도 일어나지 않겠지만, 그건 좋은 게 아니라 서서히 가라앉는 것이다. 기회가 왔을 때 잡아야 한다. 영춘은 모리의 신문 기사에 베팅해보기로 했다. 빈손으로 돌아온다고 해도 잃을 건 없었다.

"겐지 오토바이라면 중고라도 값이 꽤 나갈 거야. 싼 중고차 정도는 구할 수 있을걸. 안 그래, 준페이?"

"가능할 거야. 빨리 야마하 구보 상한테 가져가보자. 아직 퇴근 안 했을 거야."

준페이가 키를 집어 들었다.

"나랑 같이 가. 나머지 필요한 건 내가 살게."

루나와 준페이가 서둘러 가게를 빠져나갔다. 두 사람이 나간 뒤에도 미코는 화가 안 풀렸는지 남은 술을 계속 들이켰다.

"넌 바보같이 오토바이를 주면 어떡해?"

밖에 나온 미코가 어두운 하늘을 올려다보며 인상을 썼다.

"뒤로 돌아!"

갑작스러운 미코의 명령에 영춘은 어리둥절했다. 미코가

뒤로 가더니 영춘의 등에 냉큼 올라탔다.

"마음대로 오토바이를 줬으니까, 나도 내 맘대로 할 거야. 자, 갑시다. 집으로."

혀가 꼬부라진 미코가 두 손을 들어 앞으로 뻗었다. 어이가 없었지만, 상가 사람들 눈에 띄면 오해받을 것 같아 빠른 걸음으로 미코의 나와바리를 벗어났다.

"이랴, 이랴! 기분 좋은데. 이 기막힌 날, 조금은 위로가 된다."

미코가 몸을 흔드는 바람에 하마터면 넘어질 뻔했다.

"미안, 미안."

영춘이 휘청하자, 미코가 얌전히 등에 머리를 기댔다.

"이게 무슨 날벼락인지 모르겠다. 엄마가 죽어라 고생해서 자리 잡은 가겐데. 겐지, 너 정말 후쿠시마에 갈 거야?"

영춘은 고개를 끄덕였다. 가와사키도 넘긴 마당에 후퇴는 없다.

"너도 루나만큼 돈이 절실한 모양이구나. 미안해. 난 네가 매일 놀고 있길래 돈 좀 있는 건달인 줄 알았어. 내일부터 알바비라도 챙겨줄까?"

얘가 장난하나? 영춘은 고개를 흔들었다. 겐지의 연장 가방속에 돈이 약간 있어 연말까지 지내는 데는 문제없었다. 그래도 위조 여권을 구입하거나 밀항하려면 목돈이 필요했다. 그깟 푼돈은 도움이 안 됐다.

"우리 가게 이름을 왜 준페이가 아니라 내 이름을 따서 지은 줄 알아?"

미코가 두 팔로 영춘의 목을 감싸며 몸을 밀착시켰다.

"우린 배다른 남매야."

미코가 뜬금없이 출생의 비밀을 털어놓았다.

"내 친아빠…… 엄마가 긴자에서 만난 남자야. 죽기 전에 말해줬어. 호스티스 시절에 만난 야쿠자라고."

미코의 목소리가 떨리기 시작했다.

"애를 가졌다고 하자 화를 내며 지우라고 해서 엄마가 도망쳤대. 매우 폭력적인 사람이라 잡히면 무슨 짓을 할지 몰라 나를 낳을 때까지 숨어 살았대."

영춘은 미코의 과거에 동질감을 느끼며 고개를 끄덕였다.

"혼자 살다가 잠깐 눈 맞은 남자랑 준페이를 낳은 거래. 그래서인지 준페이와 나는 성격이 완전 달라. 쟤는 말만 요란해. 난 어렸을 때부터 무서운 걸 몰랐어. 일진이건 선생이건 다 우스워 보였어."

미코의 목소리가 밝아졌다.

"고등학교 자퇴하고 요요기 공원에서 매일 싸움질만 해댔어. 엄마가 핏줄은 못 속인다고 해서, 내 아빠가 범상치 않은 사람이구나 싶었지."

미코가 입김을 토해낼 때마다 등이 점점 따뜻해졌다.

"그렇게 놀다 보니…… 다 시시해지더라고. 그래서 애들한테 해산을 선언했지. 지금은 결혼도 하고 간호사도 되고……
다들 잘 살고 있어. 나도 엄마 가게 물려받아 열심히 살았는
데…….”

미코의 목소리가 점점 작아졌다.

“젠장! 그래, 가자! 천하의 미코가 겁낼 게 뭐가 있어? 후쿠
시마가 아니라 체르노빌이라도 돈만 있다면 가자고!”

갑자기 소릴 지르는 바람에 지나가던 사람들이 깜짝 놀라
쳐다봤다. 영춘은 쓴웃음을 지으며 발걸음을 재촉했다.

“…… 괜히 루나를 야스코 할머니한테 소개했나 봐. 요요기
시절에 같이 놀던 동생인데, 긴자에서 돈 좀 벌었다고 찾아왔
어. 독립하려고 가게를 찾고 있다고 하는데 마침 루팡 자리가
비어서……. 젠장! 코로나가 발생할 줄 누가 알았겠어.”

코로나가 여러 사람 힘들게 했다. 영춘이 한밤중에 여자를
업고 다니는 신세가 된 것도 다 코로나 때문이었다.

“겐지……. 나 너무 졸려. 잠 좀 자도 돼? 집까지 데려다줘야
해. 비번 알고 있지?”

미코가 중얼거리듯 말하고는 영춘의 등에 머리를 기댔다.
어느새 그녀의 숨소리가 일정한 리듬을 타기 시작했다. 영춘
은 사람들을 피해 한적한 메구로강 변을 따라 걸어갔다. 얼마
만에 느껴보는 평온함인가? 새근거리는 미코의 숨결이 고된
하루를 위로해주었다. 강 건너 도시의 불빛이 점점 늘어났다.
영춘은 잠시 멈추고 불빛을 바라봤다.

내 출생의 비밀은 무얼까? 노스님은 내가 갓난아기 때 도솔 암 앞에 버려졌다고 했다. 깊은 산속 암자에 버려진 걸 보면 노스님과 어떤 식으로든 연고가 있을 것 같은데, 돌아가실 때 까지 아무런 언질도 주지 않았다.

노스님은 무예에 조예가 깊었다. 젊었을 때부터 무술에 빠 져 해외를 떠돌며 수련을 쌓았다고 한다. 도솔암에 정착한 후 중국, 홍콩, 일본 등지에서 무인들이 찾아왔다. 그들은 며칠씩 도솔암에 머물며 기氣와 혈穴에 대해 열띤 토론을 벌였다. 웃 통을 벗고 대련을 하기도 했다. 영춘은 어릴 때부터 그 모습을 보며 자랐다.

스님은 무술 이외에 뼈에 대해서도 심취해 있었다. 죽은 동 물의 사체를 발견하면 뼈를 챙겨 왔다. 암자 뒤에 동굴에서 원 형 복원 작업을 했다. 다람쥐, 고라니, 멧돼지 등의 뼈로 만든 수십 개의 형상이 동굴 안을 가득 채웠다. 의학 도감을 펼쳐놓 고 뼈의 구조와 특성을 공부했다. '관절의 위치와 뼈의 특성을 잘 이해하면 단 한 번의 가격으로 상대를 탈골시키거나 주저 앉힐 수 있어.' 스님은 모든 지식을 영춘에게 전수해주었다.

스님이 세상을 떠난 후 영춘은 체력 단련에만 매달렸다. 매 일의 단련으로 잘게 찢긴 근육은 통증을 견디면서 강철 와이 어처럼 질겨졌다. 반복되는 고통이 슬픔을 없애줄 거라 믿었 다. 그렇게 아무도 없는 산속에서 혼자 버티며 살았다.

미코의 아파트 문 앞에 도착했지만, 그녀는 깨어날 줄 몰랐다. 영춘은 비밀번호를 누르고 안으로 들어갔다. 조심스럽게 미코를 침대에 눕혔다. 술기운이 올라 얼굴이 살짝 상기돼 있었다. 면 티셔츠와 몸에 딱 붙는 청바지가 불편해 보였지만, 오해가 생길 것 같아 손대지 않고 그냥 두었다. 이불을 덮어주고 잠시 미코를 바라봤다. 깨어 있을 때의 당찬 모습과 달리 여려 보였다. 평온히 잠든 모습을 뒤로하고 문을 닫으려는데, 말소리가 들렸다.

"바보……."

고개를 돌려보니 미코가 옆으로 돌아눕고 있었다. 가볍게 코 고는 소리가 들렸다. 잠꼬댄가? 영춘은 복도로 나와 5층에 있는 아파트를 향해 묵직해진 발걸음을 옮겼다.

5. 영춘, 들개와 사투를 벌이다

겐지의 성향은 분명했다. 무엇보다 실용성을 중시했다. 연장 가방에는 종류별로 모은 칼이 잘 정리되어 있었다. 영춘은 카바 나이프를 집었다. 18센티미터짜리 블레이드. 이 미제 나이프는 경량이라 은폐가 쉽고, 내구성이 뛰어났다.

복장은 검은색 계통을 좋아했다. 신축성이 좋은 블랙진과 기능성 상의를 걸치고 낙하산 줄로 제작된 군용 배낭을 멨다. 복장을 갖추고 아파트 주차장으로 내려갔다. 영춘을 본 준폐이가 손을 흔들었다.

뒤쪽에 물 빠진 청바지 색감의 낡은 왜건 한 대가 서 있었다. 스바루 레거시. 여기저기에 흠집이 가득해 단번에 고물 차임을 알 수 있었다. 영춘은 두 손을 모아 차장 안을 들여다봤다. 차는 낡았지만, 적재 공간은 넉넉했다. 조심스럽게 뒷문을 열었다. 산소통, 호스, 절단용 토치, 용접 마스크, 방열 장갑, 생수 한 박스, 컵라면이 실려 있었다. 영춘은 녹색 산소통이 신기해서 이리저리 돌려봤다.

"고만 휘둘러. 산소 샐라."

편의점에 갔다 오는지 루나가 세븐일레븐 봉투를 생수병이 든 박스 옆에 내려놨다. 간식거리가 가득했다.

"다들 부지런하네. 넌 어디 바캉스 가냐?"

미코가 잠이 덜 깬 얼굴로 나타났다. 어제와 마찬가지로 헐렁한 면 티셔츠에 청바지 차림이다. 반면에 루나는 짧은 반바지 위로 품 넓은 흰색 블라우스를 걸쳐 앞섶 아래를 질끈 묶은 차림이었고, 고양이 눈매를 닮은 브라운 톤 선글라스를 머리 위에 걸쳐놨다.

"언니, 오랜만에 여행 가는데 화장이라도 좀 하지 그랬어?"

"화장, 했거든?"

"어머! 한 게 그래?"

풋, 하고 영춘은 자신도 모르게 웃음을 터뜨리고 말았다. 미코가 무서운 눈빛으로 노려봤다. 얼른 고개를 돌렸다. 화장은 커녕 눈곱도 제대로 뗀 것 같지 않았다.

"너 설마 이 속에 비키니가 들어 있는 건 아니겠지?"

미코가 루나 어깨에 걸린 큼지막한 숄더백을 손가락으로 꾹꾹 찔러댔다.

"귀신이네, 귀신이야. 준페이, 빨리 가자!"

루나가 신이 난 듯 촐싹거리며 앞좌석에 올라탔다.

"정신 나간 년. 방사능에 절어봐야 정신 차리지."

미코도 작은 배낭을 들고 영춘 옆에 앉았다.

"넌 옷도 안 벗겨주고 그냥 가냐?"

미코의 말에 앞좌석에 앉아 있던 두 사람이 깜짝 놀라 고개를 돌렸다. 영춘과 미코를 번갈아 쳐다보는 눈빛에는 호기심이 가득했다. *아, 진짜 뭐야……*. 영춘은 아예 눈을 감아버렸다.

"뭘 봐? 빨리 출발 안 해?"

미코가 눈을 치켜뜨자 두 사람이 급히 고개를 돌렸다. 미코도 하품을 길게 하고는 의자 등받이에 기대 눈을 감았다.

"조반선을 타고 가는 게 빠르지 않을까?"

"도호쿠선을 타는 게 낫지 않을까? 좀 돌더라도 안전하게 가야지."

루나와 준페이가 아이패드를 들여다보며 고민에 빠졌다. 내비게이션이 가르쳐주는 대로 가면 될 것을 쓸데없이 머리를 쓰고 있었다.

영춘은 잠시 졸다 눈을 떴다. 차가 도로 한가운데 서 있었다. 주변에 차량이 가득했다. 말로만 듣던 도쿄 러시아워였다. 신호가 여러 번 바뀠는데도 차는 꼼짝하지 않았다. 영춘은 다시 자는 게 낫겠다 싶어 팔베개를 했다. 팔꿈치가 미코의 어깨에 살짝 닿았다. 미코가 눈을 반쯤 뜨고 노려봤다. 영춘은 얼른 팔을 내렸다. 어젯밤 '야쿠자의 딸'이란 말을 들어서일까? 이 여자, 왜 이렇게 무서운 거야.

불빛 하나 없는 마을은 어둠 속에 잠겨 있었다.

"너무 어두운 거 아냐?"

준페이가 손전등을 켜고 사방을 비추었다. 10년 넘게 방치된 마을은 온통 잡초투성이였다.

"방사능 허용 수치가 0.23마이크로시버트라고 했지? 지금 어느 정도 나오는지 한번 재볼까?"

준페이가 옆구리에 찬 노란색 측정기를 만지작거렸다.

"하지 마. 여기까지 와서 수치가 높다고 돌아갈 순 없잖아. 괜히 기분만 나빠져."

루나가 펄쩍 뛰며 만류했다.

"하긴."

준페이가 쿨하게 손을 내렸다. 불편한 사실을 외면하려는 건 아무래도 특유의 국민성에 기인한 것 같았다. 그럴 거면 측정기는 왜 차고 온 건데? 영춘은 속으로 중얼거렸다. 아스팔트 도로로 진입한 걸 보니 시내로 접어든 것 같았다. 부서진 건물들이 하나둘 보이기 시작했다.

"다리 아파 죽겠네. 오랜만에 산을 탔더니 힘들어 죽을 것 같아."

루나가 앞서가던 준페이의 등을 잡아당기며 투정을 부렸다.

"운동화를 신고 와야지, 그런 걸 신으니까 아플 수밖에."

"운동화? 언니, 여자는 스타일이야. 운동화는 태가 안 살아."

"태? 왜, 하이힐을 신고 오지 그랬어?"

미코가 루나의 샌들을 내려다보며 비아냥댔다.

"내가 쉴 만한 곳이 있는지 찾아볼게."

준페이가 빠르게 앞으로 달려 나갔다.

"겐지, 안 무거워?"

미코가 손바닥으로 가스통을 쓰다듬으며 물었다. 맨몸으로 산을 탄 사람이 죽을 맛이라는데, 커다란 산소통을 메고 산을 넘은 사람이 힘들지 않을 리 없었다.

"여기야!"

준페이가 손전등으로 어둠 속에서 원을 그리며 외쳤다. 출입문만 철제 셔터로 되어 있고, 나머지는 낡은 목재로 지어진 창고였다.

"안 열리는데. 밖에서 여는 구조가 아닌가 봐."

준페이가 무릎을 꿇고 철제 셔터를 들어 올리려 애를 쓰다가 포기했다.

"에이, 씨······. 다른 데를 찾아보자."

준페이가 셔터를 걷어찼다. 철판을 치는 소리가 텅 빈 마을에 울려 퍼졌다. 곧이어 어둠 속에서 들개들의 울음소리가 메아리쳤다. 사람의 손길이 끊긴 이곳을 지배하는 야생의 지배

자들이었다.

"준페이, 쫌!"

깜짝 놀란 루나가 외쳤다.

"저기 어때?"

루나는 도로 건너편을 가리켰다. 반쯤 기울어진 간판엔 '겐 짱 동물 병원'이라는 글자가 희미하게 남아 있었다.

"2층은 살림집 같은데. 침대가 있을지도 몰라."

루나는 연석 아래로 내려갔다. 준페이의 뒤를 따라 도로를 건너려던 찰나, 등 뒤에서 부지직, 하고 나무 뜯기는 소리가 났다. 돌아보니 미코가 낡은 판자를 들어내고 있었다. 벽면 아래로 사람 하나가 들어갈 만한 크기의 구멍이 생겼다.

"여기로 들어가면 되겠네."

미코가 주저 없이 구멍 안으로 들어갔다. 도로 한복판에 멈춰 선 준페이는 난처한 표정이었다. 루나는 이미 도로 반대편으로 올라서 있었다.

"뭐 해? 빨리 안 들어올 거야?"

미코가 고개를 내밀고 영춘을 불렀다. 영춘은 방향을 틀어 개구멍 안으로 몸을 숙였다. 기름 냄새가 코를 찔렀다. 잠시 후, 준페이와 루나가 불만 가득한 표정으로 뒤따라 들어왔다.

준페이가 캠핑용 랜턴을 켰다. 그제야 어둠 속 공간이 윤곽을 드러났다. 이곳은 폐허가 된 자동차 정비소였다. 작업 도중 방치된 듯 스즈키 트럭 한 대가 정비용 리프트에 올라가 있었다. 합판으로 만든 작업 탁자 위에는 녹이 슨 공구 몇 개가 흩어져 있었다. 구석에 폐윤활유를 담은 드럼통이 보였다.

"바닥이 온통 기름 범벅인데…… 여기서 자겠다고?"

루나가 얼굴을 찌푸리며 툴툴댔다.

"저기 사무실에서 자면 될 거야."

미코가 안쪽으로 들어가 문을 열었다. 책상 하나와 낡은 소파 두 개가 놓여 있었다.

"여긴 내 자리!"

루나가 재빨리 긴 소파 하나를 차지했다. 남은 소파를 미코에게 양보하고 영춘은 바깥으로 나왔다.

"겐지, 이리 좀 와서 이거 좀 같이 들어줘."

준페이가 작업대 앞에서 불렀다. 영춘은 산소통이 든 배낭을 내려놓고 합판 한쪽을 잡았다. 힘을 합쳐 합판을 바닥에 내려놓았다.

"난 여기서 잘 거니까…… 겐지, 넌 다른 자리 알아봐."

준페이가 잽싸게 합판 위에 누워버렸다. 이런 양아치 같은 놈. 영춘은 쓴웃음을 지으며 스즈키의 적재함으로 올라갔다. 배낭을 베고 눕자 그런대로 잘만 했다.

역시나 검문소에서 막혔다. 준페이가 방사능 유해성을 연구하는 대학원생이라고 둘러댔지만, 통하지 않았다. 하얀 방호복으로 무장한 경비원들은 허가증 없이는 절대 통과할 수 없다며, 오히려 신분증 제시를 요구했다. 재빨리 차를 돌려 나와야 했다. 결국 미코의 제안대로, 기슭에 차를 대고 산을 넘기로 했다.

문제는 산소통이었다. 둥그런 산소통을 안고 산길을 오를 수는 없었다.

"니들 하는 짓이 다 그렇지."

미코가 혀를 차며 빈정거렸다. 영춘은 말없이 군용 배낭을 바닥에 내려놓았다. 준페이와 루나에게 배낭 양쪽을 잡게 하고 산소통을 안에 넣자 맞춤처럼 쏙 들어갔다.

"이렇게 흔들려서 괜찮겠어?"

영춘이 배낭을 다시 메자 준페이가 산소통을 잡아당겼다. 반쯤 배낭 밖으로 튀어나온 산소통이 덜렁거리며 흔들렸다. 이 상태로는 산을 오르기 힘들었다. 영춘은 보조 가방에서 나일론 웨빙을 꺼냈다. 등반용 끈을 몸통에 둘러 바싹 조인 뒤 금속 버클을 잠그자, 산소통이 등에 달라붙었다.

"와, 겐지 진짜 멋지다. 완전 로켓맨이야!"

루나가 두 손을 꼬며 감탄사를 연발했다.

"산이라고 해봐야 동네 뒷산 수준이야. 한 시간도 안 걸릴걸?"

준페이는 루나의 아이패드를 보며 지형을 살폈다.

"겐지, 무겁진 않아?"

미코가 산소통을 손바닥으로 쓰다듬었다.

"16.5킬로그램밖에 안 돼. 쓰던 거라 실제론 더 가벼울 거야. 슬슬 어두워진다. 빨리 출발하자. 힘들면 중간에 교대해줄게."

준페이는 산소통을 찰싹 치고는 앞장서 걸어가기 시작했다. 물론 그 뒤로 마을에 도착할 때까지 단 한 번도 영춘의 곁에 오지 않았다.

한참 자고 있는데, 누가 뺨을 톡톡 건드렸다. 너무 피곤했던 영춘은 손으로 밀치며 몸을 돌렸다. 그러자 이번엔 어깨를 잡고 흔들어댔다.

"아이, 쌍……."

자신도 모르게 입에서 한국 욕이 튀어나오고 말았다. 누군가가 황급히 입을 틀어막았다. 눈을 뜨자, 코앞엔 준페이의 창백한 얼굴이 있었다. 준페이가 겁에 질린 눈빛으로 어둠 속을 가리켰다. 영춘은 시선을 돌렸다. 떨어져 나간 나무 벽 틈새로 노란 빛이 보였다. 고개를 조금 더 내밀자, 불빛이 여러 개 떠다녔다.

순간 등줄기가 오싹해졌다. 영춘은 준페이가 깔고 자던 합판을 내려다봤다. 준페이가 고개를 끄덕였다. 둘은 조용히 합판을 마주 들었다. 하나, 둘, 셋. 입 모양으로 셋을 센 후, 동시에 벽 쪽으로 달려갔다. 틈을 막으려는 찰나, 들개 한 마리가 틈새로 뛰어들었다. 픽! 합판에 부딪힌 놈이 옆으로 튕겨 나갔다. 다시 고정하려는 순간 또 다른 놈이 털썩 안으로 뛰어들었다. 영춘은 어깨로 합판을 힘껏 밀어 틈이 다시 벌어지지 않게 고정했다.

"캥, 캐갱, 캥!"

들개 떼가 날 선 울음소리를 터뜨렸다.

쿵! 쿵! 쿵! 우당탕탕!

소리를 신호로 들개들의 공격이 시작됐다. 합판 너머로 전해지는 충격과 묵직함, 그리고 살기. 영춘은 이를 악물고 버텼다. 들개의 육중한 몸이 합판을 들이받을 때마다 진동이 온몸에 전해졌다. 굶주린 들개 떼는 늑대보다 무서운 존재다.

"누나! 루나!"

준페이가 소리쳤다. 미코가 랜턴을 들고 허겁지겁 달려왔다. 상황을 파악한 그녀는 빠르게 합판에 몸을 붙였다.

"꺄아악!"

루나의 비명이 들려왔다. 영춘은 고개를 돌리고는 사무실을 향해 전력 질주했다. 사무실 문틈으로, 들개가 머리를 밀어 넣고 있었다. 급한 마음에 영춘은 뭐든 손에 잡히는 대로 내던졌다. 들개 몸에 맞은 깡통이 요란한 소리를 냈다. 비쩍 마른 들개가 고개를 돌렸다. 입가에서 탁한 침이 흘러내렸다. 놈이 허공으로 점프했다. 목이라도 물리면, 그걸로 끝이다. 영춘은 태세를 갖출 틈도 없이 왼팔을 들어 목을 가렸다. 들개의 송곳니가 팔뚝 깊숙이 박혔다.

"끄윽……."

영춘은 이를 악물며 오른손으로 놈의 목덜미를 움켜쥐고, 그대로 바닥에 내리꽂았다. 하지만 배고픈 놈은 살점을 문 채 놓지 않았다. 엄지손가락을 들개의 눈에 깊숙이 찔러 넣었다.

"켁! 캥! 캥! 캥!"

들개가 귀를 찢을 듯한 울음소리를 내며 떨어져 나갔다. 영춘은 숨을 가쁘게 몰아쉬며 주위를 둘러봤다. 피눈물을 흘리는 놈이 여전히 몇 걸음 앞에서 으르렁댔다. 굶주림이 아픔을 압도한 듯 눈 하나를 잃었는데도 전혀 전의를 상실하지 않았다. 또 다른 놈이 사무실 쪽으로 살금살금 다가가기 시작했다.

"겐지! 겐지! 어디 간 거야! 빨리 와!"

준페이의 다급한 외침이 들렸다. 합판을 두드리는 묵직한 충격음이 연이어 터졌다. 미코와 준페이가 버티지 못하면, 모두 개밥이 된다. 빨리 상황을 정리하고 합류해야 한다. 하지만 눈앞의 위협도 만만치 않았다. 눈알을 뒤집은 놈이 거품을 물고 이를 드러냈다. 하나쯤은 상대할 수 있겠지만, 다른 놈이 루나에게 달려들 경우에는 방법이 없다.

영춘은 물린 팔을 내려다보았다. 이빨 자국 사이로 피가 흘러내리고 있었다. 손바닥에 묻혀 바닥 위에 뿌렸다. 피 냄새를 맡은 들개가 미친 듯이 코를 벌름이며 으르렁댔다. 그 소리에 사무실 쪽으로 향하던 놈도 고개를 돌렸다. 영춘은 계속 피를 뿌리며 뒤로 물러났다. 두 놈이 다가와 바닥에 묻은 피를 핥기 시작했다. 스즈키 트럭의 철판이 등에 닿았다. 영춘이 멈춰 선

순간 들개 둘이 동시에 고개를 들었다. 정확히 세 개의 눈동자가 영춘을 노려보고 있었다.

영춘이 자세를 낮추자, 애꾸눈도 낮게 으르렁거리며 자세를 낮췄다. 둘 사이에 팽팽한 긴장감이 감돌았다. 영춘은 오른손으로 트럭 난간을 움켜쥐고 적재함 위로 훌쩍 몸을 날렸다. 뒤따라 애꾸눈도 짧은 울음과 함께 날아올랐다. 또 한 번 팔을 내줄 수밖에 없었다. 원치 않는 선택이었지만, 놈을 처리하려면 어쩔 수 없었다. 영춘은 본능적으로 왼팔을 앞으로 내밀었다. 동시에 오른손을 배낭 속으로 찔러 넣었다. 살을 찢고 들어오는 날카로운 통증이 느껴졌다. 찢어질 듯한 고통에 입이 저절로 벌어졌다. 나이프가 손에 잡혔다.

개새끼, 넌 이제 죽은 목숨이야. 영춘은 이를 악물고 나이프로 애꾸눈의 목을 갈랐다. 피가 분수처럼 뿜어졌다. 놈은 달콤한 피 맛과 칼끝의 고통을 동시에 느꼈을 것이다. 피가 쿨렁쿨렁 적재함 바닥에 쏟아졌다.

밑에 있던 놈이 피 냄새를 맡고 트럭 위로 도약했다. 영춘은 끝까지 놈을 보고 있다가 눈앞까지 다가왔을 때 나이프를 목에 쑤셔 넣었다.

푹!

나이프 끝이 경동맥을 파고 들어갔다. 솟구친 피가 나이프 손잡이를 흠뻑 적셨다.

"겐지! 어디 갔어! 숨어 있지 말고 빨리 와서 도와줘!"

준페이의 절박한 목소리가 다시 들려왔다. 영춘은 난간을 짚고 간신히 몸을 일으켰다. 트럭 옆에 있던 공구함을 들고, 들개를 막고 있는 두 사람을 향해 걸어갔다. 망치를 준페이에게 건네고 합판에 몸을 기댔다.

미코가 놀란 눈으로 피에 물든 영춘의 팔을 내려다보았다. 준페이가 망치질을 시작했다. 합판을 때리는 둔탁한 진동이 그대로 상처로 전해져왔다. 짜르르한 통증이 팔에서부터 몸 전체로 퍼져나갔다. 영춘은 눈을 질끈 감고, 망치질이 빨리 끝나기만을 간절히 바랐다.

"다 됐어."

준페이의 말이 떨어지자, 영춘은 그 자리에 그대로 주저앉고 말았다. 미코의 부축을 받아 힘겹게 사무실 소파 위에 누웠다. 정신이 희미해졌다.

"준페이, 너는 구급약 있나 찾아봐. 루나, 타월 서너 장만 가져와. 저기 세차용 타월 뭉치에서 빼 오면 돼."

상처야 시간이 지나면 아물 것이다. 문제는 들개 이빨이다. 뼈에 닿았다면 파상풍에 걸릴 위험이 크다. 몸이 후끈후끈 달아오르기 시작했다. 열이 나는 걸까? 예감이 좋지 않았다. 미코가 생수에 적신 수건으로 상처를 닦기 시작했다. 얼얼한 통증에 신음이 새어 나왔다.

"아무래도 나가서 약을 구해 와야겠어."

미코가 수건을 내려놓으며 일어섰다.

"저길…… 나가겠다고?"

루나가 놀란 눈으로 되물었다.

"누나 미쳤어? 들개들이 저렇게 많은데…… 어떻게 나가? 죽고 싶어?"

"폐유 드럼통 있지. 세차 타월로 횃불을 만들면 돼. 각목 좀 찾아봐."

미코는 아랑곳하지 않고 준비를 시작했다.

"진짜 나갈 거야?"

"응, 어차피 개새끼들일 뿐이잖아. 산소용접기로 통구이 만들어버릴까?"

미코의 목소리에 두려움 따윈 없어 보였다.

"어머머, 이 언니 간 큰 것 좀 봐! 자기가 지금도 스가렌 보스인 줄 아나 봐!"

루나가 호들갑스럽게 소리쳤다.

"겐지가 누구 때문에 이렇게 됐는데. 야, 인년아. 너도 같이 가자."

미코가 루나의 손목을 잡아당겼다.

"뭐? 노, 노, 노, 노. 나도 고맙게 생각은 해. 근데 저 들개 떼 속으로 가는 건 진짜 무리야. 절대 못 해. 각목은 찾아다 줄게."

루나는 손을 뿌리치며 황급히 창고 안으로 들어갔다.

"길 건너 동물 병원까지만 가면 돼. 거기라면 약품이 있을 거야."

"아놔, 진짜 미치겠다. 알았어, 같이 가자고."

준페이가 씩씩거리며 드럼통 쪽으로 걸어갔다.

"준 짱! 여기 각목 여러 개 있어! 이걸로 횃불 만들면 될 거야!"

멀리서 루나가 외쳤다.

"씨이, 존나 고맙다……."

영춘이 들은 마지막 말이었다. 그 뒤로, 모든 소리가 멀어지면서 의식을 잃고 말았다.

눈을 떴을 때, 사방은 고요했다. 영춘은 멍한 눈으로 천장에 매달린 거미줄을 바라봤다. 자신이 어디에 있는지, 꿈인지 현실인지조차 분간하기 어려웠다. 그러다 서서히 통증이 밀려왔고, 그제야 현실로 돌아왔다.

몸을 움직이려 하자 왼팔에서 욱신거리는 고통이 일었다. 천천히 담요를 젖히고 소파에서 몸을 일으켰다. 미코가 소파 한쪽 모퉁이에 기대어 잠들어 있었다.

영춘은 팔을 내려다보았다. 노랗게 물든 붕대가 정성껏 감겨 있었다. 팔을 살짝 움직여봤다. 통증은 여전했지만 분명 상태는 나아졌다. 바닥에는 앰풀 바이알과 일회용 주사기, 마이신 블라스터 팩이 흩어져 있었다. 그중 하나를 집어 들었다. 'Penicillins G 500mg'이라고 적혀 있었다.

영춘은 잠든 미코를 내려다봤다. 한 손엔 아직도 젖은 수건이 들려 있었다. 밤새 간호하다 지쳐 잠이 든 모양이다. 그녀의 얼굴엔 그을음과 흙먼지가 묻어 있었다. 목숨을 걸었던 그녀의 흔적이었다.

미코가 자신을 이렇게까지 생각하고 있을 줄은 몰랐다. 가슴한편이 뭉클해졌다. 따뜻한 무언가가 목울대를 타고 올라왔다. 영춘은 마음을 진정시키고 조용히 사무실 밖으로 나갔다.

나무판자 틈새로 들어온 햇살이, 시멘트 바닥을 줄무늬로 갈랐다. 철제 셔터를 들어 올리자 아침 햇살이 정비소 안으로 밀려 들어왔다. 바닥 곳곳에 마른 핏자국이 갈색 지도처럼 번져 있었고 털 뭉치가 여기저기 굴러다녔다. 스즈키 트럭의 적재함엔 피투성이가 된 들개 사체가 굳은 자세로 널브러져 있었다.

간밤의 싸움이 얼마나 치열했는지, 그 참혹한 흔적을 낱낱이 보여주고 있었다. 그 아수라장 속에서 살아남았다. 이 사실하나만으로도 서로 믿을 수 있는 동료가 되기에 충분했다.

6. 영춘, 이프성을 발견하다

스즈키 트럭 적재함을 정리한 영춘은 보닛을 열고 엔진 룸 안을 들여다봤다. 오랫동안 방치된 탓에 손볼 곳이 한두 군데가 아니었다. 무엇보다 시급한 건 연료와 타이어였다. 부품 창고에 들어가 선반 위에서 비교적 멀쩡해 보이는 타이어를 찾아냈다. 묵은 먼지를 떨고 트럭에 장착했다. 배터리도 박스 안에 있던 새것으로 교체했다. 고무호스를 연료통에 꽂고 산화된 연료를 입으로 빨아올리자, 끈적거리는 질감의 썩은 맛이 입안 가득 퍼졌다. 뱉어낸 경유를 보니 검게 썩어 있어 폐유나 다름없었다.

창고 구석에서 찾은 연료통을 열었다. 원래 초록빛이어야 할 경유가 옅은 갈색으로 변색돼 있었다. 다행히 유동성은 살아 있었다.

"겐지, 몸은 괜찮은 거야?"

연료를 가득 채운 뒤 허리를 펴자, 미코가 사무실에서 하품을 하며 나왔다. 코 밑에 묻은 검댕이 마치 콧수염처럼 보여서 영춘은 피식 웃고 말았다.

"겐지. 너, 진짜 괜찮은 거야?"

준페이도 졸린 눈을 비비며 따라 나왔다. 그 역시 얼굴에 새카만 때가 잔뜩 묻어 있었다. 어젯밤에 무슨 일을 겪었는지는 두 사람만이 알겠지만, 분명한 건 그들이 그의 목숨을 구했다는 사실이었다.

진짜 킬러라면 은원은 확실히 한다. 은혜는 반드시 갚는다. 그리고 원한은…… 반드시 돌려준다. 영춘은 속으로 다짐하며 트럭 쪽으로 걸어갔다.

"호호호. 준페이, 너 완전 깜상이 됐어!"

뒤늦게 나온 루나가 두 사람을 보고 폭소를 터뜨렸다. 그제야 서로의 얼굴을 본 준페이와 미코가 서로를 손가락질하며 웃기 시작했다.

영춘은 운전석 문을 열었다. 이제, 시동만 걸면 된다. 운전석 밑의 패널을 뜯어 전선 상태를 확인한 후, 키박스를 제거하고 드라이버를 키홀에 밀어 넣었다.

"겐지, 이 고물 정말 굴러갈까?"

영춘은 자신 있게 고개를 끄덕였다. 드라이버를 반 바퀴 돌리자 계기판에 불이 들어왔다.

"오호!"

미코가 감탄사를 내뱉었다. 한 번 더 돌리자, 엔진이 요란한 소리를 내며 깨어났다. 배기통에선 검은 연기가 쿨럭쿨럭 뿜어져 나왔다.

"얏타! 언니, 준페이! 시동 걸렸어. 이제 걸어가지 않아도 돼."

샌들을 신은 루나가 두 팔을 번쩍 들고 누구보다 기뻐했다. 모두가 서둘러 출발 준비를 했다. 영춘은 적재함에 산소통과 절단용 토치, 연장 등을 실었다. 준페이는 운전석에, 그 뒤로 루나와 미코가 차례로 올라탔다. 자리가 부족해 영춘은 적재함에 올라탔다. 스즈키가 도로로 올라서고, 엔진이 천천히 속력을 올리기 시작했다. 치열한 밤을 견뎌낸 자들의 여정이 다시 시작되었다.

영춘은 적재함 벽에 등을 기댄 채 새 소리조차 들리지 않는 적막한 마을 풍경을 바라보았다. 드문드문 서 있는 전신주는 대부분 45도쯤 비스듬히 기울어져 있었다. 길가에서는 노란 바탕에 부채꼴 모양이 그려진 방사능 경고 표지판이 눈에 띄었다. 가장 인상 깊은 건 식물이었다. 사람이 떠난 마을은 식물이 점령하고 있었다. 햇살이 내리쬐는 곳이든 그늘진 틈새든, 장소를 가리지 않고 풀이 자라나 있었다. 아스팔트 도로나 콘크리트 주차장도 예외가 아니었다.

특히 눈에 띈 건 색깔이었다. 갈라진 틈을 비집고 올라온 민들레와 잡풀은 흙빛이 섞인 연녹색으로, 자연스럽지 않은 색깔이었다. 마치 오염된 생명의 변형물을 보는 것 같았다.

건물 대부분은 거대한 담쟁이넝쿨에 칭칭 감겨 있었다. 연녹색 이파리 사이로 보이는 깨진 유리창이 도시의 흔적을 겨우 드러내고 있었다.

자연이 본래의 모습으로 되돌아가려는 듯, 식물들이 콘크리트 구조물을 집어삼키고 있었다. 하지만 그건 우리가 아는 평온한 자연이 아니었다. 죽음을 품은 땅에서 자란 식물은 언제, 어떻게 돌연변이를 일으킬지 모를 공포의 존재였다. 그 광경은 차마 아름답다고 말하기 어려웠다. 모든 것이 낯설고 기이하고, 무섭고 삭막하게 느껴졌다.

앞쪽에 부식된 육교 하나가 상처 입은 짐승처럼 웅크리고 있었다. 그 위에 희미하게 남은 문구가 눈에 들어왔다.

원자력, 밝은 미래의 에너지

개뿔, 밝기는. 이게 밝아 보이냐. 영춘은 속으로 혀를 찼다. 이곳에 와보니 인간이 저지른 일이 무엇인지, 어떤 어리석음을 반복해왔는지 실감할 수 있었다.

인간은 또 하나의 히로시마를 스스로 만들어냈다. 그럼에도 아직 원전의 유혹을 버리지 못했다. 스리마일섬, 체르노빌, 후쿠시마……. 앞으로도 죽음의 미래가 계속 반복될 수 있다는 생각에 영춘은 기분이 우울해졌다.

펑, 펑, 펑!

갑자기 스즈키가 속력을 줄였다. 머플러에서 검은 연기가 연속으로 터져 나왔다. 영춘은 적재함 벽에서 몸을 일으켰다. 들개 서너 마리가 먼지를 일으키며 쫓아오고 있었다. 바닥에 있던 멍키스패너를 집어 들었다. 스즈키는 검은 연기를 마구 뿜어내더니, 다시 속도를 냈다가 줄였다가를 반복했다. 연료가 문제였다. 변질된 경유 슬러지가 연료 라인을 막고 있었다. 요동치는 배기구에서 끊임없이 연기가 쏟아져 나왔다.

영춘은 마른침을 삼켰다. 언제 나타났는지 들개 한 마리가 차량 옆까지 따라붙었다. 스즈키가 속도를 늦추는 순간, 놈이 도약했다. 영춘은 오른손에 든 멍키스패너로 정확히 주둥이를 내리쳤다.

"깩!"

들개가 비명을 내지르며 적재함 구석에 나뒹굴었다. 스패너를 던져버리고 오른쪽 정강이에서 카바 나이프를 뽑았다. 왼팔을 아직 제대로 쓸 수 없는 상태라 스패너가 너무 무겁게 느껴졌던 탓이다. 또다시 스즈키의 속도가 줄어들었다.

이러다 진짜 퍼지는 거 아니야? 등에 땀이 흘렀다. 차와 들개 무리의 거리가 점점 좁혀졌다. 그중 한 마리가 날렵한 실루엣으로 치고 나왔다. 총알처럼 튕겨 오르며 적재함을 향해 뛰어들었다. 놈이 착지하기 전에 나이프로 목을 그었다. 비명도 없이 고꾸라진 시체가 철판에 쿵 부딪혔다.

계속 이러다간 왼팔을 또 내줘야 할지도 몰라. 초조한 마음에 그는 손바닥으로 지붕을 두들겼다.

"더 속력 내면 퍼지고 말 거야!"

준페이가 소리쳤다. 멈추면 안 된다. 스즈키가 서는 순간, 모두 들개 밥이 된다. 천천히 가더라도 계속 움직여야 한다. 또 두 마리가 나란히 차량 옆을 달리기 시작했다. 그중 한 마리가 이빨을 드러내며 뛰어올랐다. 목에 나이프를 박는 순간, 두 번째 놈이 달려들었다.

젠장, 또 왼팔을 내줘야 하나? 영춘은 칼을 빼내며 몸을 낮췄다. 그 순간, 준페이가 브레이크를 밟았다. 영춘이 관성에 의해 바닥을 뒹굴자, 놈은 영춘을 지나쳐 트럭 모서리에 부딪혔다가 아스팔트 바닥으로 나가떨어졌다. 시동이 꺼지고 스즈키가 멈춰 섰다.

영춘은 바닥을 짚고 일어서 들개 떼의 공격에 대비했다. 예상과 달리 들개 떼는 스즈키를 쫓지 않고 목표를 바꿨다. 도로에 떨어진 시체에 몰려들어 물어뜯기 시작했다. 동족상잔의 비극이 벌어진 것이다. 한 무리가 더 나타났다. 영춘은 적재함에 뒹굴고 있던 들개 사체를 재빨리 밖으로 던졌다. 들개 일부가 그쪽으로 향했다. 나머지 한 마리는 반대편 도로를 향해 던져버렸다. 뜨겁게 달구어진 아스팔트 위에서 들개들의 신나는 향연이 벌어졌다.

그러는 동안 준페이가 드라이버로 시동을 걸려고 안간힘을

썼다. 드디어 부르릉 소리와 함께 스즈키가 다시 움직이기 시
작했다. 영춘은 다리 힘이 풀려 그 자리에 주저앉고 말았다.
씨발, 하고 자신도 모르게 욕이 터져 나왔다. 멀어져가는 들개
떼를 바라보며 영춘은 안도의 한숨을 내쉬었다.

 텅 빈 금고 앞에서 모두 할 말을 잃고 말았다. 먼저 다녀간
놈들이 있었다.
 "금고가…… 엉망이네."
 미코가 침묵을 깼다. 그녀는 찌그러진 금고 문을 잡고 흔들
었다. 철판이 틀어졌고, 다이얼 부분은 움푹 함몰됐다.
 "연장도 여기 다 버리고 갔어."
 준페이가 구석에서 해머와 쇠지레를 끄집어냈다.
 "여기 라면을 끓여 먹은 흔적이 있어."
 주위를 둘러보던 루나가 빈 인스턴트 라면 봉지를 집어 들
었다. 옆에는 소형 LPG 통에 연결된 버너도 놓여 있었다. 금
고를 여는 데 시간이 걸렸는지 식사까지 해결했다. 버너 근처
엔 담배꽁초가 널려 있었다. 종류가 다른 걸로 보아, 적어도
세 명 이상이 머물렀음을 알 수 있었다. 금고 안에 얼마가 들
어 있었는지는 몰라도 깨끗하게 털렸다. 말 그대로, 개고생만
했다.
 세 사람이 멍하니 부서진 금고를 바라보는 동안, 영춘은 주
변을 살펴봤다. 지하실은 창고로도 쓰였는지 굵은 밧줄과 다

양한 공구가 벽에 줄지어 걸려 있었다. 제설용 삽과 염화칼슘 자루가 있는 걸 보니, 겨울철에 눈이 많이 오는 모양이었다. 낚싯대도 여러 개 보였다.

영춘은 밖으로 나왔다. 출발 전에 이런 상황을 예상했었다. 그래도 베팅한 건 다른 가능성을 봤기 때문이다. 모리 말에 따르면 나루호토는 고급 별장 지대였다. 하야시의 별장만 있으란 법은 없다. 절벽 앞에 서서 거대한 바다를 내려다봤다. 파도가 절벽을 때릴 때마다 하얀 물거품이 일어났다. 대지진 쓰나미에 밀려왔는지 낡은 보트 한 척이 기울어진 채 해안가 모래톱에 좌초해 있었다.

영춘은 주변을 둘러봤다. 군데군데 별장이 보였다. 가까운 곳부터 하나씩 들어가봤다. 무너진 별장에도, 외관상 멀쩡한 별장에도 들어가봤지만 거실 바닥에 찍힌 발자국을 보는 순간 돌아설 수밖에 없었다. 누군가 다녀갔다면 돈이 될 만한 게 남아 있을 리 없었다. 게다가 단순히 발자국 몇 개만 찍힌 게 아니었다. 마치 수색이라도 한 듯 별장마다 무수한 발자국이 찍혀 있었다. 신문 기사에선 주인 없는 금고가 산더미처럼 쌓여 있었다. 이곳에 오면 손대지 않은 금고 한두 개 정도는 있을 줄 알았다. 이미 많은 사람들이 다녀갔다. 방사능이 제아무리 무섭다고 해도 돈보다 무섭지는 않은 모양이다.

어느새 나루호토 별장 지대 끝자락에 도착했다. 길은 안쪽으로 구부러져 해송 군락으로 이어졌다. 눈앞으로는 드넓은 바다가 펼쳐져 있었다. 짠 내음이 섞인 바람이 쉴 새 없이 불어왔다. 절벽 좌측에는 기암괴석들이 마치 병풍처럼 줄지어 서 있었다. 더는 별장이 보이지 않았다.

영춘이 포기하고 하야시의 별장으로 돌아가려는데, 기암괴석 사이에서 빛이 반짝였다. 누군가 구조 신호라도 보내는 듯 불빛은 꺼졌다 켜졌다 하길 반복했다. 괴석에 석영이 포함되어 햇빛을 반사하는 건 아닐까? 영춘은 해송 군락으로 들어가 절벽 쪽으로 다가갔다. 해풍에 사선으로 쏠린 자그마한 나무 군락이 앞을 가로막아 더 나아갈 수 없었다. 앞쪽으로는 오벨리스크처럼 기다란 괴석 수십 개가 절벽과 마주하고 있었다. 반짝이던 빛이 여기서는 보이지 않았다. 포기하고 해송 군락을 빠져나오는데, 잡목 사이로 좁다란 오솔길이 보였다. 나무에 가려 자세히 보지 않으면 찾기 어려웠다.

영춘은 혹시나 하는 생각에 나선형으로 굽은 암벽 길을 따라 내려갔다. 갑자기 눈앞에 거대한 기둥 모양 암석이 나타났다. 놀랍게도, 중앙에는 고딕 양식의 아치형 창문이 뚫려 있었다. 절벽과 기둥 암석 사이에 철제 구름다리가 놓여 있었다. 구름다리 너머로 라이언 헤드 장식이 달린 철문이 버티고 서 있었다. 쓰나미 때 쏠려 왔는지 와이어에 말라비틀어진 해초가 걸려 있었다.

영춘은 구름다리 위에 한 발을 올려놓고 힘껏 굴러봤다. 충분히 튼튼했다. 그래도 조심하며 다리를 건넜다. 그리고 철문 앞에 섰다.

이곳 이프성은 개인 사유지로 관계자 외 출입을 엄금합니다.
—주인 이노우에 신타로

쓰나미로 모든 게 초토화된 마당에 관계자가 따로 있을 리 없었다. 영춘은 사자가 물고 있는 철제 손잡이를 잡아당겼다. 철문이 삐걱거리며 열렸다. 오래된 공기가 곰팡냄새와 함께 쏟아져 나왔다. 안으로 들어가자 요란스럽게 퍼덕이는 소리가 났다. 색 바랜 커튼이 창가에서 유령처럼 휘날리고 있었다. 영춘은 조심스레 다가가 창밖을 내다봤다. 멀리 절벽 꼭대기가 보였다. 범인은 커튼이었다. 창문을 닫자 커튼이 얌전히 제자리를 찾았다.

영춘은 조용해진 홀을 둘러봤다. 중앙엔 아라베스크 문양 러그가 깔려 있었다. 그 위에 영화에나 나올 법한 바로크 양식의 응접세트가 놓여 있었다. 오랜 시간 손길이 닿지 않은 천장에는 거미줄로 뒤덮인 샹들리에가 음산한 그림자를 드리웠다. 차가운 바위벽 때문인지 서늘한 기운이 감돌았다. 드라큘라가 등장해도 이상하지 않을 만큼 음습한 분위기였다. 이 정도 별장이면 돈이 될 만한 게 있을 것이다. 이번 원정의 성공 여부는 이 별장에 달려 있었다.

거실 우측 문을 열고 들어가자, 커다란 원목 식탁이 보였다.

식탁 한가운데에는 장식용 촛대 두 개가 놓여 있었다. 어디선가 알코올 냄새가 났다. 영춘은 코를 쿵쿵거리며 냄새를 따라갔다. 육중한 목제 장식장이 엎어져 있었다. 다가갈수록 향은 점점 진해졌다. 부서진 틈 사이로 손을 넣자, 유리병이 만져졌다. 꺼내려 했지만 공간이 좁았다. 장식장을 들어보려고도 시도했지만 꿈쩍도 안 했다. 혼자 힘으로는 무리였다.

영춘이 식탁 위에 있던 촛대를 가져와 부서진 틈에 밀어 넣고 지렛대처럼 사용하자, 우지직 소리와 함께 장식장 일부가 떨어져 나갔다. 빈틈으로 손을 집어넣어 위스키 병을 꺼냈다. 발베니 21년산 라벨이 붙어 있었다. 영춘은 얼른 뚜껑을 따서 한 모금 마셨다. 부드럽고 달콤한 풍미가 입안 가득 퍼졌다. 이런 고급술이 멀쩡히 남아 있다는 건 아직 이 별장에 출입한 사람이 없다는 증거였다. 영춘은 일행을 부르기 위해 서둘러 밖으로 나왔다. 나선형 오솔길을 따라 절벽 꼭대기에 올라섰다. 커튼이 얌전해진 탓에 반짝이던 빛이 사라졌다. 기둥처럼 서 있는 기암괴석 중 어느 것이 이프성인지 감조차 잡히지 않았다.

모두 힘을 합쳐 쓰러진 장식장을 일으켜 세웠다. 루이 13세, 리챠드 헤네시, 아르마냑, 콩코드, 발렌타인 30년산, 맥캘란 1967, 글렌피딕 28년산, 헤네시 XO, 나폴레옹 코냑 등등. 이름만 들어도 입이 쩍 벌어질 만한 고급 위스키와 코냑으로 가득했다.

"이거 진짜겠지?"

루나가 루이 13세를 손에 들고 입을 다물지 못했다.

"그거 너희 가게에서 팔면 얼마나 받니?"

미코가 팔짱을 낀 채 식탁 위에 늘어놓은 술병을 바라봤다.

"언니, 이게 루이 13세 코냑이야. 이거 하나에 100만 엔이 넘어."

루나가 조심스럽게 루이 13세를 식탁 위에 내려놓았다. 루나의 눈빛이 흥분과 탐욕으로 번들거렸다. 100만 엔이면 우리 돈으로 1000만 원이다. 영춘은 호기심에 병을 집어 들었다.

"안 돼, 겐지! 거기 따놓은 거나 마셔. 그것도 10만 엔이 넘는다고."

뚜껑을 따려는 걸로 오해한 루나가 소스라치며 병을 낚아챘다. *뭐야, 이런 식으로 나오겠다 이거지.* 영춘은 슬슬 오기가 생겼다. 술장사하는 애들이야 술이 돈으로 보이겠지만, 술꾼한테는 그냥 기호식품일 뿐이다.

"먹을 만한 건 없을까?"

미코가 식당 팬트리 문을 하나씩 열어보기 시작했다.

"술잔밖에 없네. 배고픈데 이거라도 마셔야겠다. 모리 아저씨가 왔다면 여기가 천국일 텐데."

미코가 투덜대며 크리스털 잔에 발베니를 가득 따라 한 잔씩 돌렸다. 일단 이놈을 비워내야 다른 양주도 맛볼 수 있었다. 영춘은 숨도 안 쉬고 들이켰다. 끄윽, 하고 트림이 거하게 올라왔다. 고급 위스키라 트림마저 향긋했다.

"누구 별장인데 이렇게 호화스러운 걸까? 아무도 들어오지 말라고 적혀 있던데, 괜찮을까?"

준페이가 불안한 눈빛으로 주변을 두리번거렸다.

"괜찮아. 주인도 도망갔을 텐데, 뭐."

"이 아까운 술을 그냥 놓고 갔다니, 어지간히 급했나 보네."

미코가 빈 잔을 식탁 위에 내려놨다.

"문 앞에 '이프성'이라 적혀 있던데. 별장 이름인가?"

준페이가 샹들리에를 신기한 듯 올려다봤다.

"이프성? 어디서 들어본 이름인데."

루나가 아이패드를 꺼냈다.

"이프성은 프랑스 마르세유만의 작은 섬에 있는 성으로, 알렉상드르 뒤마의 소설 『몽테크리스토 백작』의 배경이 된 성으로 유명하다."

"아, 『몽테크리스토 백작』! 나 어릴 때 읽어본 적 있어."

풋, 하고 영춘은 술을 뿜고 말았다.

"야, 겐지. 너 지금 비웃는 거야? 나도 한때는 문학 소년이었다고."

이번에는 루나까지 킥킥거렸다.

"진짜라니까. 주인공이 이프성에서 엄청난 보물을 찾았다고!"

보물? 영춘과 루나가 동시에 웃음을 그쳤다.

"겐지, 너 여기 다 뒤져봤어?"

루나가 상기된 얼굴로 물었다. 영춘은 고개를 저었다. 술에 정신이 팔려 식당에서 벗어나지 못했다.

"안쪽에 2층으로 올라가는 계단이 있는 것 같던데. 여기가 진짜 이프성이라면 보물이 있을 거야. 가보자!"

준페이가 기대에 찬 얼굴로 일어섰다.

"진짜? 빨리 가보자!"

루나가 준페이를 앞세우고 식당을 뛰쳐나갔다. 영춘도 미코와 함께 뒤를 따랐다.

"여기 주인, 대학교수인가 봐. 이 두꺼운 책 좀 봐봐."

암벽을 따라 이어진 철제 계단을 올라가자 책과 그림으로 가득한 홀이 나왔다. 루나가 금박으로 장정한 책을 보며 감탄했다. 영춘은 돈이 될 만한 게 있는지 신경을 곤두세워 훑어보았다. 벽에 걸린 그림 하나가 눈에 들어왔다. 여자가 눈물을 흘리며 환하게 미소 짓고 있는 익숙한 그림이었다.

"'행복한 눈물'이라고? 세상에 그런 눈물이 어디 있어? 있다면 맛 좀 보고 싶다. 억지로 짜낸 눈물이라 더 짜겠지."

미코가 그림 속 얼굴을 보며 비아냥거렸다.

"어휴, 진짜! 언닌 낭만이라고는 하나도 없어. 류세이 료하고 결혼한다고 생각해봐. 행복해서 눈물이 줄줄 나올걸."

루나와 준페이도 그림 앞으로 다가왔다. 고급 양주가 널린

집이니, 진품일 가능성이 컸다. 영춘은 의자를 밟고 올라가 액자 모서리를 조심스럽게 들어 올렸다. 술기운 탓인지 다리가 휘청했다. 손에서 벗어난 액자가 준페이의 머리를 내려쳤다.

"이게 진짜……!"

준페이가 머리를 만지며 인상을 썼다. 영춘은 무시하고 그림이 걸려 있던 자리를 주시했다. 검은 철제 금고가 벽에 붙어 있었다.

"이거…… 금고 아니야?"

준페이의 눈이 휘둥그레졌다. 모두 금고 앞으로 모여들었다. 블랙스완 로고가 새겨진 금고는 심플한 키패드에 열쇠 구멍까지 있는, 이중 잠금장치 구조였다.

"빨리 열어보자!"

루나는 흥분을 감추지 못했다. 하야시의 별장과는 차원이 달랐다. 그림 뒤에 숨긴 금고라니, 뭔가 있는 게 분명했다. 영춘은 침을 꿀꺽 삼켰다.

"겐지, 하야시 별장 가서 연장 좀 가져와."

준페이도 금고에서 눈을 떼지 못했다. *내가 왜? 내가 네 시다바리야?* 영춘은 코웃음을 쳤다. 아쉬운 자가 우물을 파는 법이다. 영춘은 못 들은 척, 액자 안 여자를 들여다봤다. *이게 진품이라면 가격은 얼마나 할까?*

"알았다, 알았어. 내가 갔다 올게!"

제 성질에 못 이긴 준페이가 뛰어 내려갔다.

"준페이! 나도 같이 가!"

루나가 허겁지겁 뒤를 쫓아갔다. 영춘은 그림을 가지고 1층으로 내려갔다. 금고 앞에 있던 미코도 따라 내려왔다. 영춘은 미코를 곁눈질하며 루이 13세를 집어 들었다. 루나처럼 펄쩍 뛰면 어쩌나 했는데, 아무 반응이 없었다. 밥장사하는 애라, 술장사하는 애보다 덜 민감했다. 뚜껑을 따고 크리스털 잔에 가득 따랐다. 이런 술은 분위기 있게 마셔야 제맛이 난다. 영춘은 잔을 들고 거실 발코니로 나갔다. 바닷바람이 시원하게 불어왔다.

"와, 경치가 끝내준다."

미코가 발코니 창살을 잡고 환한 미소를 지은 채 바다와 마주했다. 쇠창살을 잡은 건강한 팔뚝과 당당한 풍채는 마치 헤라 여신이 강림한 것만 같았다. 세상의 어떤 시련이라도 버텨낼 듯 강인해 보였다. 루나의 말로는 한때 잘나가던 '요요기 레이디스'였다고 했다. 유일하게 관음보살을 새겼다고도 했다. 20대 초반에 새겼다면 거의 10년이 지났다. 관음보살의 표정이 어떻게 변했을까? 영춘은 미코의 옆 모습을 지그시 쳐다봤다.

"우하하하! 내가 왔도다!"

준페이가 촐싹거리며 들어오는 소리가 들렸다.

"겐지, 안 갈 거야?"

금고가 궁금한지 미코가 서둘러 안으로 들어갔다. 혼자 남은 영춘은 천천히 루이 13세를 입으로 가져갔다. 들개 떼에 당한 고초를 보상받는 순간이었다. 술이 입술에 닿자 벨벳처럼 부드러운 질감이 퍼졌다. 이어 달콤한 과일 향이 입안에 감돌았다. 역시 비싼 건 뭐가 달라도 달랐다. 진한 향에 빠져 감동에 젖어 있는데, 바다 저편에서 하얀 연기가 솟아올랐다. 처리 곤란한 방사능오염수 일부는 바닷속으로, 일부는 수증기로 날려버린다고 유튜브에서 본 적이 있다. *설마 저게……?* 갑자기 술맛이 싹 가셨다. 남은 술을 한 번에 들이켜고 안으로 들어갔다.

탕! 탕! 탕!

2층에서 해머로 금고 부수는 소리가 들렸다. 식탁 위에는 온갖 종류의 양주가 나열돼 있었다. 다 챙겨 가는 건 불가능했다. 유리병이라 깨질 염려도 있었다. 평상시 맛볼 수 없는 고급 양주가 대부분이었다. 지금 아니면 기회가 없다. 블랙스완은 상당히 견고해 보였다. 열려면 시간 꽤 걸릴 것이다. 그동안 술맛을 볼 생각으로 영춘은 술병의 마개를 모두 땄다. 새 잔을 꺼내 한 모금씩 음미하기 시작했다. 달콤한 부케 향, 오크의 스모키함, 은은한 스파이스, 소프트한 목 넘김, 그리고 묵직한 바디감……. 한 모금, 한 모금 삼킬 때마다 감동의 쓰나미가 몰려왔다. 마치 술로 구성된 교향곡을 마시는 기분이었다. 코냑, 위스키, 보드카가 어우러진 술의 심포니. 오늘 제대로 미쳤다.

7. 영춘, 블랙스완을 열다

위층이 조용해졌다. 금고를 열고 돈을 세는 중인가? 영춘은 술잔을 들고 계단을 올라갔다. 준페이가 해머를 옆에 두고 바닥에 자빠져 있었다. 루나는 절망에 가까운 표정을 짓고 있었다. 미코는 팔짱을 낀 채 고개를 갸웃댔다. 블랙스완 표면에 흠집만 살짝 나 있었다. 에이, 미련한 놈. 이런 건 요령으로 해야지. 영춘은 잔을 내려놓고 두 손에 침을 뱉었다. 해머를 집어 든 뒤 의자를 밟고 올라가 천천히 팔을 위로 들어 올렸다가, 초스피드로 내리쳤다.

"팅!"하는 굉음과 함께 해머가 튕겨 나왔다. 영춘은 중심을 잃고 휘청였다. 하마터면 튕겨 나온 해머에 머리가 깨질 뻔했다. 온몸이 감전된 듯 부르르 떨렸다. 티타늄으로 만들었나?

해머로 깨부술 수 있는 금고가 아니었다. 영춘은 연장을 내던지고 의자에서 내려왔다.

"이제 어쩌면 좋아."

마지막 희망이 멀어지자, 루나가 한숨을 내쉬며 담배를 꺼냈다.

"루이 13세가 100만 엔이라며. 일단 저 양주들을 다 팔면 절반은 마련할 수 있을 거야. 핫토리 애들한테 나머지 절반은 올해 안에 주겠다고 사정해보는 건 어때?"

준페이가 라이터를 꺼내 불을 붙여줬다.

"저렇게 많은 걸 이달 안에 어떻게 다 팔아?"

루나가 말도 안 된다는 듯 고개를 흔들었다.

"걱정 마. 가부키초가 내 나와바리였잖아. 그 안에 있는 캬바쿠라(카바레와 클럽의 중간 형태인 일본의 유흥업소)만 수십 개가 넘어. 아침부터 돌아다녀볼게. 반값만 받아도 500만 엔은 건질 수 있을 거야."

영춘은 갑자기 입술이 바싹바싹 마르고 '똥꼬' 쪽이 간질간질해지기 시작했다. 시선이 자꾸 아래로 향했다.

"겐지. 너, 왜 그래?"

준페이가 무언가 눈치챈 듯 영춘을 노려봤다.

"너, 혹시……."

준페이의 눈빛 강도가 서서히 강해졌다. 레이저가 나올 것만 같아 고개를 돌렸다.

"설마!"

루나도 눈치챈 듯 잽싸게 아래층으로 뛰어 내려갔다. 그 뒤를 준페이가, 그리고 미코가. 영춘은 제일 늦게 내려갔다. 이미 엎질러진 술이었다.

"야, 겐지!"

루나의 목소리는 거의 비명에 가까웠다. 눈앞에 펼쳐진 광경에 충격을 받은 듯 입을 다물지 못했다.

"아니, 이걸 다 땄어? 이 양아치 같은 새끼!"

이번엔 준페이가 소리를 질렀다. 맛만 본 건데. 영춘이라고 할 말이 없지는 않았다. 블랙스완이 그렇게 단단할 줄 누가 알았겠는가? 그리고 준페이, 자기가 금고는 다 열 수 있다고 큰소리치지 않았던가?

"누나 때문에 참았는데, 이제 더는 못 참아. 저 새끼를 오늘 내 손으로 끝장내고 말 거야."

준페이가 잭나이프를 꺼내 들었다. 눈에는 살기가 등등했다. 진짜 화가 많이 난 것 같았다. 나이프를 빼 들고 맞설 수도 없는 노릇이고, 영춘은 난감하기 그지없었다.

"나 때문에 참았다고? 웃기고 있네. 저 기집애 때문에 방방 뜨는 건 아니고?"

미코는 오히려 재미있다는 표정이었다.

"오버하지 말고, 용접기를 사용해봐."

맞다, 산소용접기. 그 말을 듣는 순간 영춘은 자발적으로 밖

124

으로 튀어 나갔다. 스즈키가 나루호토 언덕을 가까스로 넘고 멈춰 서버렸다. 산소통은 아직 적재함에 그대로 있었다. 준페이의 살기를 잠재우려면 무조건 금고를 열고 보물을 안겨줘야 한다. 영춘은 산소통과 절단용 토치를 챙겨 신타로의 별장까지 다시 뛰어갔다. 준페이가 루나 옆에서 양주를 마시며 분노를 삼키고 있었다. 영춘은 2층 블랙스완 앞까지 무사히 배달을 마쳤다. 해가 뉘엿뉘엿했지만, 아직 더위는 그대로였다. 산소통을 메고 달렸더니 온몸이 땀에 젖었다. 준페이와 루나가 작업하기 위해 식당을 나섰다. 미코까지 2층으로 올라가자, 식당엔 영춘 혼자만 남았다. *이젠 마음 편히 마실 수 있겠지.* 흐뭇해진 영춘은 미소를 지으며 다시 양주 시음에 들어갔다.

"금고 여는 건 자신 있다며? 산소통만 달랑 가져오면 어떡해?"

"나도 어깨너머로 한 번 본 게 다야. 너는 아이패드가 있잖아. 미리 검색해보고 알려줬어야지."

겨우 한 잔 비웠는데, 준페이와 루나가 승강이를 벌이며 식당 안으로 들어왔다. 영춘은 무슨 일인가 싶어 위층으로 올라갔다. 호스가 연결된 산소통이 블랙스완 앞에 세워져 있었다. 미코가 쪼그리고 앉아 담배를 물고 있었다. 간헐적 금연은 물 건너간 지 오래였다.

"용접기에 불을 붙이려면 촉매제가 있어야 한대."

영춘은 작동 원리를 알아보려고 연결 호스와 밸브를 쓱 훑어봤다.

"루나가 검색해봤더니 산소통만 가지고는 안 된대. 가스 같은 촉매제가 있어야 하나 봐."

미코가 김빠진 목소리로 말했다. 저 무거운 걸 메고 산까지 넘어왔는데 아무 소용이 없다니, 헛웃음만 나왔다. 하여튼 말 많은 놈치고 제대로 일하는 놈이 없었다. 약품도 안 챙겨 오더니, 장비도 제대로 챙기지 못했다. 촐싹거리기만 했지 가스 하나…… 잠깐, 가스? 영춘은 벌떡 일어섰다. 그리고 아래층으로 뛰어 내려갔다.

"뭐야. 겐지?"

아이패드를 낚아채자, 루나가 저항했다. 설명할 시간이 없었다. 해가 지면 작업이 불가능했다.

"설마! 저 자식……. 들개한테 물리더니 광견병이 걸린 건 아닐까?"

준페이의 목소리를 뒤로하고 영춘은 밖으로 뛰쳐나갔다. 조금 전 산소통을 메고 내려왔던 길을 다시 죽어라 뛰어 올라갔다. 하야시 별장의 지하창고에 가스통이 있었다. 준페이처럼 실수해서는 안 된다. 랜선 형님들 도움이 필요했다. 영춘은 유튜브를 검색해 한글로 된 산소용접 영상을 찾았다. 역시 대한민국 유튜브 콘텐츠가 디테일했다. '구로 공단 깔때기 형님'이 산소용접기 사용법을 자세히 설명해줬다. 호스를 산소통과 LPG 통에 각각 연결해야 불을 붙일 수 있다. 영춘은 가스통을 메고 다시 신타로의 별장을 향해 죽어라 뛰었다.

호스 연결이 가장 중요했다. 녹색 호스는 이미 산소통에 물려 있었다. 빨간 호스만 가스통과 연결하면 된다. 영춘은 조심스럽게 스패너를 돌렸다. 미코, 준페이, 루나가 뒤에 나란히 정렬해 작업을 참관했다.

"내가 해볼까?"

스패너가 두어 바퀴 헛돌자, 준페이가 촐싹대며 앞으로 나섰다. 니가 망친 그림, 내가 살리고 있는 거 안 보이니. 영춘이 독사 같은 눈빛으로 쏘아보자, 준페이가 머쓱하게 웃으며 뒤로 물러났다. 호스를 단단히 고정하고 가스 밸브를 열었다.

"산소통부터 먼저 열어야 하는 거 아니야?"

준페이가 또 나댔다. 스패너로 머리통을 한 대 갈기고 싶은 걸 꾹 참았다. 유튜브로 확실히 예습하고 온 만큼 자신 있었다. 영춘은 토치를 집어 들고 준페이에게 손을 내밀었다.

"뭐?"

준페이가 눈만 깜박였다. 루나가 얼른 라이터를 내밀었다. 준페이 저놈은 촐랑대기만 하지 눈치라곤 쥐뿔도 없었다.

토치 끝에 라이터를 대자 노란색 불꽃이 너울댔다. 산소통 저압 밸브를 조금씩 풀자, 불꽃이 파란색으로 변했다.

"와!"

루나가 탄성을 질렀다. 용접 마스크를 쓰고 토치를 블랙스완의 키패드 주변으로 가져갔다. 키패드 윗부분에 불꽃을 맞

추고 빨갛게 달궈질 때까지 계속 지져댔다. 집중적으로 공략
했던 부분이 점차 새빨갛게 변하며 달아올랐다. 고압 밸브를
열어 화력을 높였다. 금속이 지글지글 끓더니 쇳물이 밑으로
뚝뚝 떨어졌다. 드디어 철옹성 같았던 블랙스완에 구멍이 뚫
렸다. 랜선 형님들은 위대했다.

"얏타!"

루나와 준페이가 껴안으며 환호성을 질렀다. 영춘은 묵묵
히 작업을 이어갔다. 키패드 주변을 다 도려내고 잠시 숨을 돌
렸다. 검지와 중지를 들어 보이자, 루나가 재빨리 담배 한 개
비를 끼워줬다. 한 모금 진하게 빨고 헛기침을 하자, 준페이가
부리나케 아래층으로 내려가 양주를 들고 올라왔다. *이제야
제대로 된 팀 같네.* 영춘은 한 잔 마시며 금고가 식기를 기다
렸다. 준페이가 해머를 집어 들고 영춘을 봤다. 블랙스완이 어
느 정도 식은 듯했다. 고개를 끄덕이자, 준페이가 키패드 부분
을 힘껏 내리쳤다. 묵묵부답이었던 블랙스완이 마침내 입을
열었다. 준페이가 쇠지레를 벌어진 틈에 넣고 밀었다.

"뜨드드득……" 하는 기이한 소리를 내며 금고문이 열렸다.
드디어 보물 상자의 전모가 눈앞에 드러나는 순간이었다. 모
두 숨을 죽이고 금고 안을 들여다봤다.

"이건 또 뭐야, 장난해?"

준페이가 인상을 찡그렸다. 블랙스완은 세 칸으로 나뉘어
있었다. 칸마다 열쇠 구멍이 보였다. 서랍을 열려면 열쇠가 필

요했다. 영춘은 산소통 계량밸브를 확인했다. 산소가 얼마 남아 있지 않았다.

"위부터 열자."

미코가 라이터를 내밀었다. 세상에 쉬운 일은 없었다. 다시 진땀 나는 작업을 시작했다. 걸쇠가 있다고 생각되는 지점을 집중 공략했다. 다행히 서랍 철판은 키패드만큼 두껍지 않았다. 잠시 후 첫 번째 서랍이 철컥 빠졌다. 다 같이 안을 들여다 봤다.

"이게 뭐지?"

준페이가 서랍 안에 있던 종이 뭉치를 꺼냈다.

"'100만 엔'이라고 적혀 있는데……."

맨 앞장을 살피던 준페이가 말했다.

"뭐, 100만 엔?"

루나가 준페이 손에서 그걸 낚아챘다. 영춘도 얼른 고개를 디밀었다.

"채권 같은데."

루나가 종이 한 장을 들고 내용을 살폈다. 그사이 영춘은 준페이와 종이 뭉치의 개수를 세어봤다. 100장. 100만 엔이 100장. 1억 엔. 이런 게 두 개 더 있었다. 모두 입을 다물지 못했다.

"내가 뭐라고 했어. 적어도 '억'은 있을 거라고 했잖아."

준페이 입꼬리가 하늘로 승천했다.

"겐지, 빨리 다음 칸도 열어봐."

루나가 토치를 영춘의 손에 쥐여줬다. 영춘은 두 번째 칸을 지져댔다.

"앗, 뜨거워!"

준페이가 손등을 부여잡았다. 안에 누런 게 보이자 참지 못하고 손을 넣었다가 떨어지는 불똥을 맞은 것이다. 영춘은 조심스럽게 안에 있는 누런 막대기를 꺼냈다. 두 개. 1킬로그램짜리 순금 골드바였다.

"더 없어?"

준페이가 손을 감싼 채 아쉽다는 듯이 물었다. 두 개가 전부였다. 100개는 충분히 들어갈 공간이라 좀 아쉽기는 했다.

"이건 하나에 얼마나 할까?"

미코가 골드바를 들어 무게를 가늠했다.

"기다려봐, 언니."

루나가 인터넷 검색에 들어갔다.

"도쿄금거래소 오늘 종가 기준으로는 1,000그램에 626만 3,950엔이래. 두 개면 1252만 7,900엔이야."

루나가 화면 위 자판을 두들겼다. 100엔에 1,000원씩만 잡아도 1억 2000만 원이 넘는 금액이다. 100만 엔짜리 채권이 300장, 골드바가 두 개, 총 31억 2000만 원. 이노우에 신타로가 누군지는 몰라도, 돈이 많은 놈이라는 것만은 확실했다.

"겐지, 나머지도 빨리 열어봐."

흥분한 루나가 토치를 내밀었다. 이런 상황이라면 다이아몬드 한 상자가 나와도 전혀 이상할 게 없었다. 영춘은 두근대는 가슴을 진정시키고, 세 번째 칸에 토치를 들이댔다. 산소가 떨어진 듯 불꽃이 점점 약해졌다. 불안한 마음으로 잠금 장치가 있는 부분을 집중 공략했다.

툭, 하고 잠금 장치 떨어지는 소리가 났다. 다들 침을 삼키며 세 번째 보물을 기대했다.

"이게 뭐야?"

준페이가 갑옷을 입고 투구를 쓴 나무 인형을 들고 허탈해했다.

"이건 에비스네."

루나도 옆에 있던 인형을 하나 집어 들었다. 영춘도 마지막 남은 인형을 집었다. 망치를 쥔 할아버지가 산타클로스처럼 커다란 보따리를 메고 있었다.

"칠복신이 왜 여기 있지?"

미코가 루나의 손에서 인형을 가져갔다.

"가만있어봐."

루나가 다시 인터넷 검색에 들어갔다.

"칠복신 중에 에비스하고 다이코쿠텐하고 비샤몬텐이야."

"에이, 금덩이로 만든 것도 아니고…… 이거 현금으로 바꿀 수 있을까?"

준페이가 인형을 집어 던지고 채권 뭉치를 잡았다.

"그거 기명이야, 무기명이야?"

루나의 말에 다 같이 채권을 들여다봤다. 미쓰비시중공업에서 발행한 회사채였다. 오른쪽에 투자자 이름이 적혀 있었다. '이노우에 신타로.' 젠장, 망했다.

"은행에 가져가도 소용없어. 신타로를 데려간다면 모를까, 우리한텐 그냥 휴지 조각에 불과해."

루나가 고개를 저었다.

"방법이 없을까? 저 돈이면 민들레 상가를 살릴 수 있는데……."

미코가 아까운 듯 채권을 내려놓지 못했다.

"은행에 가지고 갔다가는 도둑질한 것만 들통날 거야."

"도둑질 아냐. 비어 있는 집에 있던 걸 가져가는 거지."

준페이도 미련을 버리지 못했다.

"그게 도둑질이야."

루나가 냉정하게 말했다.

"미쓰비시하고 직접 교섭하는 방법은 어때? 자기네 회사채니까 응하지 않을까?"

"그래, 그럼 언니가 해보든가. 골드바까지 빼앗기고 말걸. 근데 이건 괜찮을까?"

루나가 골드바에 손을 댔다.

"걱정 마, 루나. 금은 언제든 현금으로 바꿀 수 있어. 오카치마치 귀금속 거리에 가면 시세대로 다 쳐줘. 대충 해도

1200만 엔이 넘으니까, 이걸로 빚을 갚을 수 있을 거야."

준페이의 말에 루나가 활짝 웃으며 두 손을 꼬았다. 미코가 못마땅한 표정으로 골드바를 챙겨 1층으로 내려갔다. 루나가 얼른 따라 내려갔다. 영춘은 채권과 인형을 금고 안에 넣고 내려갔다.

모두 식탁에 둘러앉았다. 미코가 남은 루이 13세를 네 개의 잔에 고르게 따랐다.

"언니, 준페이, 겐지. 너무 감사해요. 이 은혜 평생 잊지 못할 겁니다."

루나가 울먹이며 말을 잇지 못했다. 금방이라도 무릎을 꿇을 태세였다.

"놀고 있네!"

미코의 한마디에 분위기가 싸해졌다.

"누가 이걸 너한테 다 준대?"

당황한 루나가 준페이를 쳐다봤다.

"누나, 우리가 여기 온 이유가 오미코를 살리기 위한 거 아니었어?"

"누가 아니래. 그렇다고 이걸 전부 줄 순 없어. 이 지랄 맞은 곳에서 죽을 고생했는데, 빈손으로 돌아갈 수는 없잖아."

"루나 빚을 갚으면 오미코가 살잖아. 그게 왜 빈손이야?"

준페이가 전력을 다해 루나를 비호했다.

"됐고. 이건 우리 네 사람 몫이야. 그러니까 300만 엔씩 나눌 거야.”

“누나!”

미코가 손을 들어 준페이를 조용히 시켰다.

“일단 이걸로 빚은 갚아. 그 대신 우리 세 사람한테 300만 엔에 대한 차용증서를 쓰고 매달 갚아, 알겠지?”

“뭐야! 그럼 빚이 핫토리한테서 언니한테로 넘어간 것뿐이 잖아?”

루나가 소리를 질렀다. 그래도 빚을 갚으란 말에 안심이 됐는지 표정이 한결 밝아졌다.

“루나, 내 몫은 안 갚아도 돼.”

준페이가 두 손을 번쩍 들며 문제없다는 제스처를 했다.

“겐지 것도 안 갚을 거야. 이미 300만 엔 넘게 술을 마셨잖아.”

루나가 식탁에 있는 술병들을 가리켰다. 맛만 조금 본 건데, *3000만 원이라니……*. 영춘은 고개를 절레절레 흔들었다.

“됐고, 저 술은 겐지가 찾은 거니까 겐지한테 마실 권리가 있어. 준페이 몫은 나한테 갚아. 한 푼도 빠뜨리면 안 돼.”

미코가 단호하게 상황을 정리했다.

“뭐야, 자기 멋대로잖아! 여기도 내가 우겨서 겨우 온 거 아냐? 난 한 푼도 못 갚으니까, 그렇게 알아.”

루나가 골드바를 품에 쑤셔 넣었다.

“이년이!”

미코가 루나의 머리채를 거칠게 잡아챘다.

"아, 누나!"

준페이가 미코의 손을 잡았다. 이번에는 루나도 가만있지 않고 미코의 머리채를 잡았다. 휴! 영춘은 엉겨 붙은 세 사람을 쳐다보며 한숨을 쉬었다. 돈이 요물은 요물이었다.

8. 영춘, 후쿠시마를 탈출하다

영춘은 잠결에 무슨 소리를 들었다. 눈을 뜨고 어둠 속을 주시했다. 누군가가 계단을 오르고 있었다. 늘어진 머리카락으로 보아 루나가 분명했다. 영춘은 조용히 일어나 따라갔다. 루나가 주위를 살피더니 의자 위에 올라가 금고를 열었다. 루나가 사라진 뒤 금고 안을 보니 채권이 보이지 않았다. 휴지 쪼가리라더니⋯⋯. 암시장에서 '깡'이라도 하려는 걸까? 금고 문을 닫으려는데, 맨 밑 칸에 나무 인형이 있는 게 보였다. 인형을 왜 금고 안에 넣어둔 걸까? 영춘은 캐릭터 인형 하나를 집어 들었다. 다이코쿠텐이라고 했던가? 포대를 둘러멘 영감님이 작은 망치를 들고 있었다. 위험한 이곳까지 왔는데 기념으로 가져갈까? 크기가 작아 주머니에 쏙 들어갔다. 나머지 인형들도 같이 넣었다.

잠도 다 깼고, 바람이나 쐬면서 담배 한 대 피울 생각으로 영춘은 밖으로 나갔다. 바닷가 바람이 싸늘했다. 해가 뜨려는지 바닷물이 서서히 붉어지고 있었다.

꼬르륵.

빈속에 술만 마셨더니 배 속이 요동쳤다. 먹을 것도 생수도 바닥났다. 오늘 안에 나가지 못하면 방사능오염수를 마셔야 할 판이다. 영춘은 산책 삼아 스즈키가 서 있는 곳까지 걸어갔다. 스즈키를 고치지 못하면 마을을 빠져나갈 방법이 없었다. 10년 넘게 방치됐던 스즈키는 마지막 힘을 다하고 언덕을 넘자마자 멈춰 서서 꼼짝하지 않았다. 운전석에 앉아 시동을 걸어봤다. 검은 연기만 내뿜을 뿐 시동이 걸리지 않았다. 아무래도 오염된 경유가 문제 같았다.

"겐지, 일찍 일어났네. 차는 고칠 수 있겠어?"

혹시나 해서 보닛을 열고 안을 들여다보고 있는데, 미코가 다가왔다. 머리는 새집처럼 헝클어졌고 얼굴이 푸석했다. 이틀 동안 제대로 씻지도 먹지도 못했다. 골드바라도 찾았으니 망정이지 진짜 개고생만 하고 끝날 뻔했다.

"거기 들여다봤자 소용없어. 불순물이 연료탱크를 막아버렸나 봐."

준페이가 다가오며 소리쳤다.

"제기랄!"

미코가 타이어를 발로 찼다.

"준페이, 아침은 어떡할 거야?"

루나가 숄더백을 메고 나타났다. 평소에는 어깨에 대충 걸치더니 오늘은 아주 바싹 추켜 멨다.

"저게…… 마실 물도 없는 판에 아침 타령이야."

어젯밤의 감정이 남아 있는 듯 미코가 루나를 흘겨봤다. 준페이가 얼른 가운데를 막아섰다.

"준페이, 빨리 떠나자. 여긴 이제 지긋지긋해."

루나가 준페이 뒤에 숨어 고개만 내밀었다.

"연료탱크가 막혀서 차가 못 움직여."

"그럼 여길 어떻게 나가?"

"방법은 저기를 통과해 다시 산을 넘어가는 수밖에 없어."

준페이가 후타바 마을 쪽을 가리켰다.

"또 들개 떼야? 난 못 해. 도대체 저 개새끼들은 어디서 나타난 거야?"

루나가 인상을 찌푸렸다.

"쓰나미 이후 마을에 있던 유기견들이 야생화됐나 봐. 다른 방법은 경찰에 전화……."

"뭐, 경찰? 절대 안 돼. 몸수색이라도 당하면 골드바는 압수당하고 말 거야."

루나가 숄더백 끈을 꽉 움켜쥐며 고개를 흔들었다.

"바다로 해서 가는 건 어때?"

루나가 태평양을 가리켰다.

"배도 없는데 어떻게? 헤엄쳐서?"

미코가 황당하다는 표정으로 루나를 쳐다봤다.

"해안선을 따라 걸어가면 되지 않을까?"

루나가 아이패드로 구글 지도를 들여다봤다.

"젠장, 요기가 문제네."

루나가 손으로 짚은 곳은 후쿠시마 원자력발전소 바로 앞이었다.

"여기서는 돌아갈 방법이 없네. 요 앞만 헤엄쳐 지나가면 안될까?"

'요 앞'이란 곳이 농축된 방사능오염수가 흐르고 있는 원전 바로 앞이었다. 영춘은 고개를 저으며 뒷걸음질 쳤다.

"그러니까 방사능에 전 바닷속을 헤엄쳐 가자, 이 말이지?"

미코가 어이없다는 듯 실실 웃었다.

"100미터도 안 돼."

아이패드 화면을 들여다보는 루나의 표정이 진지했다.

"저년이 비키니 입고 싶어 환장해서 그런 거니까, 이해해."

미코가 영춘에게 속삭였다.

"들개가 차라리 낫겠어. 이걸로 서너 마리 잡아 밥으로 던져주면 지나갈 수 있을지도 몰라."

준페이가 잭나이프를 꺼내 휘둘렀다.

"그냥 경찰을 부르자."

두 방법 다 못마땅한지 미코가 경찰을 택했다. 영춘이 제일 피하고 싶은 시나리오였다. 앞에는 들개 떼, 뒤에는 방사능에 오염된 바다. 스즈키 없이 들개 떼 천지인 마을을 통과하거나, 배 없이 오염된 바다를 헤엄치거나 둘 중 하나를 택해야 한다. 경찰은 절대 안 된다. *잠깐만. 배만 있으면 되는 거잖아?* 영춘은 손에 든 스패너를 던져버리고 뛰어갔다.

"겐지!"

미코가 놀라 소리쳤다. 영춘은 그녀에게 손을 흔들어주고 절벽을 향해 달려갔다. 절벽 앞에 서서 아래를 살펴봤다. 그냥 내려가는 건 무리지만 밧줄만 있으면 가능했다. 문제는, 묶을 데가 없었다. *그래, 신타로 별장 발코니.* 영춘은 이프성을 향해 뛰어갔다. 발코니 난간은 굵은 쇠창살로 돼 있어 매우 튼튼했다.

돌아오는 길에 하야시의 별장에 들러 밧줄과 제설용 삽을 챙겼다. 스즈키 앞에서 탈출 방안을 놓고 설전 중이던 미코와 준페이, 루나를 절벽 앞으로 불러 모았다.

"보, 보, 보, 보……."

영춘은 모래톱에 좌초된 보트를 가리켰다.

"저 보트를 타고 가자고? 10년이 지났는데, 다 썩었을걸?"

준페이가 고개를 저었다.

"플라스틱이니까 썩진 않았을 거야."

미코가 두 손으로 햇볕을 가리고 보트를 뚫어지게 쳐다봤다.

"근데 여길 어떻게……."

루나가 겁먹은 얼굴로 절벽을 내려다봤다. 영춘은 웃으며 어깨에 멘 밧줄을 툭툭 쳤다.

"어디 맬 데도 없잖아. 설마 나보고 잡으라고?"

준페이가 퉁명스럽게 말했다. 영춘은 대답 대신 제설용 플라스틱 삽을 준페이 앞에 던졌다.

"이건 뭐야? 땅 파라고?"

일일이 설명하기 귀찮아서 그냥 신타로의 별장으로 향했다. 발코니 난간에 밧줄을 단단히 묶고 밑으로 늘어뜨렸다.

"겐지, 굿 아이디어야!"

그제야 루나의 얼굴이 환하게 펴졌다.

"10년 동안 방치돼 있었는데, 괜찮을까? 내려갔다가 오도 가도 못하는 신세가 되는 거 아냐?"

주도권을 빼앗긴 준페이가 시비를 걸었다.

"구멍만 없으면 문제없어. 이 방법이 제일 나은 것 같기는 해."

"그치, 언니. 들개보다 배를 타고 가는 게 훨씬 낫지. 해안선을 따라가면 길 잃을 염려도 없고."

루나가 신이 나서 제설용 삽을 발코니 밑으로 던졌다.

"루나, 여기 내려갈 수 있겠어?"

준페이가 발코니 아래를 훑었다. 절벽 쪽보다 낮았지만 그래도 아파트 7층 높이는 됐다. 영춘은 이미 모든 계획을 세워

놓았다. 거실로 나가 바람에 휘날리던 커튼을 뜯어냈다. 실크 소재라 질감도 좋고 매듭도 잘 묶였다.

"겐지, 완전 멋져!"

루나가 영춘이 만든 하네스를 잡아당기며 찬사를 보냈다. 준페이가 코웃음을 쳤다. 영춘은 루나의 다리를 양쪽 고리에 집어넣어 허벅지까지 끌어 올렸다. 그리고 어깨 사이로 끈을 넣어 X자로 묶었다. 밧줄에 하네스를 연결하고 매듭을 힘껏 잡아당겨 마무리했다.

"루나, 할 수 있겠어?"

난간에 선 루나를 준페이가 불안한 눈길로 바라봤다.

"들개 떼에 물리는 것보다야 낫겠지."

말은 그렇게 했지만, 손이 달달 떨리고 있었다.

"자, 간다."

루나가 눈을 질끈 감고 난간에서 손을 뗐다. 밧줄이 팽팽하게 당겨졌다. 준페이와 함께 천천히 줄을 내렸다. 루나가 무사히 모래사장에 안착했다.

"난 그딴 거 필요 없어."

미코가 루나가 올려준 하네스를 던지고 밧줄을 잡았다. 겁도 없이 밧줄을 직접 쥐고 성큼성큼 절벽을 타고 내려갔다.

준페이도 루나를 의식해서인지 허세를 부리며 하네스를 던졌다. 난간 끝에 서서 이리저리 궁리하더니 결국 안으로 들어와 도로 하네스를 주워 착용했다. 마지막으로 영춘은 특전사

대원이 헬기에서 레펠로 하강하듯 폼 나게 착지했다. 드디어 태평양 백사장에 첫발을 내디뎠다.

"너무 아름다워……."

루나가 윤슬에 넋이 나갔다. 막 떠오른 태양이 바다 물결을 금빛으로 물들여놓았다. 바다는 잔모래를 뿌려놓은 듯 반짝였다.

"뭐 해? 빨리 가자. 저거 다 방사능이야."

미코가 원전에서 피어오르는 하얀 연기를 가리키며 감성 파괴 멘트를 날렸다.

"언닌 꼭 그렇게 뼈 때리는 말을 해야겠어?"

"왜? 비키니 입고 헤엄이라도 치게?"

미코의 말에 루나가 모래를 발로 차며 씩씩거렸다. 연기가 태평양을 향해 스르르 흩어져갔다. 역풍이 분다면 이쪽도 위험했다. 미코의 말대로 빨리 움직이는 게 상책이다.

영춘은 앞장섰다. 보트가 좌초된 모래톱을 향해 출발했다. 안전한 모래사장과 위험한 바위 몇 개를 지나 모래톱에 도착했다. 파란색 플라스틱보트가 뒤집힌 채 백사장에 박혀 있었다.

"엔진은 못 쓰겠는데."

루나가 후미에 붙은 엔진을 흔들어댔다.

"10년 동안 바닷물을 먹었는데, 그게 작동하겠냐?"

미코가 면박을 주자, 루나가 입을 씰룩거렸다.

"그래서 겐지가 삽을 챙겨 온 거야."

그건 맞는 말이다. 플라스틱 제설용 삽은 넓적해서 노로 쓰기에 적당했다.

"구멍 난 데도 없고 뒤집기만 하면 될 것 같아."

영춘은 전체를 꼼꼼히 훑었다. 햇볕에 색이 바랜 것 빼고는 멀쩡했다. 길이는 5미터 정도. 네 명이 타기에 적당했다. 환경 오염의 주범 플라스틱이 오늘은 구세주로 등장했다. 삽으로 보트 밑을 파서 공간을 만들었다.

"하나, 둘, 셋!"

모두 힘을 주었지만, 꿈쩍도 안 했다. 할 수 없이 보트 주변 모래를 다 파냈다. 삽자루를 지지대 삼아 보트를 흔들자, 조금씩 들썩였다. 다시 뒤집기를 시도했다. 숨이 턱까지 차올랐지만 누구도 손을 놓지 않았다. 보트가 마지막 희망이었다. 마침내 보트가 뒤집혔다. 나무 보트였으면 어림도 없는 일이었다. 파란색 바탕에 흰색 라인이 고급스러워 보였다. 안에 쌓인 모래를 퍼내고 바닷물로 씻어내자, 보트가 제 모습을 찾았다.

"이제 저기로 나가면 되는 거네?"

미코가 두 손으로 차양을 만들어 태양을 가렸다. 막상 떠난다고 생각하니 아쉬움이 남았다. 신타로의 별장이 있는 기암괴석을 올려다봤다. 찾기도 힘들고 찾아오는 사람도 없을 것 같았다. *저놈의 연기만 없다면 미코랑 저기서 살면 좋겠는데⋯⋯.* 원전에서 솟아오르는 연기를 보며 영춘은 입맛을 다셨다.

영춘과 준페이는 제설 삽을 가지고 뒤쪽에, 미코와 루나는 앞쪽에 자리를 잡았다. 보트가 바닷물을 헤치며 앞으로 나갔다. 파도가 뱃머리를 후려쳤다.

"엄마야!"

루나가 깜짝 놀라 일어섰다. 보트가 심하게 흔들렸다.

"가만 좀 있어! 배 뒤집힐라."

미코가 루나의 손목을 잡아 제자리에 앉혔다.

"도대체 어디까지 가야 해?"

"저 망할 놈의 원자력발전소를 지날 때까지."

미코가 거대한 원전을 노려보았다.

"저길 꼭 지나가야 해?"

준페이가 뿌연 수증기가 낀 앞쪽을 가리켰다.

"육지에서 멀어지면 태평양으로 쓸려 갈 수가 있어. 루나, 어디까지 가야 하는지 찾아봐."

미코의 말에 루나가 아이패드를 들여다봤다.

"가장 가까운 곳이 구마가와 해수욕장이야. 거기서부터는 육지로 이동할 수 있어."

"걸어서?"

"아니. 준페이, 네가 후타바에 가서 차를 가져와야지."

영춘은 주린 배를 부여잡고 열심히 노를 저었다. 배는 천천히 원자력발전소를 향해 다가갔다.

"좀 떨어져 가자."

루나가 불안한 목소리로 말했다.

"걱정 마. 내가 멀찌감치 돌아서 가줄게."

준페이가 벌떡 일어나 사정없이 노를 젓기 시작했다. 보트가 균형을 잃으면서 원전 쪽으로 방향이 틀어졌다.

"바보 같은 놈. 혼자 날뛰니까 밸런스가 무너지잖아."

미코가 준페이의 삽을 빼앗았다. 미코와 보조를 맞춰 노를 저었지만, 조류 탓인지 뱃머리가 쉽게 돌아가지 않았다. 보트는 점점 원전 쪽으로 흘러갔다.

"엄마야! 저거 방사능 연기 아냐?"

수증기가 눈앞까지 다가오자 루나가 호들갑을 떨며 안절부절못했다. 영춘은 배낭을 열고 하야시 별장의 창고에서 가져온 '키세스 우비'를 꺼내 나눠줬다. 별장이 원전 근처에 있어서 그런지 준비가 철저했다. 양주 한 병과 인형 세 개, 보트를 고치는 데 필요할까 싶어 연장 몇 개도 챙겼다. 그리고 〈행복한 눈물〉도 가져왔다.

"이 정도로 가까우면 방사능 수치가 얼마나 높을까? 측정기 한번 켜볼까?"

"준페이! 절대 하지 마!"

루나가 소리를 빽 질렀다. 보트가 짙은 안개 속으로 빨려 들어갔다. 축축한 수증기가 온몸에 달라붙었다. 모두가 숨을 죽이고 침묵했다. 이윽고 수증기가 서서히 걷히며, 맑은 바다가 모습을 드러냈다.

9. 영춘, 살벌 미코를 보다

　돌아오는 길이 순탄치 않았다. 태양이 뜨거워질 무렵, 구마가와 해수욕장에 도착했다. 원전 때문에 덩달아 폐쇄됐는지 넓은 백사장에는 적막감만 가득했다. 한 시간을 걸어서 세븐일레븐을 찾았다. 삼각김밥으로 요기하고, 근처 공원에서 시간을 보냈다. 그동안 준페이가 후타바 야산 근처에 세워둔 스바루를 끌고 돌아왔다. 그리고 밤새 달려 새벽녘에 민들레 상가에 도착했다.

　"어이, 루나!"

　스바루에서 내리자마자, 오미코 앞에 주차된 검은 세단에서 세 명의 사내가 내렸다.

　"난 네가 야반도주한 줄 알고 깜짝 놀랐잖아."

어두운데 검은 선글라스를 낀 걸 보니 야쿠자들 같았다.

"핫토리 상!"

순간적으로 루나의 얼굴이 굳어졌다.

"이 몰골로 어딜 갔다 온 거야?"

핫토리가 루나의 턱을 거칠게 잡아 올렸다.

"어딜 가든 당신이 무슨 상관이야!"

준페이가 루나를 잡아당겼다.

"오, 루나! 보디가드까지? 아니면 백마 탄 기사?"

얼굴이 구레나룻으로 가득한 놈이 실실 웃으며 다가왔다.

"잠깐만요."

루나가 핫토리 패거리를 앞에 두고 돌아섰다.

"다들 고생 많았어. 여긴 내가 알아서 정리할게. 돌아가서 좀 쉬어."

루나가 단단히 각오한 듯 말했다.

"니가 뭘 잘못 알고 있구나. 어젯밤에도 말했지만, 네 몫은 4분의 1밖에 없어."

미코가 앞으로 나섰다

"여이, 깡패 아저씨들! 돈 받고 싶으면 따라와."

그녀는 손짓으로 핫토리 일행을 불렀다.

"넌 뭐 하는 년이야?"

"밥 파는 년이다."

미코가 돌아서서 계단을 내려갔다. 영춘도 놈들을 무시하고 미코를 따라갔다. 뒤에서 뭐라고 속삭이는 소리가 들렸다. 미코가 팔짱을 끼고 테이블 앞에 앉았다. 잠시 후, 루나를 앞세운 세 놈이 오미코 안으로 들어왔다.

"그래, 누가 주든 돈만 받으면 되지. 큰소리치던데, 돈은 준비됐겠지?"

핫토리가 테이블에 앉자마자 돈을 요구했다.

"오늘 저녁 6시까지 해결해주지."

미코가 자신만만한 목소리로 말했다.

"'오늘 저녁'이라고? 얘가 오늘 저녁이란다. 하하하."

핫토리가 웃음을 터뜨렸다. 웃음이 끝나자, 옆에 있던 뻐드렁니가 사시미칼을 테이블에 꽂았다. 날카로운 칼날이 테이블 위에서 부르르 떨었다. 하지만 누구도 눈 하나 깜짝하지 않았다. 이미 산전수전에 방사능전까지 겪고 온 몸들이었다.

"오늘 저녁 6시까지는 반드시 돈을 구해 올게요."

루나가 옆에서 거들었다.

"내가 지금 너희들하고 장난하는 줄 아니?"

핫토리가 테이블을 걷어차며 일어섰다.

"약속한 시간에서 벌써 네 시간이나 지났어."

그가 벽시계를 가리켰다.

"갑자기 연락도 없이 사라지는 너를 믿으라고? 지금 당장 돈을 내놓든지, 아니면 너하고 루팡은 우리가 접수해야겠어. 흐흐흐흐."

핫토리가 루나를 쳐다보면서 느끼한 웃음을 뱉어냈다. 루나까지…… 어쩐지 액수가 크다 했더니……. 아무래도 쉽게 넘어갈 것 같지 않았다. 영춘은 손을 내려 정강이의 나이프를 확인했다. 이걸 뽑는 순간 저놈들은 죽었다고 보는 게 맞다.

"루나라고? 무슨 개소리야!"

흥분한 준페이가 앞으로 나섰다.

"얜 또 뭐냐?"

핫토리가 어처구니없다는 듯 쳐다봤다.

"이 새끼 아킬레스 끊어서 공장으로 넘겨. 이자나 챙기게."

핫토리가 소리치자, 두 놈이 사시미칼을 앞세우고 살기등등하게 다가왔다.

"잠깐만요."

루나가 두 손을 높이 치켜들었다.

"5분만, 딱 5분만 의논할 시간을 주세요."

루나가 급히 미코와 준페이를 구석으로 데려갔다.

"언니, 시간이 없어. 그냥 물건으로 쇼부 치자. 저 새끼들 진심인 것 같아."

루나가 칼을 쥔 두 놈을 힐끔거리며 안절부절못했다.

"그러니까, 지금 골드바를 던져주고 끝내자고?"

루나가 고개를 끄덕이며 영춘을 쳐다봤다. 뭐? 그럼 내 몫을 술값으로 퉁치자고? 영춘은 고개를 저었다.

"겐지, 너도 억울하겠지만 우선 루팡 빚부터 갚고 보자. 코로나도 끝나가니까, 빚만 없으면 루팡은 살아날 거야. 이 준페이가 어떻게든 살릴 거니까 걱정하지 마. 내 몫으로 루나하고 동업하기로 이야기도 끝냈어."

미코의 입이 벌어졌다. 루나가 그새 준페이를 구워삶은 모양이었다.

"루나, 쇼부는 내가 칠 테니 옆에서 거들기만 해. 자, 가자."

미코가 입을 열기도 전에 준페이가 벌떡 일어섰다. 영춘은 술잔을 들고 벽에 기댔다. 협상이 잘될 리 없었다. 골드바를 보자마자 핫토리의 눈이 뒤집힐 게 뻔했다.

"우리, 통 크게 갑시다. 루나가 써준 차용증부터."

준페이가 쓰러진 테이블을 일으켜 세우며 여유를 부렸다. 루나를 의식한 듯 팔짱을 끼고는 '가오'를 한껏 잡았다. 핫토리가 고개를 끄덕이자, 뻐드렁니가 종이 한 장을 테이블 위에 올려놓았다.

"원금 500만에 이자가 700만이라……. 좋아, 이걸로 빚을 청산하고 루나랑은 '시마이' 하는 거야."

준페이가 골드바 두 개를 기세 좋게 차용증 위에 올려놓았다. 금덩이를 본 핫토리의 표정이 굳어졌다. 다들 숨을 죽이고 테이블 위를 주시했다. 표정이 풀린 핫토리가 골드바를 집어 무게를 가늠했다. 그리고는 입으로 가져가 살짝 깨무는 시늉을 했다.

"우하하하. 이걸로 빚을 탕감해달라고?"

핫토리가 골드바를 테이블 위에 던졌다.

"도쿄금거래소에 따르면 1킬로에 600만 엔이 넘어요. 2킬로면 대략 잡아도 1200만 엔이 넘는다고요. 빚을 갚고도 남는 금액이라고요."

루나가 아이패드 화면을 핫토리에게 내밀었다.

"그건 니들 셈이지. 이런 건 어디서 구했을까?"

핫토리가 골드바를 다시 집어 들고 구레나룻에게로 고개를 돌렸다.

"어디서 훔쳐 왔겠죠."

"돈 많은 시골 노친네 금고를 털었나 본데요."

뻐드렁니도 웃으면서 말했다.

"그럼 장물이겠네."

핫토리가 골드바를 다시 테이블 위에 던졌다. 예상대로였다. 양아치는 국산이든 일제든 차이가 없었다. 영춘은 양아치들이 본성을 드러내기 전에, 놈들이 '쇼부를 치고' 있는 테이블로 갔다.

"우리 셈은 이래. 이건 장물이라 정식으로 거래할 수 없잖아. 뒷골목을 통해 '야매'로 팔 수밖에 없겠지. 그럼 제값도 못 받고 수수료도 존나 많이 들 거 아냐? 반값이나 건지면 다행이지. 700만 엔이면 아주 공정한 거래라고."

핫토리가 자신만의 셈을 자신만만하게 읊어 댔다.

"700이라고? 그러면 이자만 갚는 거잖아? 말도 안 돼!"

준페이가 골드바로 손을 뻗었다. 그때였다. 뻐드렁니의 칼이 준페이의 손등을 찍으려는 찰나, 쨍 하는 소리가 울렸다. 영춘이 들고 있던 유리컵을 들이민 것이었다. 칼날이 잔에 부딪히면서 불꽃이 튀었다.

"이 새끼 봐라."

구레나룻가 주먹을 날렸다. 영춘은 상체를 숙여 주먹을 피했다. 허점이 많았다. 칼만 뽑으면 구레나룻의 옆구리에서 핫토리의 뱃구레를 지나 뻐드렁니의 가슴까지 단번에 그어 올릴 수 있었다. 손이 내려가다 멈췄다. 세 놈쯤이야 해결할 수 있지만, 그다음이 문제였다. 이나가와구미가 뒤를 봐주는 놈들이라고 했다. 정체를 드러내는 어리석은 짓은 하지 말아야 한다. 영춘이 주춤하고 있는 사이 구레나룻이 또다시 주먹을 날렸다. 살짝 피하며 방어 태세에 들어갔다. 장기를 보호하기 위해 몸을 말고 두 손을 얼굴 가까이 들어 올려 커버 자세를 취했다.

"이런 씨발 놈을 봤나!"

연타가 빗나가자, 흥분한 구레나룻이 주먹을 마구 휘둘렀다. 영춘은 몸을 뒤로 빼며 충격을 흡수했다. 매에는 장사가 없다. 버틸 수 있을 때까지 버티겠지만, 한계에 다다르면 반격할 수밖에 없다.

"어디서 굴러먹은 놈인지 모르겠지만, 간땡이가 부었나 보구나. 어디, 얼마나 부었는지 좀 볼까."

뻐드렁니가 사시미칼을 들고 다가왔다. 배에 구멍이 나면서까지 참을 생각은 없었다. 사정거리 안에 들어오면 단숨에 끝낼 생각으로 자세를 낮췄다.

"뭣들 하는 거야? 시간 낭비하지 말고 저년이나 빨리 끌고 가."

핫토리가 화를 내며 소리치자, 뻐드렁니가 방향을 틀어 루나에게 접근했다.

"씨발, 다 덤벼. 루나를 건드리면 다 죽는다."

준페이가 잭나이프를 들고 루나 앞을 막아섰다. 눈빛이 시퍼렇게 날이 섰다. 오, 준페이! 영춘은 살짝 감동했다. 루나를 위해 목숨을 걸었다. 촐싹거리기만 하는 줄 알았는데, 나름 기백이 있었다.

핫토리가 기가 찬다는 표정으로 칼을 뽑아 들었다. 구레나룻까지 세 놈이 에워싸며 다가왔다. 이젠 어쩔 수 없었다. 영춘은 연장에 손을 댔다.

"야이, 개새끼들아. 거기까지만 해."

갑자기 날카로운 목소리가 가게 안을 뒤흔들었다. 모두가 일제히 뒤를 돌아봤다. 미코가 주방에서 꺼내 왔는지 LPG 가스통 밸브를 돌리고 있었다.

"쉬이익, 쉭쉭" 하고 가스가 뿜어져 나오는 소리가 똑똑히 들렸다. 싸늘한 기운이 순식간에 가게 안을 잠식했다.

"핫토리, 500에 이자가 700이면 괜찮은 장사한 거야. 물건

들고 썩 꺼져."

미코가 덤덤히 말했다. 영춘은 놀라 입이 벌어졌다. 핫토리 일당도 충격을 받았는지 서로 얼굴만 쳐다봤다.

"내 말 안 들려? 차용증 놓고 썩 꺼지라고, 개새끼들아!"

미코가 라이터를 높이 치켜들었다. 딸깍 소리와 함께 불꽃이 튀었다.

"자, 자, 잠깐!"

하얗게 질린 구레나룻이 두 손을 번쩍 치켜들었다. 핫토리의 얼굴도 순간 굳어졌다.

"좋아, 오늘은 여기까지만 하지."

핫토리가 억지웃음을 지으며 골드바를 움켜쥐었다. 그러고는 뒤도 안 돌아보고 오미코를 빠져나갔다. 두 놈도 꼬리를 내린 채 재빠르게 따라 나갔다.

놈들의 발소리가 멀어지자, 숨 막히던 긴장감이 풀어졌다. 준페이가 가스통을 잠그고 주방 안으로 가져갔다. 영춘은 안도의 한숨을 내쉬었다. 루나가 주방에서 나오는 준페이를 향해 차용증을 흔들며 활짝 웃었다. 미코는 카운터에 기대어 담배 연기를 내뿜었다. 조금 전 살벌한 상황을 연출했던 사람이 본인이라는 사실을 잊은 듯 차분하고 냉정한 모습이었다.

10. 영춘, 여우 야나기를 만나다

그 난리 후 루나는 조용히 사라졌다. 준페이는 하루에도 몇 번씩 루팡을 들여다봤다. 굳게 닫힌 문을 바라보며 한숨을 내쉬었다. 동업 약속이 헌신짝처럼 버려졌다. 미코의 강단에 놀란 건지, 빚을 다 받았다고 생각한 건지, 그 이후로 핫토리 일당은 찾아오지 않았다.

오미코는 계속 영업했다. 쓰케모노 정식을 먹으려는 사람들이 줄을 섰다. 미코는 민들레 상가 사람들에게 루나가 빚을 갚아 루팡 문제가 해결됐다고 말해줬다. 보증금이 무사하다는 말에 모두가 기뻐했다. 모리는 가끔 오미코에 들러 알코올을 보충했다. 준페이가 하야시의 별장에서 아무것도 찾지 못했다며 모리를 구박했지만, 야박하게 굴지는 않았다. 어쨌든 모리 덕분에 나루호토에 갈 수 있었고 신타로의 별장에서 골드바를 찾을 수 있었다. 고물상에서 훔쳐 온 산소용접기가 들통나는 바람에 스바루를 팔아 변상해줬다. 이제 영춘은 미코와 자전거를 타고 나란히 출퇴근했다. 두 사람을 지켜보는 민들레 상가 사람들의 시선이 따스하게 변해갔다. 영춘은 민들레 상가의 구성원으로 인정받았다. 후쿠시마 원정은 잊히고, 평화로운 나날이 계속됐다.

사이쿠엔 공원에서 휴식을 취하고 돌아오는데, 민들레 상가 주변이 어수선했다. 검정 벤츠 여러 대가 길가에 주차되어 있고, 검은 양복을 입은 '깍두기들'이 오미코 앞을 서성거렸다. 영춘은 골목에 몸을 숨겼다. 검정 마스크를 꺼내 쓰고 놈들의 움직임을 주시했다.

"아니키!"

누군가가 소리쳤다. 영춘이 뒤돌아보자, 깍두기 하나가 허리를 90도로 숙였다.

"야나기 형님께서 기다리십니다."

깍두기가 고개를 들었다. 축 늘어진 코가 얼굴의 반을 차지하고 있었다. 볼만 빨갰으면 영락없는 개코원숭이였다.

"가시죠?"

깍두기가 반갑게 웃으며 앞장섰다. 그냥 튈까 했지만, 좋은 생각이 아니었다. 가게 안에 미코와 준페이가 있었다. 미코를 버리고 갈 수는 없었다. 만약을 대비해 미리 만들어놓은 실리콘 상처를 코 밑에 붙이고 마스크를 다시 썼다.

오미코 안으로 들어가자, 의자에 앉아 있던 세 명의 사내가 벌떡 일어섰다. *빚을 마저 받으러 온 건가?* 영춘은 핫토리 패거리를 노려봤다.

"형님, 겐지 형님을 모시고 왔습니다."

개코원숭이, 즉 개코가 벽에 걸린 그림을 보고 있는 사내에게 말했다. 사내가 손을 들어 잠시 기다리라는 제스처를 했다. 벽에는 신타로 별장에서 가져온 〈행복한 눈물〉이 걸려 있었다. 환하게 웃으며 눈물을 흘리는 여자 덕분에 오미코의 분위기가 갤러리처럼 고급스러워졌다.

"음, 이런 변두리 식당에 어울리지 않은 아주 훌륭한 그림이야."

야나기가 고개를 주억거렸다. 그러고는 뒤로 돌아 활짝 웃었다. 더블브레스트슈트, 반질반질 윤이 나는 올백 머리, 번쩍이는 금 사슬 목걸이. 자신이 누군지 설명할 필요가 없는 옷차림이었다.

"오! 마이 브라더, 겐지. 살아 있었네."

야나기가 건들거리며 두 손을 높이 치켜들었다. 영춘은 반사적으로 방어 자세를 취했다. 놈이 영춘을 덥석 안았다. 엉겁결에 영춘도 두 팔로 사내를 안았다. 뭔지 모르겠지만, 일단 흐름에 맡기기로 했다.

"근데 브라더, 무슨 잠수를 이리 오래 탔어? 오야붕과 나는 이사부로한테 완전히 넘어가서 우릴 배신했나 싶었지."

이사부로. 순간 영춘은 등골이 오싹했다. 이놈이 누군지 생각났다. M의 자료에서 봤다. 다케시의 오른팔 기쓰네狐(여우라는 뜻) 야나기, 부두목이었던 오카다가 교도소에 간 사이 다케시의 총애를 얻어 2인자 자리를 꿰찼다고 했다.

"어이, 이리 와봐라."

야나기가 얌전하게 서 있는 세 놈을 불렀다.

"그 누런 것 좀 꺼내봐라."

핫토리가 얼른 골드바 두 개를 테이블 위에 올려놓았다.

"겐지, 이놈들이 너한테서 이걸 빼앗았다며?"

역시 골드바가 문제였다. *그때 끝장을 냈어야 했는데.* 영춘은 천천히 고개를 끄덕였다.

"죄송합니다. 형님들이 비즈니스 중이신 걸 모르고."

핫토리가 죽어가는 목소리로 말했다.

"이 금덩이는 여기 상가를 접수하려고 내가 우리 아우한테 착수금으로 준 거야. 그런데 니들이 그걸 갈취해?"

신타로 별장에서 가져온 골드바가 민들레 상가 착수금이라고? 말도 안 되는 소리였다. 골드바를 가로채기 위해 쇼를 하는 게 틀림없었다.

"죄송합니다. 저희는 단지 빚을 받으려고……. 형님들이 민들레 상가를 작업하고 계신 줄은 꿈에도 몰랐습니다."

"빚? 빚은 받아야지. 근데 번지수를 잘못 찾았어. 저 짝에서 받을 빚을 우리한테 받으면 쓰겠냐?"

야나기가 주방을 가리켰다. 깍두기 한 명이 지키고 서 있었다.

"겐지, 이놈들 때문에 우리 계획이 완전히 틀어졌어. 어떻게, 손모가지라도 하나씩 자를까?"

이런 무서운 말을 야나기는 웃으면서 했다. 영춘은 재빨리 고개를 끄덕였다.

"저희가 큰 실수를 했습니다. 한 번만 용서해주십시오."

핫토리가 사색이 되어 고개를 숙였다.

"그래 뭐, 사람이 실수할 수도 있지. 안 그래, 겐지?"

야나기가 표정을 금세 너그럽게 바꿨다. 뭐야? 금방 손모가지라도 자를 것처럼 큰소리치더니. 영춘은 어이없는 표정으로 야나기를 쳐다봤다.

"그럼 너거들이 실수한 거니까, 그것만 바로 잡아주면 되겠네. 이 금덩이는 원래 주인인 우리가 가져가고."

야나기가 영춘을 본체만체하고 골드바를 주머니에 집어넣었다.

"이제 너거들은 저 짝에 있는 애들한테 다시 빚을 받으면 되는 거네. 그쟈? 내 셈이 맞는 거지?"

야나기가 어금니에 박힌 누런 금니가 다 드러나도록 활짝 웃었다. 영춘은 손을 들었다. 지난번에 당했던 수모를 생각하면 지금이야말로 참교육을 시킬 좋은 기회였다.

"나하고는 셈이 끝났는데, 우리 아우는 아직 셈이 남은 모양이네."

야나기가 재미있다는 듯 실실거리며 뒤로 빠졌다. 영춘은 핫토리에게 다가가 멱살을 잡아채고는 정확히 비골髀骨, 즉 종아리뼈 중간 지점을 내리찍었다.

"빠지직!" 하고 뼈가 으스러지는 소리가 났다. 놈의 입에서 비명이 터져 나왔다. 30센티미터 길이의 이 뼈는 기능이 퇴화되어 아무 역할도 하지 못한다. 하지만 복합골절을 시켰기 때문에 뼛조각들이 끊임없이 신경을 찔러댈 것이다. 한동안 고생깨나 해야 한다. 영춘은 핫토리를 바닥에 던져버렸다.

"자, 이제 계산 끝난 거 같으니까 가봐라."

두 놈이 핫토리를 부축해 일으켜 세웠다. 핫토리가 절뚝거리며 영춘을 노려봤다. 유감이 남아 있기는 마찬가지다. 발목을 잘라버렸어야 하는데, 연장이 없는 게 아쉬울 뿐이다. 영춘은 가운뎃손가락을 세워 아쉬움을 표했다.

"푸하하하!"

세 놈이 사라지자 야나기가 박장대소를 터뜨렸다. 뛰는 놈 위에 나는 놈 있다더니. 양아치들도 정글 속에서 힘들게 살고 있었다.

"오야붕한테는 이사부로의 신임을 얻으려고 당분간 연락을 끊었다고 했어. 근데 이사부로 신물神物은 어디 있는지 알아냈어?"

야나기가 영춘의 어깨를 감쌌다. *이나가와에서 겐지에게 모종의 임무라도 맡긴 걸까? 모르는 게 너무 많았다. 상황 파악이 될 때까지 잠자코 있는 게 최선의 방안이었다.* 영춘은 고개를 흔들었다.

"아직도 못 알아냈어? 그래서 나한테 넘기라고 했잖아. 하루만 조지면 빤스까지 싹싹 벗어 바칠 텐데."

야나기가 낄낄거렸다.

"하긴 그것만 있으면 뭐 해. 신타로 신물도 있어야 지갑을 열든지 말든지 하지. 요즘 오야붕은 매일 코인 시세만 들여다보고 있어. 유키한테 배웠는지 폰에 앱도 깔았던데. 키키키킥."

야나기가 방정맞게 웃어댔다. *신타로…….* *설마, 후쿠시마 별장의 그 신타로?*

"이사부로가 젊은 놈한테 납치당했다며? 혹시 그거 우리 손에서 벗어나려고 자작극 벌인 거 아냐?"

감쪽같이 수장시켰는데, 납치당했다는 걸 어떻게 아는 걸까? 영춘은 의심받지 않도록 얼른 고개를 끄덕였다.

"어쩐지 그 능구렁이가 그냥 당하고만 있을 리 없지. 한 번에 끝냈어야 하는데, 어설픈 애들을 보내서 경계심만 키워주고 말이야. 오야붕도 많이 약해졌어. 옛날 같으면 벌써 끝장냈을 텐데. 안 그래, 겐지?"

영춘은 시크하게 웃고 말았다. 아는 게 없으니 애매한 태도를 취할 수밖에 없었다.

"오야붕이 기다리고 계시니까, 가자."

야나기가 다시 영춘의 어깨를 감쌌다. 이대로 따라갈 수는 없었다. 미코가 안전한지 확인해야 한다. 영춘은 야나기의 손을 밀어내고 주방 쪽으로 고개를 돌렸다.

"아, 맞다. 개코, 걔들 데리고 나와봐. 우리가 양아치도 아니고, 핫토리 애들 빚은 받아줘야지."

개코가 주방 안으로 들어가서 미코와 준페이를 데리고 나왔다.

"겐지, 너…… 야쿠자였어?"

준페이의 눈이 동그래졌다. 미코도 의외라는 표정으로 영춘을 쳐다봤다.

"개코, 쟤들한테 받을 빚이 얼마라고?"

"1200만 엔이라고 하던데요."

"코딱지만 한 가게에서 빚도 우라지게 많이 졌네. 반이나 건질 수 있겠어?"

"저 새끼는 공장에 보내 깨끗이 발라내서 팔고, 저년은 사창가로 넘겨 한 3년 굴리면 본전은 나올 겁니다."

순간 영춘은 심장에서 불꽃이 튀는 걸 느꼈다. 자신도 모르게 오른발이 하늘로 올라갔다. 개코가 테이블 두 개와 함께 홀 바닥에 나뒹굴었다. '심지점화心地點火'한 분노가 제대로 폭발한 것이다.

"겐지, 왜 그래?"

야나기가 황급히 다가왔다. 밖에 있던 깍두기들이 우르르 뛰어 들어왔다. 영춘은 미코를 등 뒤로 숨겼다. 아무리 미코라지만, 이놈들은 야쿠자였다. 여태까지 상대했던 놈들과는 다른 종자였다. 자신이 나서야 하는 이유였다. 미코가 영춘의 등에 머리를 기댔다. 모든 걸 맡기겠다는 묵시적 신호였다. 명치 끝에서 뭉클한 기운이 솟아오르며 가슴이 뜨거워졌다. 처음 느껴보는 감정이었다. 영춘은 주먹을 단단히 움켜쥐었다. 이제부터 미코에게 손대는 놈은 누구든 목숨을 걸어야 한다.

"푸하하하!"

갑자기 야나기가 웃음을 터뜨렸다.

"어쩐지 갑자기 잠수 탔다 싶었다. 우리 브라더가 이제야 성性에 눈을 떠부렀네. 얼라라도 생긴 거야?"

무슨 소린가 싶어 고개를 돌렸다. 미코가 두 손으로 아랫배를 감싸안고, 순진한 얼굴로 영춘을 올려다보았다. 그 표정이 어찌나 완벽한지, 영춘조차 잠시 혼란스러웠다.

"그래, 그래. 개코, 정중히 모셔라."

야나기가 흐뭇하게 말했다.

"가자, 겐지. 듣고 싶은 이야기가 많아."

야나기가 영춘의 어깨에 팔을 두르고 입구로 끌고 갔다.

11. 영춘, 흑곰 다케시를 만나다

"야나기 형님이 기다리라고 했는데……."

개코가 정원 입구에서 막아섰다. 정원이 넓어 어디로 가야 미코를 찾을지 알 수 없었다.

"두 연놈들 찾는 겁니까? 염려 붙들어 매시죠. 별실 2층에 꽁꽁 묶어놨으니까, 어디 가지도 못해요."

개코가 깐족거렸다. 영춘의 발차기가 또 한 번 작렬했다. 한 대 맞고 나서야 개코는 커다란 코를 부여잡고 앞장섰다.

"형님, 솔직히 좀 실망했습니다."

개코가 영춘의 눈치를 보며 입을 열었다.

"전에도 형님한테 돌려차기로 한 대 맞은 적이 있거든요. 그 때는 바닥에 누워서 한동안 일어나지도 못했는데……."

하여간 이놈은 매를 벌어. 영춘이 오른쪽 발을 치켜들자, 개코가 잽싸게 사정거리 밖으로 도망쳤다.

"그게 아니라 비즈니스에 열중하시느라 몸이 많이 상하신 것 같아 마음이 아파서 드리는 말씀입니다."

개코가 연못을 지나 단풍나무를 끼고 좌측 길로 꺾어 들어갔다. 아담한 2층짜리 목조건물이 나타났다. 영춘은 개코를 밀치고 빠르게 위층으로 올라갔다.

"겐지!"

준페이가 소리쳤다. 고타쓰 앞에서 두 사람은 차를 마시고 있었다.

"거봐요. 제가 잘 모셔놨다고 했잖아요."

개코가 능글거렸다. 영춘이 째려보자, 슬그머니 문 앞으로 물러났다.

"우린 괜찮아."

미코가 싱글벙글 웃었다. 자신의 작전이 먹힌 걸 재미있어 하는 눈치였다.

"괜찮긴 뭐가 괜찮아! 우릴 드럼통에 넣어 도쿄만에 수장시킨다는데."

"누, 누, 누……."

"저 개코원숭이 새끼가."

준페이가 문가에 있는 개코를 가리켰다. 개코가 달려오더니 준페이의 머리를 한 대 내리쳤다. 영춘도 개코 뒤통수를 갈겼다. 두 놈이 씩씩거리며 서로를 노려봤다.

"겐지, 우리 아가랑 나는 오미코로 돌아갈 수 있는 거지?"

미코가 두 손으로 아랫배를 감싸안으며 배 부른 흉내를 냈다. 준페이가 끔찍하다는 표정으로 쳐다봤다. 겁을 먹고 있으면 어쩌나 했는데, 여유 있는 모습을 보니 마음이 놓였다.

"어, 야나기 형님이 찾는데요."

개코가 핸드폰을 들여다보며 말했다. 미코가 무사한 걸 봤으니 안심하고 다케시를 만나러 갈 수 있었다.

영춘은 야나기를 따라 본채 안으로 들어갔다. 양옆으로 깍두기들이 쭉 늘어서 있었다. 야쿠자 소굴에 들어온 게 실감이 났다. *겐지의 조직 내 위치는 어느 정도일까?* 말단은 아닌 것 같았다. 겐지를 잘 아는 조직원이 있다면 정체가 들통날 수 있었다. 다행히 이사부로를 감시하며 겐지의 행동도 함께 눈여겨봤었다. 그는 거의 말을 하지 않고, 대답도 고개로만 했다. 늘 검은 마스크를 쓰고 있어 얼굴을 드러낸 적은 한 번도 없었다. 게다가 이사부로의 경호원으로 오랫동안 외부에 나가 있었다. 그의 얼굴을 정확히 아는 조직원은 별로 없을 것이다. 그래도 안심할 수 없어 마스크를 눈 밑까지 끌어 올렸다.

"브라더, 오야붕이 화가 많이 났어. 큰소리 좀 치실 거야. 내가 잘 말해줄 테니까, 넌 조용히 있어."

말하지 않아도 그렇게 할 수밖에 없는 처지였다. 신발을 벗고 다다미방에 들어서자, 갑자기 미닫이문이 쫙, 쫙, 쫙, 열렸다. *어머, 씨팔! 깜짝이야.* 양옆으로 중간 보스들이 줄줄이 앉아 있었다. 야나기가 앞장섰고, 영춘은 고개를 숙인 채 뒤를 따라갔다.

정면에는 벼 이삭 문양의 이나가와구미 다이몬代紋(야쿠자 일가를 상징하는 문장)이 걸려 있었다. 그 밑에 금빛 방석이 놓여 있는 게 보였다. 좌측엔 이마에 다이아몬드 모양 반점이 있는 잉어가 새겨진 도자기가, 우측 벽에는 크기가 다른 일본도 세 개가 나란히 걸려 있었다. 영춘은 다다미에 무릎을 꿇고 고개를 숙였다. 방 안에선 숨소리 하나 들리지 않았다.

"둔, 둔, 둔"하고 멀리서 둔탁한 발걸음 소리가 났다. 소리가 점점 커지더니 쿵, 쿵, 쿵 마룻바닥을 찧는 소리로 변했다. 이어서 강렬한 기氣가 쓰나미처럼 밀려와 영춘의 기를 쭉 빨아들이며 앞으로 지나갔다. 그 기세에 방 안의 분위기가 무겁게 가라앉았다. 거대한 사내가 금빛 방석에 털썩 주저앉았다.

구로쿠마黑熊(흑곰이라는 뜻) 다케시, 한번 폭주하면 아무도 못 말린다는 무투의 화신. 이름만 들어도 조직원들을 오금 저리게 만든다는 잔인한 야수. 일곱 명의 특공대로 50명의 고쿠도카이極道會 야쿠자들을 난자했다는 전설의 사내. 영춘은 고개를 더 숙였다. 여기서 정체가 탄로 나면 들개 떼의 아가리에 던져지는 거나 마찬가지였다.

"오이, 겐지! 고개 좀 들어봐."

다케시가 묵직한 저음으로 말했다. 마스크를 썼지만, 거리가 가까워서 눈치를 챌 수 있었다. 특단의 조치가 필요했다. 영춘은 운전면허증에서 본 겐지의 얼굴을 떠올리며 천천히 고개를 들었다. 근육을 최대한 경직시키고 다케시를 매섭게 째려봤다.

"이놈의 쉐끼가."

주먹이 날아왔다. 피할 수 있었지만 그러지 않았다. 주먹이 오른쪽 눈을 정통으로 강타했다. 눈앞이 번쩍하고 하얘지면서 강렬한 통증이 밀려왔다. 이 정도로는 모자랐다. 영춘은 벌떡 일어나 눈에 쌍심지를 켜고 다시 다케시를 노려봤다.

"그래도 이놈의 쉐끼가!"

이번에는 손바닥이었다. 커다란 손바닥이 영춘의 뺨을 후려쳤다. 귓속에서 이명이 울렸다. 입술이 터지면서 짭짤한 피맛이 입안 가득 번졌다. 몸이 팽이처럼 한 바퀴 돌아 제자리로 왔다. 기다렸다는 듯이 양 볼에 귀싸대기 세례가 쏟아졌다. 마스크가 날아갔지만 잡을 엄두도 내지 못했다. 코와 입에서 피가 줄줄 흘렀다. 이 정도면 마스크가 없어도 알아보지 못할 것이다. 더 맞다가는 죽을 것 같다는 공포감이 밀려왔다. 주먹이 올라오는 걸 보고 영춘은 무릎을 꿇었다. 다케시도 씩씩거리며 자리에 앉았다. 코피가 실리콘 상처를 타고 다다미 위에 뚝, 뚝, 뚝 떨어졌다.

"겐지, 오랜만에 봐서 간이 배 밖으로 나왔구나."

다케시가 들고 있던 찻잔을 벽에 던졌다. 찻물이 일본도에 뿌려지고 찻잔은 산산조각이 났다. 소문대로 성질이 지랄 맞았다. 분장은 완벽했다. 더 자극할 필요가 없었다. 야나기가 다케시 곁으로 다가와 귓속말을 속삭였다. 다케시가 고개를 끄덕이더니 손을 휘저었다. 각두기들이 조용히 빠져나갔다. 넓은 내전에 두 사람만 남았다.

"음…… 겐지, 아직 나한테 서운한 감정이 남아 있는 건가? 나도 시끄럽게 하는 건 반대했지만, 본가에서 워낙 강경하게 나와서 말이야."

야나기가 무슨 말을 했는지 모르겠지만, 다케시의 목소리가 많이 수그러졌다.

"본가도 참 한심해. 심줄이나 몇 개 끊어서 위협하면 될 일을……. 세 놈이나 보내서 시끄럽게 만들고."

지난번 삼인조 습격을 말하는 건가? 다른 조직 소행인 줄 알았는데, 고베 본가라니? 영춘은 그날의 일을 떠올렸다. 겐지의 발차기에 한 놈이 나가떨어지고 두 놈은 사시미칼에 무릎을 꿇었다.

"겐지, 넌 가만히 있으라고 했잖아!"

다케시의 목소리가 다시 커졌다.

"죽이지는 않을 거라고 분명히 말해뒀는데도 기어이 나서서 훼방을 놓고……. 넌 이사부로의 달콤한 혀에 놀아난 것뿐이야. 에잇, 바보 같은 놈. 쯧쯧쯧……."

다케시가 혀를 찼다.

"차나 한잔하자. 오이!"

다케시가 손뼉을 치자, 분홍색 기모노를 입은 여자가 들어왔다. 하얀 도자기 주전자, 푸른빛 찻잔이 담긴 소반을 든 그녀가 조용히 다케시 옆에 앉았다.

"어머, 피가 나네."

여자가 소반을 내려놓고 영춘에게 다가왔다. 손수건으로 그의 얼굴에 묻은 핏자국을 닦아줬다. 영춘은 어쩔 수 없이 여자를 쳐다봐야 했다. 피부가 눈처럼 하얀 여자였다.

"내 다도 선생 유키 상이야. 둘이 만난 적 있던가?"

여자의 행동을 보고 이상했는지 다케시가 물었다.

"전에 한 번 인사한 적이 있습니다."

여자가 웃으며 대답했다.

겐지를 만난 적이 있다고? 영춘은 얼른 고개를 숙였다.

"겐지, 야마구치 본가가 지금까지 살아남을 수 있었던 건 정치권과 거리를 두었기 때문이야. 다오카 카즈오 구미초組長(야쿠자 조직의 두목을 일컫는 말)도 조직원 각자 생업을 가지라고 했어."

다케시가 팔짱을 끼고 본격적인 훈시에 들어갈 자세를 갖췄다.

"이제 합법적인 직업이 필요한 시기야. 새로운 사업을 일궈야 한다고. 이런 시기에 구태의연하게 대일본제국의 부흥을 부르짖다니. 한심하지 않아, 유키?"

유키가 마지못해 고개를 끄덕였다. 영춘은 그냥 고개를 푹 숙이고 있었다. 그가 할 수 있는 최선의 방법이었다. 가만있자니 목이 말랐다. 앞에 놓인 찻잔에서 은은한 향이 올라왔다. *맛이나 좀 볼까?*

"알아들었냐고, 이 멍청한 놈아!"

다케시가 소반을 내려쳤다. 찻잔을 향해 손을 뻗으려던 영춘은 얼른 고개를 숙였다.

"이사부로 신물을 아직 못 찾았다며?"

다케시가 턱끝을 만지며 물었다. *난 그게 뭔지도 모르는데……. 혹시?* 영춘의 머릿속에 이사부로가 죽기 전에 건넨 양가죽 파우치가 떠올랐다.

"그 능구렁이 같은 놈이 도대체 어디에 숨긴 걸까? 집 안에 없는 건 분명해. 야나기를 시켜 살살이 뒤져봤지만 아무것도 찾지 못했어. 바깥 어딘가에 숨겨놓은 게 분명한데, 음……."

다케시가 잠시 말을 멈추고 생각에 잠겼다.

"이사부로를 납치해 갔다는 젊은 놈 말인데. 고쿠도카이 짓은 아닌 것 같아. 내가 나카무라를 슬쩍 떠봤더니, 펄쩍 뛰며 부정하더라고."

차를 한 모금 마신 다케시가 고개를 끄덕였다.

"내 생각엔…… 곤조와 짜고 자작극을 벌인 것 같아. 인형을 빼앗기지 않으려고 선수를 친 거지. 여우 같은 놈이 내 인내심이 바닥난 걸 눈치챈 거야. 야나기 말대로 그냥 '바케몬' 우리에 처넣었어야 하는데…….

곤조? 이사부로의 사위라는 그 곤조? M의 자료에 따르면 야마모토 곤조는 경시청 공안부장으로 야쿠자 출신 장인과는 거리를 두고 지낸다고 했다.

"경찰 사위라……. 이사부로가 늘그막에 보험을 제대로 들어놨군. 기껏해야 경찰 연수원 어디에 숨겨놨겠지. 오이오이, 한 잔 더."

다케시가 손을 들어 유키를 불렀다. 차를 우리던 유키가 다가와 찻잔을 채웠다. 그 틈에 영춘도 얼른 목을 축였다. 갈증이 조금 가셨다. 유키가 빈 잔을 채워줬다. 분홍색 기모노 때문에 여자는 벚꽃처럼 화사해 보였다.

"유키, 남자가 가장 약해질 때가 언젠지 알아?"

"그야, 사랑에 빠질 때죠."

유키가 웃으며 대답했다.

"겐지, 너 왜 그렇게 물러터졌나 했더니……. 쯧쯧쯧."

다케시가 혀를 찼다.

"그래, 그 미코라는 여자가 맘에 들어?"

야나기가 귓속말로 무슨 소릴 지껄였는지 대충 짐작이 갔다. 유키가 싸늘한 눈빛으로 영춘을 노려봤다. *기분 탓인가?*

"이거 의외네, 천하의 겐지가 여자와 동거해서 애까지 만들다니."

다케시가 믿지 못하겠다는 듯 고개를 절레절레 흔들었다. 무슨 *개소리야.* 야나기 놈이 엄청나게 부풀려 이야기한 모양이었다.

"겐지, 내가 너한테 맡긴 임무는 이사부로를 감시하며 신물을 확보하라는 거였어. 그런데 이사부로가 납치당했다고 연락만 하고 잠적해버려? 네놈이 숨는다고 우리가 못 찾을 줄 알았어?"

목소리가 커지면서 다케시의 시커먼 면상이 부르르 떨렸다. 마치 포청천을 보는 것 같았다. 당장이라도 "개작두를 대령해라!"라고 소리칠 것만 같아 간담이 서늘했다. 영춘은 바닥에 코를 박았다.

"여자한테 빠져서, 우리 조직의 숙명이 달린 내 명령을 무시해? 그러고도 네놈이 살길 바라는 건 아니겠지?"

분위기가 계속 험악해졌다. *얘들은 걸핏하면 뭘 자르던데. 손가락이라도 하나 잘라야 하는 것 아니야?* 개작두가 계속 생각나 마음이 심란하기만 했다.

"3일!"

갑자기 다케시가 소리쳤다.

"딱 사흘이야. 개코를 붙여줄 테니, 이사부로의 신물을 가져와. 만일 그때까지 가져오지 못하면……."

다케시는 말끝을 살짝 끊었다.

"네 여자와 배 속의 아이는 살아남지 못할 거야."

단호하게 말하고는 벌떡 일어나 나가버렸다. 영춘은 살며시 고개를 들었다. 문가에 유키가 무릎을 꿇고 앉아 있었다. 쥐가 난 다리를 주무르며 힘들게 일어서는데, 유키가 다가왔다. 영춘을 부축한 유키가 슬쩍 쪽지를 건넸다. 영춘이 놀라 쳐다보자 고개를 숙이고는 말없이 나가버렸다.

오늘 밤 12시, 내 방으로.

　영춘은 유키가 사라진 미닫이문을 멍하니 바라봤다. 다케시의 협박만으로도 충분히 혼란스러운 상황이다. 도대체 뭐지? 그렇지 않아도 머리가 복잡한데……. 영춘은 고개를 흔들며 밖으로 나왔다.

　별채 앞에 아까는 없었던 깍두기 두 명이 서 있었다.

　"겐지!"

　2층으로 올라가자 미코가 깜짝 놀라 일어섰다. 영춘이 손을 들어 괜찮다는 신호를 보냈다. 준페이가 방 안에서 상비약 통을 찾아냈다.

　"루나 넌 빚 때문에 우리가 왜 이런 고생을 해야 돼? 어휴, 이 피 좀 봐……."

　미코가 거즈를 코 밑으로 가져갔다. 영춘은 얼른 손을 밀어냈다.

　"얼굴도 못 알아보겠는데."

　준페이가 손거울을 건넸다. 눈 주변이 벌겋게 물들었다. 터진 입술이 두툼하게 부풀어 올랐다. 다행히 피 묻은 실리콘 상처는 그대로 붙어 있었다. 이 정도면 조직에서 의심하는 놈은 없을 것이다.

우당탕하며 계단을 올라오는 발소리가 났다. 야나기가 깍두기들을 데리고 안으로 들어섰다.

"어이, 브라더. 우리끼리 비즈니스 좀 해야 쓰겠는디."

야나기가 누런 금니를 보이며 건들거렸다. *브라더는 개뿔.* 영춘은 앞으로 나서 미코와 준페이를 막아섰다.

"오야붕 말 들었겠지. 딱 사흘이야. 저 두 놈을 끌고 와!"

말이 떨어지기 무섭게 깍두기들이 들이닥쳤다.

"좋아, 다 덤벼."

준페이가 잭나이프를 뽑아 들며 나섰다. 분위기 파악을 전혀 못 하고 있었다. 여긴 이나가와구미 본가였다. 현명하게 굴어야지, 겁 없이 설쳐댔다가는 '사시미' 되는 건 시간문제였다.

"정, 정, 정중⋯⋯."

"그래, 정중히 모셔줄게."

야나기가 웃으며 턱짓으로 준페이를 가리켰다. 깍두기 하나가 오른발로 준페이의 턱을 걸어찼다. 준페이가 바닥에 나뒹굴었다. *제법인데.* 영춘이 눈을 크게 뜨자, 놈이 가소롭다는 듯 씩 웃었다. *씨발 놈이 쪼개기는.* 영춘의 발끝이 호를 그렸다. 정확히 측두골側頭骨을 가격하자, 놈이 준페이 옆에 같이 나뒹굴었다. 그러자 덩치 큰 놈이 앞으로 나서서 두 팔을 들어 올렸다. 폼이 유도 좀 해본 놈 같았다. 눈 밑의 짙은 다크서클 때문에 꼭 판다처럼 보였다. 양쪽 귀에 낀 귀걸이가 앙증맞아 보였다.

"후토이, 그만둬!"

어디를 조져야 한방에 나가떨어질까 견적을 내보는데, 야나기가 소리쳤다. 판다가 아쉬운 듯 입맛을 다시며 물러섰다. 이쪽도 아쉽기는 마찬가지였다.

"3일 안에 이사부로 신물을 가져오지 못하면 이년은 갈기갈기 찢겨 개밥이 될 거야."

야나기가 미코의 팔뚝을 잡아챘다.

"이거 놔."

미코가 야무지게 뿌리쳤다. 그러자 판다가 미코의 팔을 잡아 뒤로 꺾었다.

"이런, 이런. 정중히 모셔라. 임신부라는데. 킥킥킥."

야나기가 야비한 미소를 지으며 키득거렸다.

"바케몬한테 간식으로 주는 불상사가 일어나지 않도록 부지런히 돌아다녀야 할 거야."

야나기가 재수 없는 상판대기를 돌렸다. 판다가 미코를 번쩍 들어 올려 어깨에 둘러멨다. 미코가 발버둥 치며 판다의 얼굴을 때렸지만, 놈은 꿈쩍도 안 했다.

"이런 곰탱이 같은 놈이! 안 내려놔?"

미코가 손을 뻗어 판다의 귀걸이를 잡아 비틀었다. 판다가 인상을 쓰며 짐짝 다루듯 미코를 한 바퀴 돌려 옆구리에 끼고 는 밖으로 나갔다.

"우리 누나한테 손끝 하나 건드리기만 해봐. 내가 다 죽여버 릴 거야!"

준페이도 끌려가면서 목청을 낮추지 않았다. 실속은 없지 만, 기백은 좋았다.

12. 영춘, 칠복신의 비밀을 알아내다

　방 안으로 들어서자 영춘은 안도의 한숨을 내쉬었다. 겐지의 방이야말로 일본에서 가장 안전한 공간이었다. 이사부로의 신물인지 뭔지 하는 정체도 모르는 물건에 미코의 목숨이 달려 있었다. 다케시가 사흘 안에 찾아 오라고 했다. 성깔을 보니, 기간 내 찾지 못하면 미코는 곱게 죽지 못할 것이다. 도쿄만에 수장하기 전 이사부로가 준 파우치가 유일한 단서였다.

　영춘은 벽장문을 열고 안에 넣어둔 양가죽 파우치를 꺼냈다. 그날 이후 쳐다보지도 않았다. 파우치 안에는 세 가지 물건이 있었다. '유언장'이라 적힌 대봉투, 황갈색 편지 봉투, 노트 한 권. 먼저, 유언장부터 열었다. 이사부로의 자필 서명 아래 글귀가 한 줄 적혀 있었다.

내 명의로 되어 있는 모든 재산은 대일본국수회에 기부한다.

첨부된 목록에는 부동산, 주식, 통장 등이 쭉 기재돼 있었다. 맨 밑에 로펌 직인과 변호사 이름이 찍혀 있었다. M의 자료에 따르면 이사부로는 '대일본국수회'의 재정 고문이라고 했다. 전 재산까지 바치는 걸 보면 우익 사상이 골수까지 스며든 놈이 분명했다.

유언장을 내려놓고 황갈색 봉투를 집어 들었다. 겉봉에 겐지의 이름이 적혀 있었다. 봉투를 뜯자, 욱일기 문양이 찍힌 편지지가 나왔다. 이사부로의 자필 편지였다.

겐지에게

자네가 이 편지를 읽고 있다면 나는 이미 야스쿠니의 영령이 되어 있을 걸세. 지난 습격 이후 언제든지 죽을 수 있다는 생각에 유언장과 편지를 자네에게 남기네.

우선, 대일본제국의 부활이라는 나의 대의명분을 믿고 따라준 자네의 결단을 크게 치하하는 바일세. 지난 2년 동안 내 곁을 떠나지 않고 전력을 다해 나를 지켜준 충성심에도 깊은 감사를 전하는 바일세.

미시마 유키오 선생의 길을 따르겠다고 혈서까지 쓰면서 맹세한 자네 충심은 대일본국수회의 귀감으로 길이길이 남을 걸세. 다케야마 신지 같은 우국지사가 차고 넘치는 날, 우리 대일본제국은 다시 한번 아시아의 맹주로서 히노마루를 휘날리며 대륙을 호령하게 될 걸세.

오랜 시간 지켜본 결과, 겐지 자네의 우국충정을 높이 평가하여 내 마지막 임무의 수행자로 선택했네. 목숨을 부지하고 있는 한 임무를 꼭 완수해주길 바라네. 나의 선택이 옳았다는 걸 자네가 반드시 증명해주길 바라네.

야마시타 이사부로

추신: 임무에 관한 내용은 노트에 자세히 기술해놓았으니, 꼼꼼히 읽고 임무 완수에 만전을 기해주길 바라네.

이사부로의 편지는 이렇게 끝을 맺고 있었다. 영춘은 책상 위에 있던 소설책을 가져왔다. 『한여름의 죽음眞夏の死』, 미시마 유키오. 작가 소개를 보니 마흔다섯 살에 대일본제국 부활과 재무장을 외치며 자위대 옥상에서 할복했다고 적혀 있었다. 『한여름의 죽음』을 뒤적였다. 이 책 어디선가 '다케야마 신지'라는 이름을 본 적이 있었다. 「우국憂國」이라는 단편소설에 나오는 주인공이었다. 육군 중위였던 이 남자 역시 할복으로 생을 마감했다. 미시마 유키오, 다케야마 신지. 그래서 겐

지도 할복의 길을 선택한 걸까? 피 묻은 손가락으로 와이셔츠에 '우국'이라 쓰던 겐지의 모습이 떠올랐다. 그는 이사부로를 감시하라는 다케시의 명령을 받았지만, 오히려 이사부로에게 설득당해 우익 사상에 경도되고 말았다.

영춘은 이사부로가 남겨놓은 노트를 펼쳤다. 세월의 흔적이 묻은 낡은 종이 위에 거칠게 갈겨쓴 글씨가 보였다. 사흘 안에 미코를 구하려면 이 노트에서 답을 찾아야 했다. 영춘은 노트에 적힌 글을 한글로 또박또박 옮겨 쓰며 내용 파악에 집중했다.

*

칠복신을 만난 건 우연이었다. 아니, 지금 돌이켜보면 칠복신과의 조우는 우연이 아니라 운명이었다. 그날의 사소한 사건이 내 인생 전체를 흔들어놓을 줄은 꿈에도 몰랐다.

2010년 오미소카大晦日(한 해의 마지막 날), 나는 신타로와 함께 오사카 텐노지 근처 한적한 술집에서 술잔을 나누고 있었다. 자정까지 두 시간. 쇼와昭和의 한 해가 저물어가고 있었다. 갑자기 밖에서 소란스러운 소리가 들려왔다. 주인을 불러 물어보았더니, 젊은 친구가 지갑을 잃어버려 술값을 못 내겠다고 해서 시비가 벌어졌다고 한다.

주인은 자기네 가게는 이시하라카이石原會가 요짐보用心棒(경호원을 의미하나, 여기서는 야쿠자의 뒷배라는 뜻)를 봐주고 있다며 그들에게 연락해 해결하겠으니 걱정 말고 편히 마시라고 했다. 이시하라카이는 오사카의 신흥 세력으로, 드세기로 악명 높은 패거리였다. 이시하라 놈들이 들이닥치면 우리가 곤란해질 수 있었다. 사실 나와 신타로는 비밀회의를 하는 중이었다. 신타로는 나의 오랜 친구이자 사상적 동지였다. 우리 두 사람은 천황을 중심으로 민족의 자존심을 회복하고 대일본제국의 위상을 찾고자 조직한 대일본국수회의 재정 고문이기도 했다.

대일본국수회는 일본의 새로운 역사관을 정립하고, 국제사회에서 일본의 위상을 제고하며, 동아시아를 호령하던 일본제국을 부활시키는 것을 목표로 결성된 단체였다. 대일본국수회 운영에는 많은 재정이 소요됐다. 고베 본가의 재정 담당 회계사였던 신타로와 나는 매년 비밀회의를 갖고 본가 상납금 중 일부를 횡령해 대일본국수회의 자금으로 유용하고 있었다. 이런 연유로 가게가 시끄러워지는 걸 원치 않던 나는 주인에게 곧 새해가 밝아오는데 소란 피우지 말고 조용히 지나가자며 대신 술값을 지불했다.

잠시 후 주인이 찾아왔다.

"조금 전 소란을 피웠던 젊은이가 그냥 가면 도리가 아니라며 꼭 인사를 드리겠다고 합니다."

신타로와 나는 호기심에 그를 들어오게 했다. 방 안에 들어선 청년은 넙죽 큰절부터 했다. 고개를 든 그의 얼굴은 술기운에 벌겋게 달아올라 있었다.

"다이치라고 합니다."

청년이 고개를 숙인 채 말했다. 취기는 있었지만, 목소리는 또렷했다.

"지갑을 잃어버려 곤란에 처했는데, 두 분의 도움 덕분에 무사히 넘어갈 수 있게 됐습니다. 진심으로 감사드립니다. 연락처를 주시면 돈은 꼭 갚아드리겠습니다."

구레나룻이 무성한 청년이 히타치제작소 로고가 새겨진 명함을 공손히 내밀었다. 히타치에 근무한다는 건 엘리트라는 증거였다. 대일본국수회 활성화를 위해 젊은 인재가 필요했던 우리는 고개를 끄덕이며 사내의 명함을 받았다.

"돈 몇 푼에 신경 쓸 것 없네. 이왕 들어온 거 술이나 한잔하게."

신타로가 술을 가득 따라주자, 다이치는 단숨에 잔을 비워냈다.

"오, 기개가 있는 청년이구먼. 전자개발팀이라……. 이공계를 전공했나?"

"네, 쓰쿠바대 시스템정보공학연구과에서 프로그래밍을 전공했습니다."

"오호, 대단한걸. 자네 같은 젊은이가 앞으로 우리 대일본제국을 이끌어 나가야 하네."

나는 감탄사를 뱉으며 다이치의 잔에 술을 가득 따라주었다. 오랜만에 혈기 있는 젊은 친구를 만난 것이 몹시 반가웠다.

"이제 곧 새해가 밝네. 이번에도 총리가 야스쿠니신사에 참배하지 않고 공물만 바치기만 한다지? 여기에 대해 자네는 어떻게 생각하나?"

의도적인 질문이었다. 다이치의 정치 성향을 떠본 다음, 우리와 가치관이 부합하면 국수회 가입을 권유할 생각이었다.

"요즘은 명분보다 실리가 중요한 세상 아닙니까? 괜히 이웃 나라들과 분란을 만들 필요가 뭐 있습니까? 아마 총리님도 그런 생각으로 결정하신 것 아닐까요?"

우리는 다이치라는 청년이 분노해주길 원했지만, 기대와 다른 답변을 내놓았다.

"총리의 야스쿠니신사 참배는 주권국가의 대표자로서 조국을 위해 산화한 선열들께 당연히 드려야 할 존경의 표시야. 그런 것조차 마음대로 못하고 주변국 눈치나 살피면서 공물이나 바치는 한심한 작태를 일삼고 있는데, 이게 현실을 고려한 결정이라고? 자네는 이런 정치 현실이 괜찮다는 말인가?"

다이치의 대답에 실망한 신타로가 비분강개해 목소리를 높였다.

"오이, 신타로. 너무 흥분하지 말게. 요즘 젊은이들이 저런 사고를 가지게 된 건 그들만의 책임이 아냐. 우리 기성세대

가 제대로 된 교육을 시키지 못한 탓이라고. 그래서 제대로
된 교육기관을 세울 필요가 있는 거야."

역시 젊은 세대는 역사 인식이 부족했다. 잠시 신타로가 흥
분을 가라앉히길 기다렸다.

"자네도 대일본제국의 구성원이라면 제대로 된 역사 인식
을 가져야 하네. 실리 운운하며 빠져나가려는 것은 문제를
정면으로 돌파하지 않고 도망치려는 나약한 사고방식이
야."

오랜만에 제대로 된 젊은 혈기를 만나보나 하고 기대했던
나도 매우 실망했다. 호탕해 보였던 다이치라는 사내 역시
나약한 신세대 중 하나였다.

"제가 두 분께 결례를 범한 것 같습니다. 하지만 제 생각이
나약하다고 말씀하시는 건……."

다이치가 잠시 말을 멈추었다.

"거기엔 동의할 수 없습니다. 사람마다 세상을 보는 시각이
다를 수 있습니다. 그걸 나약한 사고방식이라고 단정 짓는
건…… 기성세대의 오만 아닙니까?"

다이치라는 청년도 기분이 나빴는지 고개를 빳빳이 치켜들
고 대들었다.

"오만이라고? 지금 자네 주제를 알고 그런 말을 하나?"

신타로가 다시 흥분하기 시작했다.

"2010년 마지막 밤에 술값도 못 내 빌빌대다 우리 덕에 겨

우 살아남은 놈이……. 그런 주제에 감히 우릴 탓해? 정말 무책임하고 한심한 놈이야."

신타로의 말에 다이치의 얼굴이 굳어졌다.

"무책임한 놈이라뇨? 함부로 말하지 마세요. 전 그런 사람 아닙니다. 돈, 돌려드릴 테니 연락처 주십시오. 내일이라도 당장 돌려드리겠습니다."

다이치가 펄쩍 뛰며 반발했다.

"내일?"

신타로가 비웃었다.

"내일이면 1년이 지나가는 거야. 자네 같은 한심한 놈을 1년 씩이나 믿을 순 없지. 지금 당장 갚게."

신타로가 억지를 부렸다.

"누가 꼰대 아니랄까 봐 막무가내는……."

다이치가 혼잣말처럼 중얼거렸다.

"이놈의 새끼가!"

그 말을 듣는 순간 화가 치솟아 나도 모르게 호신용 칼을 꺼내 술상 위에 내리찍었다. 다이치가 움찔했다.

"건방진 놈의 새끼. 그래, 좋아. 지금 당장 돈을 갚던가, 아니면…… 그에 상응하는 걸 내놔야 할 거야."

"지갑을 잃어버렸다고 하지 않았습니까. 막무가내로 돈을 내놓으라고 하면 어떡합니까?"

"막무가내라고? 진짜 막무가내가 무언지 보여주지."

나는 상 위에 꽂힌 칼자루를 틀어쥐었다.

"돈이 없으면…… 한쪽 귀를 두고 가. 이시하라 놈들이었다면 그 정도는 가져갔을 거야. 우리도 그에 상응하게 놀아줘야지."

나는 슬슬 야쿠자의 본성을 드러냈다.

"오이오이, 이사부로. 그만하자고."

신타로가 내 팔을 붙잡았다.

"곧 새해야. 경건한 마음으로 맞이해야지. 피를 볼 건 없잖아."

신타로가 말렸지만 나는 진심이었다. 이런 건방진 자식에게는 본때를 보일 필요가 있었다. 말없이 앉아 있던 다이치가 주머니에 손을 넣었다.

"제가 먹은 술값이 2만 8,000엔으로 알고 있습니다. 이걸로 대신하겠습니다."

다이치가 상 위에 칠복신 중 하나인 비샤몬 캐릭터 인형을 내려놓았다.

"그깟 인형 하나가 2만 8,000엔이나 한다고? 어림없는 소리. 귀를 내놓든지 손가락을 내놓든지 하나를 골라."

나는 버릇을 제대로 고쳐주려고 겁박을 그치지 않았다.

"이건 그냥 인형이 아닙니다. 잠재력이 무궁무진한 보물이라고 봐도 무방합니다."

의외로 다이치가 침착하게 말했다. 올 초에 쓰쿠바대 계산과학연구센터 동기였던 노부키가 세미나에서 만난 공대생들과 장난으로 한 게임에서 비트코인 약 25만 개를 따내 전자지갑에 넣은 후, 일곱 개 칠복신 인형의 밑면에 각기 비밀번호를 새겨 일곱 명의 연구생이 하나씩 나누어 가졌다는 이야기였다.

"비트코인이라는 게 얼마나 값어치가 있는 건가?"

회계사인 신타로가 호기심이 발동했는지 관심을 보였다.

"아직은 거래되고 있지 않습니다만, 미래 화폐로서 가치가 있을 겁니다. 7년 뒤에 연구센터에 모이기로 했으니, 그때쯤이면 화폐로서 제 기능을 할 겁니다."

"장난치지 마. 인형 일곱 개가 다 모여야 전자지갑을 열 수 있다고 하지 않았나? 그깟 한 개로는 아무짝에도 쓸모없는 거 아냐? 난 아직 네 시건방진 얼굴에 붙어 있는 귀 한쪽에 더 흥미가 가는데."

나는 잔인하게 웃으며 칼을 치켜들었다. 칼을 뽑은 이상 뭐라도 하지 않고서는 체면이 서지 않았다.

"잠깐만 기다리세요."

내가 시퍼런 칼날을 들이미는데도 다이치는 별로 놀라는 기색 없이 핸드폰을 꺼내 메모지에 무언가를 열심히 적었다.

"여기 제 동료 여섯 명의 이름과 핸드폰 번호가 있습니다. 선생님들께 2만 8,000엔에 칠복신을 넘겼다고 미리 연락해 놓겠습니다. 제가 처한 상황을 설명하면 다들 군말 없이 인형을 내줄 겁니다."

다이치가 신타로에게 메모지를 건네주었다. 신타로가 나를 쳐다봤다. 이쯤에서 끝내자는 눈빛이었다. 하지만 인형 하나로 아무 일 없다는 듯이 넘어가는 건 내 체면이 서지 않았다. 고개를 저으며 칼을 다이치에게 가져가려는 찰나, 밖에서 펑펑 폭죽 터지는 소리가 들려왔다.

"오! 드디어 새해가 밝았네! 이사부로, 아케마시테 오메데토明けましておめでとう."

신타로가 두 팔을 벌려 나를 안았다. 나도 칼을 내려놓고 신타로를 안아줄 수밖에 없었다.

"신넨 오메데토 고자이마스新年おめでとうございます."

다이치가 무릎을 꿇고 넙죽 큰절을 했다. 그러고 나니 내가 무안해졌다.

"자, 자. 이제 새해가 됐으니 작년 일은 깨끗이 잊어버리자고. 인형하고 이 메모는 내가 잘 받겠네. 자네 술값은 칠복신으로 대신 받은 걸로 하고 오늘 일은 여기서 끝내자고."

우리 세 사람은 술을 채워 건배하는 것으로 작은 소동을 마무리했다. 그리고 그날의 해프닝은 기억 속에서 사라졌다.

2011년 3월 10일 목요일.

이상하리만치 고요한 봄날이었다. 신타로가 도쿄의 내 사무실로 찾아왔다. 후쿠시마의 별장에 가는 길에 잠깐 들렀다고 했다.

"자네, 작년 섣달그믐날 오사카에서 만난 젊은 친구 기억하나?"

우리는 사무실 소파에 앉아 차를 마시며 담소를 나누었다.

"시건방을 떨던 그놈 말이지? 히타치에 다닌다던."

"그래, 그 친구가 준 인형하고 메모지도 기억나나?"

"물론이지. 그거 순 사기 아니야?"

"이걸 보게."

신타로가 미소를 지으며 가방에서 옻칠한 검은색 나무 상자를 꺼냈다. 안에서 다이코쿠텐, 비샤몬텐, 벤자이텐, 주로진, 호테이를 꺼내 탁자 위에 나란히 놓았다.

"이건?"

"맞아, 다이치라는 젊은 친구가 말한 칠복신이야. 메모지에 적힌 대로 연락했더니, 다이치에게 연락받았다며 흔쾌히 인형을 보내주더군. 한 놈은 캔 커피 하나에 넘기려고 했다며 나한테 멋지게 당했다고 킬킬대더군. 어쨌거나 일곱 개 인형 중 다섯 개를 모았네."

신타로가 흐뭇한 시선으로 인형을 바라보았다.

"나머지 두 개는?"

"후쿠로쿠주는 쓰쿠바대 계산과학연구센터의 노부키라는 연구원이 가지고 있다고 해서 전화했더니……."

신타로가 말을 끊고 싱긋 웃었다.

"왜? 못 주겠대?"

"한참을 고민하더군. 전자지갑을 열려면 인형을 가지고 쓰쿠바로 와야 하니까 그동안 자신이 보관하고 있겠다며 일단 개봉하기로 한 날짜에 맞춰서, 2017년 3월 10일에 오라고 하더군."

"하긴 거기 컴퓨터 안에 있다고 했으니 비트코인이라는 걸 찾으려면 한 번은 가야겠군. 나머지 하나는?"

"에비스는 히데오라는 친구가 갖고 있는데, 연락했더니 흔쾌히 보내준다고 하더군. 사는 곳이 후타바 쪽이라는 거야. 그 근처에 내 별장이 있거든. 마침 잘됐지. 내일 오전에 만나서 직접 받기로 했네."

"자네 별장이 거기 있었어? 나도 한번 가보고 싶은데."

"자네가 아무리 내 절친이라 해도 그것만은 사양하겠네. 거긴 나만의 비밀 공간이야. 나만의 이프성이지."

신타로가 껄껄 웃으며 말했다. 독신인 신타로는 자신의 별장을 '이프성'이라 이름 짓고 평생 모은 돈으로 고급 양주, 와인, 그림 등 자신만의 컬렉션을 만들었다. 혼자서 양주를 마시며 컬렉션을 감상하는 게 그의 유일한 낙이었다.

"얼마나 있다가 올 생각인가?"

"지난주 결산을 마쳤는데, 본가 상황이 좋지 않아. 경찰의 단속도 심해지고 정치인들도 예전 같지 않아. 한 일주일 쉬면서 머리 좀 식히려고."

"음, 이쪽도 사정은 마찬가지야. 폭대법暴対法(1991년 시행된 일명 '폭력단대처법'을 말함) 이후로 모든 게 예전 같지 않아."

후쿠오카에서 폭력단배제조례(야쿠자 범죄에 적극적으로 대응하기 위해 2010년대 초부터 일본 전역의 지자체에서 제정한 조례)가 선도적으로 시행되면서 그 여파가 도쿄에까지 미치고 있었다.

"조만간 도쿄도 배제 조례를 제정할 거야. 이제 본가도 다른 길을 모색해야지, 옛날 방식으로 운영하다가는 오래 버티기 힘들 거야. 자, 이거."

신타로가 인형 세 개를 내게 내밀었다.

"쓰쿠바대 애들도 하나씩 나눠 가졌잖아. 반은 자네 몫이니 이건 자네가 가지고 있게."

"푸하하하! 이건 젊은 애들이 심심풀이로 만든 장난이라고. 그렇게 심각하게 생각할 건 없어."

나는 신타로의 진지함에 웃음을 터뜨리고 말았다.

"그건 모르는 일이야. 그 젊은이 말을 듣고 조사해보았네. 사토시라는 사람이 쓴 논문도 읽어봤고."

신타로의 진지한 표정에 웃음을 멈출 수밖에 없었다.

"세상이 급변하고 있어. 폭력단배제조례다 뭐다 해서 전방위적으로 조여오는데, 우린 아무 대책도 없이 태평하게 지내고 있어. 우리도 변화가 필요하네. 이 인형은 내 인식을 새롭게 밝혀준 것만으로도 값어치가 있네."

나는 인형을 돌려주려 했지만, 신타로는 고집을 굽히지 않고 인형 세 개를 남긴 채 후쿠시마로 떠났다.

다음 날인 3월 11일 금요일 14시 46분, 일본이 통째로 흔들렸다. 도호쿠 지방에 대지진이 발생했고, 곧이어 거대한 쓰나미가 후쿠시마를 집어삼켰다. 후쿠시마 원자력발전소 폭발 사고까지 정신없이 몰아친 하루였다.

그날 이후 신타로는 흔적도 없이 사라져버렸다. 고베 본가에서 찾으려 애써봤지만, 그의 별장 위치를 아는 사람이 아무도 없었다. 게다가 원전 사고 때문에 후타바 근처에는 접근조차 불가능했다. 신타로는 수많은 행방불명자 중 한 명으로 처리되었다. 안타까웠지만 어쩔 수 없었다. 나는 신타로의 마지막 선물이 된 인형을 책상 안쪽에 넣어두고 그 존재를 까맣게 잊고 살았다.

그런데 2016년부터 인터넷에 비트코인 기사가 자주 보이더니 이윽고 광풍이 불기 시작했다. 1,000엔, 1만 엔, 10만 엔 그리고…… 급기야는 100만 엔을 넘겼다. 책상 속에 넣어둔 인형을 끄집어냈다. 쓰쿠바대 연구생들이 25만 개가 넘는 비트코인을 전자지갑에 넣어두었다고 했다. 대충 잡아도 2500억 엔이 넘는 천문학적인 금액이었다. 나는 쓰쿠바대의 노부키라는 교수에게 전화해서 칠복신 인형 중 세 개와 노부키가 가지고 있는 인형만으로 전자지갑을 열 수 있는지 물어보았다. 노부키는 에비스, 다이코쿠텐, 비샤몬텐, 후쿠로쿠주, 벤자이텐, 주로진, 호테이의 순서에 따라 아바타를 생성한 후 각각의 비밀번호를 입력해야 열 수 있다고 했다. 그 말은 신타로의 인형이 없으면 25만 개의 비트코인은 그림의 떡이라는 이야기와 다를 바 없었다.

이 사실을 혼자만 알고 있기에는 금액이 너무 컸다. 나는 의형제인 다케시에게 이 사실을 털어놓았다. 그게 실수였다. 다케시는 다혈질에 성질이 급한 놈이었다. 흥분한 그는 곧바로 자신의 오른팔인 야나기에게 조사를 지시했다.

다이치가 언급한 쓰쿠바대 대학원생들 여섯 명을 추적하여 조사한 결과, 쓰쿠바대 계산과학연구센터 슈퍼컴퓨터 안에 정확히 25만 1,919개의 비트코인이 들어 있다는 사실을 확인했다. 마지막으로 쓰쿠바대 노부키 교수와 통화를 마친 후 다케시의 눈이 뒤집혔다. 그는 별동대를 조직해 출입 금지 지역인 후타바에 몰래 잠입해 샅샅이 뒤졌지만, 신타로의 별장은 끝내 찾지 못했다.

비트코인은 부침을 계속했지만, 전반적으로 상승 곡선을 그리면서 가치는 500만 엔을 넘어갔다. 총 1조 2500억 엔에 가까운 금액이 되었다. 그 금액을 생각할 때마다 다케시와 나는 입술이 바싹바싹 타들어갔다.

만약 비트코인을 찾게 된다면 그 돈을 어떻게 쓸 것인가에 대한 이야기를 나누다가 그만 그와 사이가 틀어지고 말았다. 다케시의 꿈은 고베 본가로부터의 완전한 독립이었다.

아니, 본가를 자신의 밑으로 넣는 것이 그의 목표였다. 그는 본가에 깊은 원한이 있었다. 오사카에서 흥행업소를 운영하던 친형 무로타가 상납금을 수년간 횡령하다 본가의 해결사에게 처형당했다. 이 일로 다케시는 본가에 깊은 원한을 품게 되었다.

다케시는 그 돈으로 러시아 마피아를 끌어들여 본가를 집어삼키려는 야심 찬 계획을 내게 털어놓았다. 그 막대한 돈을 개인의 한풀이에 사용하려 하다니, 참으로 한심한 놈이 아닐 수 없었다. 비트코인은 신타로와 내가 다이치라는 젊은이에게 정당하게 값을 치르고 구입한 것이다. 우리 둘은 이미 사용처를 정해놓았다. 그 돈은 마쓰시타정경숙松下政經塾(일본의 정치 및 경제 인재 양성기관)과 같은 교육기관을 설립해 다케야마 신지와 같은 젊은 우국지사를 양성하기 위한 자금으로 쓰일 돈이었다. 쇠락해가는 대일본제국을 근본적으로 변혁해낼 인재를 키우는 데 사용할 귀중한 자금이었다.

다케시는 내 생각을 몽상이라고 했다. 대일본제국의 부활을 허황된 꿈으로 치부하며 코웃음을 쳤다. 나는 다케시의 성격을 잘 안다. 그는 자신이 이해 못 하는 문제가 생기면 이해하려고 노력하기보다 무시하고 증오하는 자다. 자신이 원하는 것을 쟁취하기 위해서는 수단과 방법을 가리지 않는 무자비한 자다. 자신의 야심에 내가 걸림돌이 된다고 생각하는 순간 나를 제거할 게 분명했다.

지난번 습격이 칠복신을 노린 고베 본가의 짓이라고 했지만, 다케시가 부추긴 작품이라는 건 안 봐도 뻔했다. 다케시가 또다시 손을 쓰기 전에 나도 대비책을 마련해야 했다. 무엇보다 인형을 잘 숨겨두는 게 중요했다. 다행히 다케시가 야심을 드러낸 이후로 경계하며 지냈기에 한 번도 인형을 보여주지 않았다. 그는 인형의 존재를 확인하고 싶어 끈질기게 요구했지만, 나는 단호하게 거절했다. 그래서 다케시와의 관계가 더 틀어졌는지도 모른다. 하지만 지금 생각해보면 잘한 일이었다.

신타로가 내게 준 인형은 벤자이텐, 주로진, 호테이다. 만일의 사태에 대비해 가짜 비밀번호를 새긴 칠복신을 여러 개준비해놓았다. 그중 벤자이텐, 주로진, 호테이를 미나토구의 저택 2층 서재 금고에 넣어두었다. 서류철을 꺼낸 뒤 철판을 밀면 안쪽의 비밀 공간이 나온다. 가짜 인형은 그 안에 넣어두었다.

신타로와 난 오래전부터 신세대 교육에 관심이 많았다. 젊은 세대의 역사관이 바로 서야 제대로 된 대일본제국을 건설할 수 있기 때문이다. 숙원 사업인 '쇼와인재양성소' 건립에 공을 들이는 이유도 거기에 있었다. 이 사업에는 많은 자금과 시간이 필요했다. 그 전에 젊은 인재를 교육할 수 있는 '리틀야스쿠니'를 구마모토 아소산 근방에 마련해두었다.

리틀 야스쿠니는 10여 명의 청년이 한 달 동안 숙박할 수 있는 시설이다. 대일본국수회의 정회원이 되기 위해서는 의무적으로 이곳에서 훈련을 마쳐야 한다. 나카다케의 황량한 화산 지대를 횡단하는 산악 행군과 매일 밤 이루어지는 정신훈련을 통해 누구보다 강인하고 투철한 인재로 거듭나게 하는 교육시설이다.

진짜 인형은 리틀야스쿠니의 금고 안에 넣어두었다. 아직은 정식 시설이 아니라서 주소 대신 좌표를 남긴다. 리틀야스쿠니 출입 열쇠는 내 목에 걸려 있다. 금고 비밀번호는 천황 폐하의 생신으로 설정해놓았다.

겐지, 너에게 마지막 임무를 명한다. 나는 신타로의 성격을 잘 알고 있다. 그는 매우 신중하고 치밀한 성격의 소유자다. 그가 인형을 함부로 놓아뒀을 리 없다. 나에게도 인형을 잘 보관하라며 신신당부했다. 언젠가 신타로의 인형이 세상에 나타날 거라고 믿는다. 그때까지 인형을 잘 보관하길 바란다. 만약 여섯 개의 칠복신을 찾게 되면, 내 사위 곤조에게 넘겨주기 바란다. 나머지 일은 곤조가 처리할 것이다.

곤조는 사무라이 정신으로 철저히 무장한 진정한 일본의 남아다. 지금은 경시청 관료로 근무하고 있지만, 다음 중의원 선거 때 구마모토 지역에서 출마할 예정이다. 가토 기요마사 집안과 이미 협의를 마쳤다. 가토 집안은 오래전부터 우리 국수회의 든든한 후원자였다. 그들의 지지만 있다면 곤조가 중의원에 당선되는 건 기정사실이다. 곤조가 정계에 진출하면 썩어빠진 현 정치를 개혁하고, 대일본제국을 부활시킬 새로운 정치 세력을 조직해낼 것이다. 그러기 위해서는 반드시 정치자금이 필요하다. 다시 한번 강조하지만, 이 돈은 대일본제국 부활을 위한 위대한 자금이다. 무슨 일이 있더라도 칠복신을 찾아내야 한다.

겐지, 임무에 성공해서 도조 히데키 대장이 꿈꿔왔던 대동아공영의 이상이 실현된다면 자네가 존경하는 미시마 유키오 선생처럼 후세에 이름을 드높이 날릴 수 있을 걸세. 우국지사로서 영원히 이름을 남기는 영광을 안게 될 걸세. 부디 영광된 앞날을 생각하며 인내심을 갖고 임무 완수에 만전을 기해주기 바라네.

천황 폐하가 계신 황궁을 향해
삼가 삼배를 올리며.
동아시아에 히노마루가 나부끼는 그날을 그리며.
나, 야마시타 이사부로의 생은 여기서 마감하노라.

좌표: 32.885756N, 131.087182E

13. 영춘, 도쿄만에 입수하다

25만 개라……. 영춘은 눈을 감았다. 심장이 요동쳤다. 차분함을 유지하려 했지만 가슴이 쿵쾅거리는 걸 막을 수 없었다. 두 손을 들어 손가락을 바라봤다. 손끝이 심하게 떨리고 있었다. 나름 냉정한 킬러라고 자부했지만, 이번만은 쉽지 않았다. 신타로의 별장에서 챙겨 온 히비키를 두 잔 연거푸 입속에 털어 넣고 나서야 심장이 진정되었다.

냉장고 위에 있던 인형들을 가져와 밑면을 확인했다. 영문과 숫자가 섞인 비밀번호가 각인되어 있었다. 여기에 에비스, 다이코쿠텐, 비샤몬텐이 있었다. 이사부로의 별장에 벤자이텐, 주로진, 호테이가 있다고 했다. 그리고 노부키 교수가 후쿠로쿠주를 가지고 있었다. 신타로는 행방불명됐고, 이사부로는 도쿄만 아래 수장됐다. 이 세상에 칠복신 소재지를 정확히 알고 있는 사람은 영춘이 유일했다. 그것은 비트코인 25만 개의 주인이 될 수 있다는 말이기도 했다.

한때는 하나에 7000만 원이 넘었다고 했다. 지금은 값이 내려 2000만 원 정도였다. 25만 개면 단순 계산해도 5조 원. 미국의 메가밀리언 복권 당첨금도 여기에 비할 바가 아니었다. 상상만으로도 숨이 가빴다. 침착해야 한다. 칠복신 소재만 알고 있지, 아직 비트코인을 손에 넣은 건 아니다. 넘어야 할 장애물도 많았다. 먼저 이사부로의 인형을 찾으려면 금고 열쇠가 필요했다. 그 열쇠는…… 도쿄만 아래, 수장된 이사부로의 목에 걸려 있었다.

그리고…… 좀처럼 집중이 안 됐다. 마음속 한구석에서 소용돌이치고 있는 번뇌, **미코**. 오늘 밤이 지나면 이틀 남는다. 인형을 넘기지 않으면 미코는 죽는다. 인형을 넘기면 비트코인이 날아간다. 심각한 딜레마가 아닐 수 없었다. 영춘은 다다미 바닥에 누워 고민에 빠졌다.

딩동.

밤 12시가 넘은 시각이었다. 이 시간에 이곳을 찾아올 사람은 없었다. 혹시 미코가 풀려난 것은 아닐까? 영춘은 서둘러 도어아이에 눈을 갖다 댔다. 문 앞에 검은 후드를 뒤집어쓴 여자가 서 있었다. 후드 안으로 얼굴이 살짝 보였다. *아, 유키.* 그제야 12시에 자기 방으로 오라고 한 메모가 생각났다. 급히 유언장과 인형을 파우치에 넣고 책상 속에 숨겼다.

문 앞에 섰지만, 선뜻 열 수 없었다. 그녀가 여길 어떻게 알고 찾아온 걸까? 겐지와는 어떤 관계일까? 아무 정보도 없는 상황이라 망설일 수밖에 없었다.

"겐지, 문 열어."

문 너머로 낮은 목소리가 들렸다. 문을 살짝 열자 유키가 확 밀치고 들어와 집 안을 샅샅이 훑었다.

"임신을 시켰다고?"

아무도 없는 걸 확인한 유키가 영춘의 멱살을 잡았다.

"선생님을 지키라고 했더니, 연애질이나 하고 몰래 사라져?"

언제 꺼냈는지 유키의 손에 단검이 들려 있었다.

"네가 숨으면 우리가 못 찾을 줄 알았어?"

차가운 금속이 영춘의 목젖에 닿았다. 서늘한 느낌이 살갗을 파고들었다. 기분이 별로 좋지 않았다. 영춘은 유키의 어깨를 천천히 밀어냈다.

"미코란 년 때문에 이런 허름한 아파트에 숨어든 거야?"

유키가 칼을 집어넣고 집 안을 다시 둘러봤다.

"이사부로 선생님이 사라진 지 넉 달이 지났어. 곤조 부장님은 다케시가 납치한 것 같다고 하지만, 아무리 안테나를 세워봐도 이나가와에서는 낌새를 찾을 수 없어. 걔들도 선생님을 찾는 눈치였어. 너 정말…… 선생님이 어디 계신지 모르는 거야?"

유키가 날카로운 눈빛으로 영춘을 추궁하듯 노려봤다. 이 여자의 정체는 무얼까? 기모노를 입었을 때는 화사해 보이더니, 후드티셔츠를 입자 할리퀸으로 돌변했다. 다도 선생이 아닌 것만은 확실했다.

"여태까지 아무 소식이 없는 걸 보면 무슨 일이 생긴 거야. 무엇보다 인형부터 찾아야 해. 다케시가 못 찾은 걸 보면 선생님이 어딘가 잘 숨겨놓은 게 분명해. 우리가 먼저 찾아야 한다고."

영춘이 아무 말 없자, 유키가 등을 돌리더니 좁은 거실을 서성였다. 이사부로를 '선생'이라 칭하는 걸 보면 아무래도 국수회 사람 같았다.

"일단 겐지, 너는 선생님이 숨겨놓은 인형이 있을 만한 곳을 파악해봐. 나는 신타로의 별장 위치를 계속 알아볼게."

유키가 걸음을 멈추고 벽에 기대있는 영춘에게 다가왔다.

"너, 설마 미코라는 여자 때문에 인형을 다케시한테 넘길 생각은 아니겠지?"

그동안 고민하고 있던 문제를 유키가 정확히 짚어냈다.

"겐지, 이건 나라의 운명이 걸린 일이야. 개인적 감정에 휘둘리지 마. 입단식 때 쓴 혈서 기억나?"

유키가 한 걸음 다가왔다.

"대일본제국을 위해 목숨을 바치겠다고 한 맹세를 잊은 건 아니겠지?"

이사부로가 죽기 전에 영춘에게 했던 말이 유키 입에서 흘러나왔다.

"겐지, 믿어도 되겠지?"

유키의 눈빛에 확실하게 확인해야겠다는 의지가 담겨 있었다. 25만 개의 비트코인이면 목숨을 걸 수 있었다. 그러나 국가나 조직을 위해서가 아니다. 이 정도 금액이면 남은 인생은 완전 꽃길이라 봐야 한다. 평생 갖기 힘든 일생일대의 기회였다. 영춘은 고개를 끄덕였다.

"다케시의 감시가 갈수록 매서워지고 있어. 앞으로 연락은 이걸로만 해."

그제야 안심한 듯 유키가 스마트폰을 내밀었다. 소니의 신형 엑스페리아. 그렇지 않아도 인터넷 검색을 할 일이 많아 스마트폰이 필요했다.

"곤조 부장님한테 곧 연락이 올 거야. 우리 마지막까지 사무라이 정신으로 조국을 위해 멸사봉공滅私奉公하자."

유키가 결연한 표정으로 말하고 아파트를 빠져나갔다. *쯧쯧쯧, 쟤도 약간 맛이 갔네.* 영춘은 유키가 나간 문을 바라보며 혀를 찼다. *'곤조 부장'이라면 경시청 곤조를 말하는 건가.* 돈이 있는 곳에 똥파리가 몰려드는 법이다. 액수가 크다 보니 똥파리도 제법 큰 놈들이 몰려들었다. 아무래도 오늘 밤은 잠자긴 그른 것 같았다. 영춘은 이사부로의 노트를 꺼내 천천히 읽어가며 고민에 고민을 거듭했다.

"아니키!"

오미코 계단을 내려가는데, 뒤에서 누군가가 불렀다. 돌아보니 개코였다.

"어디 가셨나 했네요. 요 앞에서 한참 기다렸어요."

개코가 히죽거리면 따라왔다.

"오야붕께서 형님을 도와드리라고 해서요. 필요한 게 있으면 뭐든 말씀만 하세요."

도움은 개뿔, 감시하라고 보낸 거지. 무시하고 들어가려다 걸음을 멈추고 개코를 쳐다봤다.

"왜요? 제 얼굴에 뭐 묻었어요?"

당장 급한 건 열쇠를 건져 오는 일이다. 인터넷으로 수중 랜턴, 수영모, 물안경, 오리발을 검색한 후 핸드폰을 개코에게 내밀었다.

"어디 물놀이 가시게요?"

사 오라고 하면 그냥 좀 사 와라. 영춘은 개코가 다시 올라가는 걸 보고 오미코 안으로 들어갔다. 주방에 커다란 고무 통을 놓고 물을 가득 채웠다. 엑스페리아를 꺼내 스톱워치를 누르고 고무 통에 머리를 담갔다. 조금 지나자 가슴이 답답해지며 금방 한계가 왔다. 고개를 쳐들고 엑스페리아를 봤다. *67초. 젠장, 더럽게 힘드네.* 인터넷에서 연습하면 3분까지 가

능하다고 했다. 다시 숨을 크게 들이쉬고 머리를 집어넣었다. 조금 있자, 호흡하고 싶은 충동이 강하게 끓어올랐다. 이 고비를 넘겨야 한다. 이를 악물고 버텼다. 79초. 조금 더 연습하면 1분 30초 정도는 가능할 듯했다. 홀로 나와 의자 두 개를 붙이고 그 위에 잠시 누웠다.

밤새 고민한 끝에 인형을 다케시에게 넘겨주기로 했다. 단지 인형만 손에 넣는다고 해서 비트코인을 찾을 수는 없었다. 슈퍼컴퓨터에 접속하려면 노부키 교수를 설득하든가 협박을 해야 한다. 조력자 없이는 성공할 가능성이 극히 낮았다. 이사부로는 다케시에게 인형을 보여준 적이 없다고 했다. 신타로의 별장에서 가져온 인형을 이사부로의 인형으로 속이고 일단 미코를 구출한다. 그다음 아소산으로 가서 이사부로의 인형을 찾아온다. 그리고 다케시와 쇼부를 쳐서 비트코인 일부를 받아낸다. 일부라고 해도 액수가 큰 만큼 평생 먹고사는 데는 문제가 없었다. 욕심만 부리지 않으면 성공할 가능성이 컸다. 영춘은 연습을 계속하기 위해 자리에서 일어났다.

"아니키!"

점심으로 된장 라면을 끓여 먹고 있는데, 개코가 싱글벙글거리며 계단을 내려왔다.

"말씀하신 거 사 왔어요. 근데, 물속에 오래 있으려면 이게 좋다고 하네요."

개코가 종이 박스를 내밀었다. 열어보니 수영모, 물안경, 수중 랜턴, 오리발 외에도 플라스틱 대롱이 하나 더 들어 있었다.

"스노클링 세트거든요. 이걸 착용하면 잠수하기 훨씬 쉽대요."

개코가 의기양양한 표정으로 영춘을 쳐다봤다. 사용 설명서에 수영모를 쓴 상태에서 스노클에 부착된 마우스피스를 물고 오리발을 착용하라고 적혀 있었다. 간만에 개코가 마음에 드는 짓을 했다. 영춘이 엄지를 들어 보이자, 개코의 얼굴이 활짝 폈다.

"고급 실리콘에 김 서림 방지까지 되는 최고급 세트로 사왔어요. 그럼 연습하러 가시죠? 근처에 스포츠센터 수영장이 있던데……."

개코가 장비를 들고 일어섰다. 고무 통에 머리를 집어넣는 연습만으로는 한계가 있었다. 수영장이라면 실전에 버금가는 연습이 가능했다. 영춘은 몸을 일으키다가, 자신을 내려다보는 개코와 눈이 마주쳤다. 개코의 입꼬리는 미소를 짓고 있지만, 눈동자는 싸늘했다. 마치 맹금류가 사냥감을 응시하는 듯했다. 말과 행동이 다르면 행동이 진실이고, 표정과 눈빛이 다르면 눈빛이 진실이라고 했다.

M이 준 정보가 떠올랐다. 개코는 오카다파에 속했다. 오카다는 이나가와구미의 2인자였다. 그의 오른팔이었던 개코는 결코 만만하게 볼 상대가 아니다. 어쩌면 자신의 정체를 눈치

챘는지도 모른다. 거리를 두고 지내는 편이 안전하다. 연습은
유튜브로 갈음하면 된다. 영춘은 개코의 손에서 장비를 낚아
챘다. 개코가 의아한 표정으로 영춘을 쳐다봤다. 무시하고 주
방 안으로 들어갔다.

개코의 코 고는 소리가 규칙적으로 들려왔다. 영춘은 가방
을 챙겨 조용히 오미코를 빠져나왔다. 혼다 어코드가 도로변
에 세워져 있었다. 차 키는 개코의 양복 재킷 주머니에서 슬쩍
했다. 어코드를 몰고 도쿄만 연안으로 향했다. 목재 창고 앞에
차를 세웠다. 영춘은 생활 쓰레기가 떠다니는 바다를 바라봤
다. 바다는 시커먼 색을 띠고 있었다.

저 아래로 들어간다고 생각하자 기분이 좋지 않았다. 하지
만 열쇠를 건지려면 다른 방법이 없었다. 옷을 벗고 수영복 바
지를 입었다. 수영모에 물을 채워 머리에 뒤집어썼다. 이렇게
해야 빈틈없이 잘 써진다고 '제주 은갈치' 형님이 말했다. 마스
크를 쓰고 오리발을 착용했다. 마지막으로 머리에 수중용 헤
드 랜턴을 부착하고, 수장된 렉서스의 위치 파악에 들어갔다.

렉서스는 경사면을 내달려 물속에 처박힌 뒤 잠시 떠 있다
가 물살에 쏠려 가면서 천천히 가라앉았다. 렉서스가 빠진 곳
을 대략 가늠해봤다. 밤이라 그런지 바닷물이 더 시커멓게 보
였다. 2021년 도쿄 올림픽 때 대장균이 기준치 이상으로 검출
되었다는 기사가 생각났다. 화장실 냄새가 심해 트라이애슬

론 경기를 치르던 외국 선수들의 항의가 빗발쳤다고도 했다.

검은 바다 위에 떠다니는 쓰레기를 보자 영춘은 또다시 망설여졌다. 어차피 후쿠시마 방사능 연기에 훈제됐던 몸이다. 산업 폐수로 오염된 물에 들어간다고 해서 더 나빠질 것도 없었다. 마음을 다잡은 영춘은 천천히 바닷물에 몸을 담갔다. 염려했던 만큼 냄새가 심하진 않았다. 수질 개선을 위해 모래를 쏟아부었다더니, 효과가 있었던 걸까?

영춘은 숨을 참고 물 아래로 내려갔다. 물밑은 적막했다. 랜턴 빛은 탁한 물에 굴절되어 희미하게 퍼져나갔다. 비릿한 냄새가 코끝을 자극했다. 숨을 참고 내려갈수록 가슴이 터질 것만 같았다. 바닥을 대충 훑고 수면 위로 올라왔다. 하늘을 향해 숨을 크게 내쉬고 산소를 빨아들였다.

렉서스가 가라앉은 곳을 눈대중으로 확인하고 다시 잠수했다. 바닥에 닿기도 전에 자동차의 형체가 보였다. 이런 곳에 다른 자동차가 있을 리 없다. 오염된 물 때문에 색깔을 구별하기 힘들었다. 조금 더 다가가자 렉서스 엠블럼이 보였다. 이사부로의 차가 틀림없다. 영춘은 문을 잡아당겨봤지만, 수압 때문에 열리지 않았다.

숨이 차 다시 수면 위로 올라왔다. 밖으로 나가 가방에서 망치를 꺼내 왔다. 이사부로는 뒷좌석 오른쪽에 앉아 있었다. 그쪽으로 접근해 창문을 깨고 목에 걸린 열쇠를 잡아채 단숨에 올라오면 된다. 차분히 계획을 세우고 다시 물속으로 들어갔다.

뒷좌석 창문을 망치로 힘껏 내리쳤지만, 쉽게 깨지지 않았다. 한 번 더 내리치자, 금이 갔다. 다시 한번 내리치자 유리창이 산산조각 나며 흩어졌다. 안에 사람 형체가 보였다. 평상시 같으면 얼굴 확인 작업을 거쳤겠지만, 이번만은 생략하기로 했다. 손을 차창 안으로 집어넣었다.

가슴이 터질 듯한 압박감 속에서 이사부로의 목 주변을 더듬거리며 목걸이를 찾았다. 손가락 끝에 목걸이가 닿았다가 빠져나갔다. 쉽게 잡히지 않았다. 옆 좌석을 의식하지 않으려 했지만, 자기도 모르게 자꾸 시선이 갔다. 갑자기 시커먼 형체가 불쑥 떠올랐다. 온몸의 털이 곤두섰다. 다행히 머리카락이 미역 줄기처럼 흐느적거리며 시야를 막아주었다. 덕분에 죽은 자신의 얼굴을 보지 않아도 됐다. 하지만 으스스한 기분을 떨칠 수 없었다. 한동안 겐지 역할을 하다 보니 감정이입이 됐는지, 자신이 진짜 겐지라는 착각이 들 때가 많았다. 그런데 여기 와서 실체를 확인하니 겐지와 자신이 확실히 구별됐다. 저놈은 망상에 찌든 하찮은 존재일 뿐이다.

손가락에서 놀던 금속 물체가 손바닥에 안착했다. 힘껏 잡아채 줄을 끊어냈다. 열쇠를 확인하고 위로 올라왔다. 숨을 뱉어내고 물 밖으로 나와 수건부터 찾았다. 방사능보다는 덜해도 찜찜하기는 마찬가지였다. 대충 물기를 닦고 어코드 안에 들어가 손에 쥔 물건을 다시 한번 확인했다. 몸체가 정사각형인 열쇠가 세 개였다. 이사부로의 노트에 적혀 있던 열쇠가 확실했다.

영춘은 서둘러 시동을 걸었다. 집에 오자마자 샤워부터 했다. 거품을 잔뜩 내 머리를 감고 온몸 구석구석을 씻어냈다. 옷을 갈아입고 건져 온 열쇠를 책상 위에 올려놓은 뒤 머그잔에 위스키를 가득 따랐다. 상황이 상황인 만큼 육체적 건강보다는 정신적 안정이 더 필요했다.

"아니키!"

오미코 안으로 들어서는데, 개코가 이쑤시개를 씹으며 따라왔다.

"아침이나 같이 먹을까 했는데, 형님이 안 보여서요. 조금 전에 야나기 형님이 전화했어요. 오늘이 데드라인이라고, 인형을 가져오래요."

개코가 이쑤시개를 튕기고 담배를 꺼내 물었다.

"안 그러면 미코, 아니 형수님이 개밥이 될 거래요. 바케몬은 진짜 어마무시한 놈이에요. 형수님처럼 포동포동한 생고기라면 아주 환장할걸요."

너야말로 개 같은 최후를 맞게 해주마. 분노가 폭발한 영춘은 발뒤꿈치로 개코의 머리를 힘껏 찍어 찼다. 감정이 실린 일격이었다. 빗맞아도 사망이다. *젠장, 빗나갔네.* 애꿎은 테이블만 우지직 두 동강 났다. 개코가 기겁하며 구석으로 몸을 피했다.

휴, 프로답게 냉정하자. 영춘은 의자에 앉아 마음을 진정시

켰다. 개코 말이 틀린 건 아니다. 야나기라면 충분히 그러고도 남을 놈이다. 한시라도 빨리 미코를 빼내야 한다. 영춘은 주방으로 들어가 냉장고 위 천장 석고판을 들췄다. 안에 겐지의 연장 가방을 숨겨놓았었다. 조리대 위에 연장을 다 꺼내놨다. 양쪽 정강이에 가죽 주머니를 두르고 사시미칼을 장착했다. 날카로운 얼음송곳도 혁대에 꽂았다. 들개 떼에 쫓길 때 원거리 무기가 없어 곤욕을 치렀던 기억이 나서 쇠구슬도 바지 주머니에 넣었다.

마지막으로 에비스, 다이코쿠텐, 비샤몬텐를 포장했다. 각인되어 있어 암호가 지워질 염려는 없었지만, 혹시 몰라 비닐랩과 은박 포일로 몇 겹을 감싼 뒤 비닐 팩에 넣었다.

"요시! 오타니, 간바레!"

홀로 나오자 개코가 스마트폰으로 야구를 보며 열심히 응원하고 있었다. 그래, 나도 오늘 '간바레' 좀 하자. 영춘은 야구에 정신이 팔려 있는 개코의 뒤통수를 냅다 갈겼다. 개코가 화들짝 놀라 일어섰다. 차 키를 테이블 위에 던졌다.

"어쩐지 아침에 차가 안 보인다 했네요."

개코가 차 키를 집어 들며 의미심장한 표정을 지었다. 기분이 찜찜했지만, 무시하고 다케시의 저택으로 가자고 했다.

"그럼, 이사부로 신물을 찾은 겁니까?"

영춘이 고개를 끄덕이자, 개코의 눈이 휘둥그레졌다.

"잠깐, 야나기 형님께 전화 좀……."

구석으로 간 개코가 잠시 후 굳은 얼굴로 다가왔다.

"야나기 형님이 믿을 수 없다며 실물을 찍어 보내라고 합니다. 잠시 물건을 보여주셔야겠습니다."

개코가 불심검문을 하듯 정색하며 말했다. 이미 단단히 밀봉했다. 그걸 다시 뜯어서 사진을 찍겠다고? 이 자식이 좀 친해졌다고 슬슬 기어오르려 했다. 이참에 관계 설정을 확실히 해둘 필요가 있었다. 영춘은 인상을 쓰며 의자를 걷어차고 일어섰다.

"확실하게 해야 오야붕께 보고할 수 있답니다. 사진 안 찍어 보내면 난리를 칠 겁니다. 형님도 아시잖아요. 그 지랄 맞은 성격."

개코가 낭패한 표정을 지었다. 영춘은 무시하고 오미코 밖으로 나왔다.

"아니키! 아니키!"

개코가 다급하게 소리치며 따라왔다. 영춘은 못 들은 척하고 어코드에 기대 담배에 불을 붙였다. 개코가 잠시 영춘을 쳐다보더니 체념한 듯 차 문을 열었다.

"다음 달에 오카다 형님 출소하는 거 아시죠?"

뚱한 표정으로 운전을 하던 개코가 입을 열었다. 3년 전 오카다가 사기 혐의로 수감됐다는 사실만 알고 있지, 출소일 같은 자세한 사항까지는 알지 못했다.

"오카다 형님이 나오시면 이나가와 분위기도 확 달라질 겁니다. 다들 오카다 형님의 출소를 기다리고 있습니다. 요즘 야나기 형님이 예민하게 구는 것도 다 그 때문입니다."

M이 준 자료에 의하면 이사부로가 오야붕 자리를 놓고 다케시와 대립할 때 오카다가 이사부로 편에 섰다. 그 때문에 다케시의 눈 밖에 나고 사기 혐의로 구속까지 되면서, 조직 내에서 입지가 크게 좁아졌다고 했다.

"그래서 말인데요······."

개코가 조심스럽게 입을 열었다.

"형님은 독고다이라 내부 싸움에 관심이 없으신 건 알지만, 출소 날 잠깐 얼굴만이라도 비춰주실 수 없겠습니까?"

영춘은 창밖을 보던 시선을 개코에게로 향했다.

"그래만 주신다면 오카다 형님이 정말 기뻐하실 겁니다. 야나기 애들도 함부로 못 할 거고요."

내 정체를 의심하고 있는 줄 알았는데······. 영춘은 피식 웃고 말았다. 비트코인 25만 개를 놓고 세기의 도박을 벌이는 판에, 똘마니들은 파벌 싸움이나 하고 있었다. *독고다이라······.* 미코에게 마음을 빼앗겨 모든 걸 포기한 낭만 야쿠자로 변신해볼까? 이번 기회를 이용해 이나가와에서 발을 빼는 것도 나쁘지 않았다.

갑자기 차 안에 구성진 엔카가 울려 퍼졌다. 개코가 얼른 전화를 받았다.

"그래, 어떻게 됐어? 그 여자가 사무실까지 찾아왔다고? 확인해봤어? 맞다고? 다시 한번 확인해봐. 확실해? 좋았어! 야나기 형님 몰래 잘 데리고 있어. 오야붕께는 내가 직접 보고할게. 잘했어, 잘했어!"

통화를 마친 개코가 흥분하여 미친 듯이 운전대를 내리쳤다. 영춘이 노려보자 슬그머니 주먹을 내렸다.

"얼마 전에 마루노우치에 있는 우리 부실채권회수팀에 문의가 왔다고 합니다. 미쓰비시 회사채를 바꿀 수 있느냐고요. 액수가 커서 사무실로 불러서 확인해보니, 채권에 이노우에 신타로라는 이름이 적혀 있다지 뭡니까? 생긴 걸 봐서는 와타나베 부인 같지는 않고 술집 여자 같았다고 합니다. 애들한테 잘 데리고 있으라고 했습니다."

영춘은 속으로 혀를 찼다. 루나가 채권 3억 엔을 가지고 사라진 사실을 까맣게 잊고 있었다.

"채권의 출처를 추궁하면 신타로 인형의 행방을 알 수 있지 않을까요? 이번 일만 잘 성공하면 오카다파가 다시 재기할 수 있을 겁니다. 오야붕도 인정해줄 겁니다."

개코가 신이 나서 떠들었다. 루나가 잡혔다면 신타로의 별장 위치가 발각되는 건 시간문제였다. 일이 커지기 전에 빨리 미코를 빼내야 한다. 영춘이 주먹으로 클랙슨을 힘껏 내리쳤다. "빠아앙!" 하는 경적 소리에 놀란 개코가 기겁하며 핸들을 움켜잡았다. 이어 어코드가 비명을 지르며 도로를 질주했다.

14. 영춘, 대한 남아의 기상을 지키다

저택 앞에 야나기가 졸개들과 함께 마중 나와 있었다. 어코드를 멈추자, 졸개 하나가 재빨리 차 문을 열어줬다.

"헤이, 브라더!"

버건디 실크 셔츠 차림의 야나기가 미소를 지으며 한 손을 치켜들었다. 니기미, 브라더는 개뿔. 영춘은 고개를 돌려 외면했다. 야나기가 방향을 틀어 개코에게 갔다. 개코가 낭패한 표정을 지었다.

"내가 사진 먼저 보내라고 했지? 오카다가 나온다니까, 내 말이 우습니?"

야나기가 개코의 뺨을 사정없이 갈겼다. 개코가 뺨을 감싼 채 고개를 숙였다.

"나한테 보고도 없이 겐지랑 붙어 지내고."

야나기가 영춘을 힐끔 보며 불쾌한 웃음을 지었다. 영춘은 어코드에 기대어 관망 모드에 들어갔다.

"그건 오야붕께서 겐지 형님을 잘 보살피라고 하셔서……."

"오야붕 지시면 난 몰라도 된다는 거냐? 이 새끼가 이제 뵈는 게 없어."

야나기가 개코의 이마를 손가락으로 쿡쿡 찔러댔다. 개코가 인상을 쓰며 한 발 뒤로 물러섰다.

"신타로 채권을 찾았다는 얘긴 왜 나한테 안 했어?"

야나기가 개코의 멱살을 움켜잡고 얼굴을 들이댔다. 개코의 얼굴이 순식간에 하얗게 변했다.

"조사를 마치는 대로 보고드릴……."

"이 새끼가 누굴 바보로 아나. 니가 직접 오야붕한테 보고하겠다고 입단속했다며?"

개코가 아무 말 못했다. 영춘은 씁쓸하게 이 광경을 지켜봤다. 그새 비밀이 새 나갔다. 의리를 중시하는 야쿠자는 옛말이 됐다. 이제는 양아치와 다를 바 없는 집단일 뿐이다.

"오카다 그 새끼가 시켰어? 나오기 전에 오야붕한테 점수 좀 따보겠다고?"

"'그 새끼'라뇨? 지금은 비록 감옥에 계시지만 한때는 이나가와의 와카카시라若頭(야쿠자 조직의 부두목)였어요. 예의를 지켜주시죠."

개코가 야나기의 팔을 뿌리치며 노려봤다. 붉게 달아오른 얼굴이 진짜 개코원숭이를 보는 것 같았다.

"뭐, 예의? 그것도 사람 나름이지. 그 새낀 끝났어. 살인이나 폭력이면 몰라도 야쿠자가 쪽팔리게 사기나 치고. 쯧쯧……."

야나기가 졸개들을 돌아보며 한심하다는 듯이 혀를 찼다.

"그건 모략입니다. 어느 새끼가 형님 인감을 훔쳐 사기를 치고 누명을 씌운 겁니다. 어느 새낀지 내 손에 잡히면 가만 안 둘 겁니다."

개코가 바닥에 침을 뱉었다. 야나기의 표정이 굳어진 걸 본 판다가 한 발 앞으로 나섰다.

"지금 뭐 하자는 겁니까?"

개코가 영춘을 슬쩍 보고는 자세를 잡았다. 야나기가 고개를 끄덕이자, 판다가 개코에게 달려들었다. 개코의 발차기가 판다의 목을 정통으로 강타했다. 목덜미 살이 출렁거렸다. 판다가 목을 한 번 털고는 개코의 멱살을 움켜쥐었다. 개코의 몸이 붕 뜨더니 그대로 바닥에 내동댕이쳐졌다. 판다가 십자조르기를 걸었다. 개코가 숨을 헐떡이며 판다를 밀어내려고 애썼다.

영춘은 야나기를 쳐다봤다. 야나기는 팔짱을 낀 채 미소만 짓고 있었다. 그냥 두면 질식사할 수도 있었다. 영춘은 천천히 판다 앞으로 걸어갔다. 판다가 영춘을 힐끗 쳐다보고는 계속 자세를 유지했다. 멈출 생각이 없어 보였다. 발등으로 판다의 관자놀이를 정확히 가격했다. 판다가 고목나무 기울어지듯 천천히 옆으로 쓰러졌다. 숨을 몰아쉬는 개코의 표정에는 공포와 안도감이 교차했다. 영춘은 아무 일 없었다는 듯 야나기를 스쳐 지나 철문 안으로 들어갔다. 뒤에서 경의에 찬 시선으로 바라보고 있을 졸개들의 모습이 그려졌다. *가오 좀 살았겠지.*

지난번에 온 적이 있어서 저택 구조를 대충 기억하고 있었다. 화강암 디딤돌을 밟으며 본채로 향하는데, 하카마(넓은 통이 특징인 일본의 전통 남성용 바지) 위에 하오리(기모노 위에 입는 짧은 서양식 겉옷)를 걸친 다케시가 보였다. 연못 구름다리 위에서 잉어에게 먹이를 던져주고 있었다. 영춘은 구름다리 위에 올라가 무릎을 꿇었다. 안면 인식을 충분히 시켰으니 지난번처럼 도발할 필요는 없었다.

"겐지, 저것 좀 봐. 비늘 하나하나 윤곽이 뚜렷하지?"

다케시가 연못 한가운데를 유영하는 커다란 비단잉어를 가리켰다.

"머리 쪽을 봐봐. 다이아몬드 무늬도 선명하게 박혀 있지. 저게 그 유명한 단학이야. 1000만 엔짜리지."

잉어 한 마리가 1억이라고? 말도 안 되는 가격에 영춘의 입이 쩍 벌어지고 말았다.

"저쪽에 황금빛으로 빛나는 게 황매황금라는 건데, 500백만 엔을 호가하지. 그 옆에 있는 놈이 담청이고."

다케시가 사랑스러운 눈길로 비단잉어를 바라봤다. *1000만*

엔짜리 단학을 쩌서 루이 13세를 반주로 해서 먹으면 세상에서 가장 비싼 식사가 되겠네. 그 맛이 어떨지 궁금해 영춘은 침을 삼켰다.

"하나씩 띄엄띄엄 던져줘야지, 많이 주면 앞다퉈 몰려들 수 있어. 부딪쳐서 상처라도 나면 큰일이잖아. 벤츠 한 대 값인데, 조심해 다루어야지."

영춘이 감탄한다고 생각한 다케시가 자랑스러운 미소를 지었다. 야나기가 다케시 옆으로 다가와 귓속말을 속삭였다. 지난번에는 미코와 동거했느니 임신시켰느니, 말도 안 되는 헛소릴 지껄이는 바람에 미코가 인질이 됐다. *빠가야로 새끼.* 영춘은 주위를 둘러봤다. 탁자 위에 잉어 먹이가 담긴 대바구니가 있는 게 보였다. 좋은 생각이 떠올랐다. 주머니에서 슬며시 쇠구슬을 꺼내 손에 쥐었다.

"요시, 요시."

다케시가 연신 고개를 끄덕이며 흡족한 표정을 지었다.

"내일 아침 일찍 애들 데리고 출발하도록 해. 야나기, 이번 일은 네가 책임지고 끝내. 너만 믿겠어."

"염려하지 마십시오. 내일이면 틀림없이 오야붕 앞에 신물 여섯 개가 놓여 있을 겁니다."

야나기가 자신만만하게 말했다.

"겐지, 넌 내전으로 따라와."

다케시가 성큼성큼 연못 밖으로 걸어 나갔다. 영춘은 그대로 고개를 숙이고 있다가 야나기의 구두 밑창이 보이자, 쇠구슬을 살짝 굴려 구둣발 사이로 넣었다.

"어어어어……."

야나기가 휘청이며 뒤로 발랑 자빠졌다. 허공에서 허우적거리던 손이 먹이 바구니를 밀쳤다. 바구니가 풍덩 연못에 빠지면서 먹이가 사방으로 튀었다. 첨벙첨벙. 잉어 떼가 순식간에 모여들었다. 멀리 있던 1000만 엔짜리 단학인가 하는 놈도 부리나케 헤엄쳐 왔다. 이윽고 대환장 파티가 열렸다. 먹이를 두고 박치기를 하고, 아예 다른 놈 몸통 위에 올라타서 날뛰는 것들도 있었다. *우와, 씨발! 잘하면 날아오르겠다!* 영춘은 난간 사이로 고개를 집어넣고 고급 승용차에 버금간다는 비단잉어들의 연쇄 충돌 장면을 지켜봤다.

"야나기!"

다케시가 포효하며 성난 곰처럼 달려왔다. 공포의 곰 발바닥에 밟히면 최소 사망이다. 의리상 브라더가 그냥 죽게 내버려둘 수 없었다. 영춘은 야나기를 부축하는 척하며 함께 연못 안으로 떨어졌다. 구름다리 아래는 말 그대로 물 반, 고기 반이었다. 낙법으로 단학인가 하는 놈을 겨냥했다. 찰싹, 하고 1억짜리 물고기의 등짝을 치는 촉감이 느껴졌다. 최소한 대여섯 마리는 즉사했을 것이다. 머리가 물에 잠기자, 익사할지 모른다는 공포가 엄습했다. 손을 휘젓자 야나기의 머리카락이 잡혔다. 일단 살고 봐야 한다. 무조건 잡아당기며 허우적거렸다. *잠깐, 어제 도쿄만 바닥까지 내려갔다 왔잖아?* 침착하게 숨을 내쉬고 발을 쭉 뻗었다. 바닥에 발이 닿았다. *어라, 겨우 허리 깊이네.* 머쓱해진 영춘은 일어서서 머리를 긁적였다.

"너, 너, 너, 너……."

다케시가 구름다리 위에서 게거품을 물고 쓰러졌다.

익사 직전까지 갔다가 살아 온 영춘은 유키가 안내한 방으로 들어갔다.

"갈아입을 옷을 가져올 테니 조금만 기다리세요."

지난번엔 칼을 들이대며 살벌하게 굴더니, 지금은 상냥하게 눈웃음까지 쳤다. 변화무쌍한 여자였다. 유키가 나가자마자 인형부터 확인했다. 단단히 밀봉한 덕분에 물 한 방울 닿지 않았다. 방 한쪽에 옻칠한 자개상이 보였다. 사시미칼과 송곳을 꺼내 그 위에 올려놓았다. 상 위의 필기구를 보자, 유키에게 전할 말이 생각났다. '미나토구 자택 2층 서재 금고, 이중 구조, 안쪽 철판을 밀어볼 것.' 영춘은 메모지에 이렇게 적어 손바닥 안에 감췄다. 잠시 후 유키가 수건과 옷 한 벌을 들고 들어왔다. 영춘은 재빨리 메모를 건넸다. 유키가 의미심장한 눈빛으로 그를 바라보더니, 귀밑에 입술을 대고 속삭였다.

"오늘 밤 12시."

영춘은 그 말의 의미를 곱씹으며 방을 나서는 유키의 뒷모습을 쳐다봤다. 머리를 말리고 옷을 입으려고 보니 목욕탕에서나 입을 법한 유카타였다. 사시미칼과 송곳을 숨길 공간이 없었다. 이것들이 야쿠자답지 않게 잔머리를 굴렸다. 속옷에 숨겨보려고 팬티를 찾았으나, 훈도시만 하나 있었다. 영춘은 기저귀 같은 훈도시를 손가락으로 집어 올렸다. 아무리 궁지에 몰렸다 해도 대한의 남아로서 일본 기저귀를 찰 수는 없었다. 가운 같은 유카타만 걸치고 허리띠를 단단히 조여 맸다.

이제 진정한 싸움을 시작할 때다. 적진 한복판에서 연장 하나 없이 맨손으로 싸워야 한다. 열세 척 배로 133척 적함에 맞서야 했던 이순신 장군의 심정이 이러했을까? 영춘은 인형을 품에 넣고 비장한 각오로 내전으로 향했다. 연못의 대참사 때문에 화가 잔뜩 난 다케시가 씩씩거리며 방석에 앉아 있었다. 양옆의 똘마니들은 숨도 못 쉬고 눈알만 굴리고 있었다.

다케시 옆에서 유키가 차를 우리며 시중을 들고 있었다. 영춘은 아랫배에 힘을 주고 당당하게 내전 안으로 들어갔다. 오늘은 무릎을 꿇지 말자. 다케시와 마주 앉아 대등하게 협상을 벌이자. 이순신 장군의 후예답게 대한 남아의 기개를 보여주자. 단단히 결심하고 다케시와 마주 섰다. 한데 막상 앉으려 하니, 뭔가 허전했다. 아, 훈도시라도 차야 했는데. 얼른 자세를 바꿔 얌전히 무릎을 꿇었다. 그런데도 앞자락이 살짝 벌어지고 말았다. 오른손으로 벌어진 부분을 잡아당겼다. 왼팔은 인형을 받치고 있어서 움직이기 어려웠다. 납작 엎드려 동선을 최소화할 수밖에 없었다.

"으음, 흠……."

다케시가 깊은 분노의 한숨을 내쉬었다. 조금 전 고급 맨션 한 채 값을 '순삭'했다. 그의 심기가 좋을 리 없었다. 그럼에도 영춘이 아직 살아 있는 건 비트코인 때문이다. 그까짓 매운탕 거리들은 품 안의 인형에 비하면 껌값에 불과했다. 야나기가 옆에서 영춘을 죽일 듯 노려봤다. 증거가 없으니 무죄다. 쇠구슬은 연못에서 허우적거릴 때 전부 던져버렸다.

지들만 기분 나쁜가? 무릎 사이로 바람이 솔솔 들어오는 게 영춘도 기분이 영 별로였다. *협상하려면 인형을 꺼내야 하는 데……*. 고개를 들자, 유키와 눈이 마주쳤다. 유키가 해맑은 미소를 보냈다. 등에서 식은땀이 흘러내렸다.

"천하의 겐지가……. 쯧쯧쯧."

다케시가 거북이처럼 납작 엎드린 영춘을 보고 혀를 찼다. *나라고 이러고 싶겠냐.* 속이 바싹바싹 타들어갔다.

"이사부로 인형은 가져왔겠지?"

영춘은 고개를 끄덕였다. 너무 낮게 엎드리는 바람에 코가 바닥에 닿을 지경이었다. 대문 앞에서 잡은 가오가 한 방에 무너지고 있었다.

"그럼 빨리 꺼내봐."

지금은 꺼낼 수 있는 상황이 아니었다. 유키가 자리를 뜰 때까지 그냥 버티기로 했다.

"인형 어디 있어? 빨리 꺼내보라니까!"

다케시가 주먹으로 바닥을 내리쳤다. 지진이 난 것처럼 내전이 들썩였다. 똘마니들 입에서 신음이 새어 나왔다. 그래도 영춘은 꼼짝하지 않았다. 아니, 할 수 없었다. 지금의 상황에서는 선택의 여지가 없었다. 야나기가 다케시 옆으로 다가가 귓속말을 했다. *저 빠가야로 새끼가 또 뭐라고 하는 거지?* 영춘은 불안한 마음으로 두 놈을 노려봤다.

"좋아, 원하는 대로 해주지. 빨리 가서 데려와!"

다케시가 소리치자, 누군가가 밖으로 나갔다.

"겐지!"

잠시 후, 뒤에서 미코의 목소리가 들렸다,

"자, 네 여자를 데려왔으니까 당장 인형을 내놓고 썩 꺼져."

영춘은 유카타가 벌어지지 않도록 조심하며 고개를 돌렸다. 미코가 활짝 웃으며 손을 흔들었다. 다행히 고초는 겪지 않은 모양이다. 무사한 걸 확인했으니 인형을 건네줘야 한다. *근데 이걸 어떻게 꺼내지?* 영춘은 원망의 눈초리로 유키를 쳐다봤다. 전혀 움직일 기미가 보이지 않았다. 할 수 없이 바닥에 머리를 박고 알을 품은 자세를 취했다. 오른손을 품 안에 넣고 비닐 백을 만지작거렸다. 지퍼가 잘 열리지 않았다. 인내심을 갖고 계속 꼼지락거리자, 드디어 하나가 잡혔다. 인형을 머리 앞에 놓고 다시 납작 엎드렸다. 야나기가 잽싸게 인형을 채 갔다.

"맞습니다."

포일을 뜯어 확인한 야나기가 다케시에게 보고했다. 영춘은 고개를 살짝 들어 다케시를 보았다. 기가 찬다는 표정이다.

"나머지 인형은?"

이제는 자포자기한 목소리다. 야나기가 참지 못하고 인형을 **빼앗으려** 뛰어들었다.

"겐지!"

놀란 미코가 소리쳤다. 영춘은 목숨을 걸고 몸을 움츠렸다. 진짜 죽을힘을 다해 몸을 사수했다. 지금으로선 인형은 덤이었다.

"그만하고, 마저 데려와!"

다케시가 신경질적인 목소리로 외쳤다.

"누나! 겐지!"

이번에는 준페이의 반가운 목소리가 들려왔다. 고개를 돌리자, 준페이가 손을 흔들었다. 이제, 다 주고 가야지. 영춘은 또 한 번 알을 품은 자세로 인형 두 개를 꺼냈다.

"겐지! 지하에 루나도 있어."

준페이가 소리쳤다. 영춘은 얼른 하나를 무릎 사이에 집어넣었다.

"야, 씨팔! 빨리 가서 다 데려와!"

다케시가 몹시 짜증이 난 듯 고함을 질렀다.

"겐지! 미코 언니! 준페이!"

루나의 목소리가 들려왔다. 고개를 돌려보니 루나가 울먹이고 있었다. *바보같이……*. 쟤 때문에 일이 복잡해졌다. 조심스럽게 인형을 꺼내 앞으로 내밀었다.

"겐지, 넌 극도의 길을 걷는 야쿠자로서 가오도 없냐?"

다케시가 도저히 이해할 수 없다는 표정으로 납작 엎드린 영춘을 내려다봤다. *가오고 나발이고 간에……*. 영춘은 빨리 미코를 데리고 이곳을 벗어나고 싶은 심정뿐이었다.

"겐지, 네가 이렇게 한심한 놈인 줄 몰랐다. 우리 조직에 있다는 사실조차 창피할 따름이다. 넌 오늘부로 파문이야. 야나기, 당장 파문장을 각 조직에 돌려. 다시는 저놈이 야쿠자 세계에 발을 들여놓지 못하도록 해."

다케시의 목소리가 점점 고조되더니 급기야 주먹으로 바닥을 내리치며 일장 연설을 퍼부었다. 영춘은 속으로 옳거니 했다. 원하던 바였다.

"오야붕, 파문시키는데 그냥 내보낼 순 없죠. 손가락이라도 하나 내놓고 가라고 하죠?"

야나기가 옆에서 부추겼다. *저 빠가야로 새끼가.* 영춘이 야나기를 노려봤다.

"저런 한심한 놈한테 의식을 치르게 하면 내 체면이 뭐가 되겠어. 빨리 여기서 꺼지라고 해."

역시 다케시는 야나기 같은 소인배와는 그릇이 달랐다. 다른 말이 나오기 전에 얼른 가기로 했다. 하지만 다리에 쥐가 나서 일어설 수가 없었다. 시간을 끌면 다케시의 마음이 변해 손가락을 자르라고 할지도 몰랐다. 조금 남사스럽긴 해도, 기어서라도 일단 이곳을 빠져나가기로 했다. 지금은 체면을 따질 때가 아니었다. 유카타가 벌어지지 않게 조심하며 방향을 틀었다. 그리고 쥐며느리처럼 발발 기어서 내전을 통과했다.

"아이고, 저 한심한 놈."

"쯧쯧쯧, 비굴하기 짝이 없는 놈."

"나 같으면 그냥 할복하고 말겠다. 겐지, 넌 가오도 없냐?"

똘마니들 입에서 별별 욕이 다 튀어나왔다. *뭐래? 나도 가오 때문에 이러는 건데.* 영춘은 무시하고 내전을 통과해 미코가 있는 곳까지 기어갔다. 미코가 웃겨 죽겠다는 표정으로 영춘을 부축해줬다. 앞을 보니 개코가 복잡한 표정을 짓고 있었다.

너도 다 봤구나. 그래도 난 아직 너의 아니키가 맞지? 영춘은 개코에게 손을 내밀었다. 개코는 지금 본 광경이 믿기지 않는다는 듯 고개를 절레절레 흔들며 차 키를 건네줬다. 역시 야쿠자 세계는 의리였다. 영춘은 차 키를 준페이에게 넘겼다. 허리띠를 단단히 조여 매고 미코의 부축을 받으며 저택을 나섰다. 조수석에 앉으려는 루나를 뒷좌석으로 보냈다. 아래가 허전한 유카타를 입고 미코 옆에 앉을 수는 없었다. 준페이가 의아한 눈빛으로 쳐다봤다. 영춘은 얌전히 조수석에 착석해 눈을 감았다. 준페이가 액셀러레이터를 밟았다. 어코드가 바닥에 깔린 자갈을 씹으며 총알처럼 튀어 나갔다. 다케시의 저택

이 멀어져갔다. 저 안에서 살아 나왔다는 사실이 믿기지 않았다. 과정이야 어찌 됐든 목적은 달성했다.

15. 영춘, 금붕어 곤조를 만나다

영춘은 주방으로 들어가 옷부터 찾았다. 검정 트렌치코트가 근사했지만 속옷이 없는 상황에서는 유카타와 다를 바 없었다. 트레이닝복으로 갈아입고 나가자 모두가 걱정스러운 눈빛으로 영춘을 쳐다봤다.

"겐지, 괜찮은 거야?"

준페이가 물었다. 미코는 영춘의 상황을 눈치챈 듯 계속 웃고만 있었다. 때론 침묵이 더 많은 것을 설명해줄 때도 있다. 영춘은 팔짱을 끼고 눈을 감아버렸다.

"루나! 넌 어떻게 된 거야? 거기서 네가 왜 나와?"

그렇지 않아도 루나 일이 궁금했던 영춘은 눈을 떴다.

"미안해, 언니."

루나가 울먹이며 고개를 숙였다.

"신타로 별장에 있던 채권, 그거 내가 가져왔어."

"휴지 조각에 불과하다며?"

"그게, 인터넷을 찾아보니까…… 마루야마 뒷골목에 채권이나 어음을 현금으로 깡 해주는 데가 있다고 해서…….."

"그래서?"

"전화했더니 당장 가지고 오라고 해서…….."

"깡은 했고?"

"절반 가격에 해준다고 해서 찾아갔는데, 거기가 야쿠자 소굴이었어."

"절반! 절반이면 1억 5000만 엔인데, 그걸 너 혼자 먹으려고 했단 말이야? 씨발, 네 빚 때문에 우리가 얼마나 수모를 당했는데!"

미코가 루나의 머리채를 거칠게 움켜쥐었다.

"아악, 아파!"

루나가 비명을 질렀다.

"아, 누나!"

준페이가 급히 미코를 말렸다.

"돈은 받았고?"

"아니, 채권만 빼앗겼어."

루나가 흐트러진 머리카락을 매만졌다.

"이런, 병신같이!"

다시 미코의 손이 올라갔다.

"그만해, 누나! 어차피 남겨놓고 오기로 한 거잖아. 우리 걸 훔쳐 간 것도 아니고."

준페이가 미코의 팔뚝을 잡았다.

"맞아, 언니 것도 아니잖아."

루나가 준페이 등 뒤에 숨어 미어캣처럼 고개만 내밀었다.

"저게 입만 살아서……. 너랑 말 섞으면 허기만 진다. 다들 배 안 고파?"

영춘의 배에서 꼬르륵 소리가 나자 미코가 말했다. 루나와 준페이가 동시에 고개를 끄덕였다. 미코가 주방으로 들어갔다.

"근데 있잖아, 그 야쿠자들은 채권엔 관심이 없고…… 우리가 봤던 인형 있지?"

"시치후쿠진?"

"맞아, 금고에 있던 인형 세 개. 그걸 물어보던데."

"걔들이 거기에 인형이 있는 걸 어떻게 알아?"

"내 말이. 하여튼 물어봤다니까."

우려했던 일이 현실이 되고 말았다. 영춘은 조용히 두 사람의 대화에 귀를 기울였다.

"뭐라고 물어봤는데?"

"채권이 어디서 났느냐고 묻길래, 쓰나미로 폐허가 된 별장에서 찾았다고 했지."

"그랬더니?"

"그랬더니 갑자기 재수 없게 생긴 올백 머리가 칠복신 사진을 내밀면서 이렇게 생긴 인형을 봤느냐는 거야."

"그래서?"

"금고 안에서 봤다고 했지. 채권하고 같이."

"그랬더니?"

"그랬더니, 올백 머리가 흥분해서 허공에다 어퍼컷을 날리면서 방방 뜨는 거야. 제정신이 아닌 것 같더라고."

이사부로의 인형을 손에 넣었고 이제 신타로의 인형만 찾으면 되는데, 어디 있는지 알고 있다고 하니 야나기가 흥분할 만도 했다.

"그러더니 종이를 꺼내서는 약도를 그리라는 거야."

"그려줬어?"

"대충."

루나가 별거 아니라는 투로 말했다. 구름다리 위에서 다케시가 야나기에게 내일 아침 일찍 출발하라고 말하는 걸 들었다. 경비가 지키고 있지만 놈들은 방법을 찾아낼 것이다. 우리도 해냈는데, 야쿠자들이 못 해낼 리 없었다. 신타로의 별장은 위치가 절묘해 그냥 찾기 어렵지만, 약도가 있으면 이야기는 달라진다. 별장을 찾아가면 인형이 없어진 사실을 금세 알게 된다. 당연히 이쪽을 의심할 게 분명하다. 영춘은 라면을 들고 나오는 미코를 쳐다봤다.

"뭐?"

미코가 쟁반을 내려놓았다. 루나와 준페이가 허겁지겁 달려들었다. 내일이면 이나가와 패거리가 들이닥칠 것이다. 그전에 아소산으로 떠나야 한다. 미코가 여기 남아 있으면 위험했다. 준페이도 데려가야 한다. 쟤는? 피곤하지만 혼자 둘 수는 없었다. 영춘은 젓가락을 내려놓고 주방으로 들어갔다.

"그건 뭐야?"

영춘이 냉장고 천장 위에 숨겨둔 이사부로의 노트를 꺼내오자, 미코가 라면 그릇을 내려놓았다. 이건 모리의 신문 쪼가리하고는 비교도 할 수 없는 진짜 보물 지도였다. 영춘은 노트를 펼쳐 미코에게 내밀었다. 준페이와 루나도 궁금한지 고개를 들이밀었다. 잠시 후 세 사람 입이 서서히 벌어지기 시작했다. 다 읽고 난 후에도 입을 다물지 못했다.

"그러니까, 금고 안에 있던 칠복신으로 비트코인 25만 개를 찾을 수 있다는 거야?"

천하의 미코도 반쯤 얼이 빠진 표정이었다.

"25만 개면 얼마야?"

흥분한 준페이가 의자 위로 올라갔다.

"잠깐, 기다려봐."

루나가 서둘러 아이패드를 꺼냈다.

"오늘 시세로 201만 9,400엔이네. 200만 엔씩 잡으면 대략 5000억 엔. 어머나! 어머나! 세상에, 이게 말이 되는 금액이야?"

일본 최대의 암호 화폐 거래소 비트플라이어에서 시세를 확인한 루나가 말을 제대로 잇지 못했다. 정말로, 말이 안 되는 금액이 맞았다.

"지금은 200만 엔 정도지만, 작년 11월만 해도 개당 700만 엔이 넘어갔어. 그럼 얼마야? 허억!"

루나가 화면에서 눈을 떼지 못한 채 숨넘어가는 소리를 냈다.

"생각할 것도 없어. 빨리 아소산으로 가자."

준페이가 의자 위를 오르락내리락하며 좀처럼 자신을 주체하지 못했다.

"가만 좀 있어봐. 정신 사납게 굴지 말고."

미코가 준페이 팔을 끌어당겨 제자리에 앉혔다.

"그러니까 일곱 개 칠복신 중 세 개가 아소산에 있고, 다른 세 개는 신타로 별장에, 나머지 한 개는 노부키 교수라는 사람이 가지고 있다는 거야?"

영춘은 고개를 끄덕였다.

"어쩐지…… 그런 부잣집 금고 안에 평범한 나무 인형이 들어 있을 리 없지. 그때 그냥 가지고 오는 건데."

루나가 아쉬운 듯 발을 동동 굴렀다.

"루나 너, 야쿠자들한테 신타로 별장 위치를 알려줬다고 했지?"

준페이가 갑자기 생각난 듯 말했다.

"제기랄! 이거 큰일 났네. 그 새끼들이 가기 전에 빨리 후쿠시마부터 가자."

준페이가 또다시 팔딱팔딱 뛰며 촐싹거렸다.

"진짜, 그놈들이 먼저 인형을 가져가면 비트코인은 날아가는 거잖아?"

루나도 두 손으로 테이블 짚고 일어서서 안절부절못했다. 미코 또한 낭패한 표정이었다. 영춘은 조용히 메모지를 꺼내 테이블 위에 올려놓았다.

1단계: 미코를 구하기 위해 신타로의 별장에서 가져온 에비스, 다이코쿠텐, 비샤몬텐을 다케시에게 넘겨준다.

2단계: 아소산에 있는 리틀야스쿠니에 가서 벤자이텐, 주로진, 호테이를 찾아온다.

3단계: 다케시와 쇼부를 쳐서 비트코인 일부를 받아낸다.

핵심적인 내용만 간결하게 적은 계획서였다. 세 사람이 메모지를 읽기 시작했다.

"루나만 몰래 가져온 게 아니네."

"그러게. 나한테만 뭐라 할 게 아니네."

동지가 생겨서인지 루나가 기쁜 표정으로 말했다.

"그럼, 나를 살리려고 신타로 인형을 넘긴 거야?"

미코는 감동 어린 표정으로 메모지에서 눈을 떼지 못했다. 두 사람의 말은 귀에 들어오지 않는 것 같았다.

"좋겠다, 언니는. 사랑을 금액으로 환산할 수 있어서. 비트코인 12만 5,000개면 무조건이라고 봐야겠지."

루나가 준페이의 옆구리를 찌르며 입을 삐죽거렸다.

"겐지, 네 계획은 야쿠자들이 후쿠시마 쪽에 정신이 팔린 사이 우리는 아소산에 가서 나머지 세 개를 챙기자는 거야?"

준페이가 루나 말을 못 들은 척하며 영춘에게 물었다. 영춘은 고개를 끄덕였다.

"괜찮은 생각인데. 얼마나 요구할 건데?"

액수는 넉넉하니까, 무리할 필요가 없었다. 인형이 세 개니까, 한 개에 2만 개씩 6만 개가 적당해 보였다. 영춘은 손가락 여섯 개를 폈다.

"8만으로 하면 안 돼? 네 명인데, 나누기 힘들잖아?"

일리 있는 제안이다. 6을 4로 나누는 건 수학적으로 불완전했다. 우수리가 남아 있으면 개운치 않다. 루나 말대로 8만 개로 쇼부 치는 게 깔끔하고 깨끗했다. 영춘은 손가락으로 'OK' 사인을 보냈다.

"그럼 1인당 2만 개씩이네. 준페이, 2만 개면 얼마지?"

"대충 200만 엔씩 잡으면 400억 엔."

"와우, 죽인다! 빨리 아소산으로 가자."

액수를 확인한 루나가 좋아서 어쩔 줄 몰라 했다.

"정신 사납게 굴지 말고 가만있어봐. 뉴스 못 들었어?"

미코가 스마트폰을 꺼냈다.

"아소산이 곧 분화할 거래. 나카다케 화구에서 연기가 치솟고 있대. 방재청에서 경보를 '레벨 3'으로 올려서 지금 아소산은 입산 금지야."

"호호호호."

루나가 실성한 사람처럼 웃음을 터뜨렸다.

"언니, 우리가 누구야? 원자력발전소가 개박살 나서 출입이 금지된 후쿠시마까지 들어갔다 온 몸들 아니야. 그까짓 화산쯤이야, 껌이지. 안 그래, 준페이?"

루나가 기세등등했다. 조금 전까지 야쿠자에게 감금되어 있었다는 사실을 믿기 어려울 정도로 의욕이 넘쳤다.

"그래, 누나. 거기까지 가려면 꼬박 하루는 잡아야 해. 일단 가면서 상황을 보자고."

루나의 기세에 눌린 준페이가 고개를 끄덕였다.

"차는? 너 때문에 스바루도 팔아치웠잖아."

"차? 우리가 타고 온 거 있잖아. 어코드."

준페이의 말에 다들 영춘을 쳐다봤다. 아소산까지 가려면 차량이 가장 중요했다. 개코한테는 미안하지만 비트코인을 받으면 벤츠 한 대 뽑아주기로 하고, 영춘은 고개를 끄덕였다.

"앗싸! 언니, 그럼 우린 준비하러 먼저 들어갈게. 겐지, 내일 아침에 아파트 주차장에서 보자. 가자, 준페이."

루나가 차 키를 들고 일어섰다. 준페이가 미코의 눈치를 보며 루나를 따라 나갔다.

"청소 좀 하고 들어가자. 며칠 비워났더니 가게가 엉망이네. 겐지, 주방은 내가 정리할 테니까, 홀 좀 청소해줘."

미코가 주방으로 들어갔다. *비트코인 25만 개가 걸린 마당에 이런 구멍가게 청소라니.* 영춘은 한숨을 내쉬고 의자를 식탁 위에 올렸다.

청소를 마치고 오미코를 나섰을 때는 이미 밤이었다. 하시모토 상이 가구점 앞에서 담배를 피우다가 미코를 보고는 손을 흔들었다.

"어이, 미코 짱. 며칠 안 보이던데, 어디 갔다 왔어?"

미코가 자전거를 멈추는 바람에 영춘도 함께 멈춰 섰다.

"네, 오랜만에 엄마 뵈러 승화원에 다녀왔어요. 별일 없으시죠?"

"내년에 이사 가는 것만 빼면 아무 일 없어. 오자키하고는 이야기해봤어?"

"아직요. 바쁜 일만 끝내면 만나볼게요."

"그래, 내년 9월이면 1년밖에 안 남았어. 빨리 빚을 갚고 민들레를 살리라고 해. 요시노도 나도 여기서 오래 장사해서 다른 곳으로 이사 가면 단골손님이 다 떨어질 거야."

"그러게 말이에요. 그사이 오자키 상 사업이 잘돼서 은행 빚을 다 갚았으면 좋겠어요."

"그나저나 루팡은 이제 영업 안 하나 봐? 요즘 문 여는 걸

통 못 봤어."

"빚을 해결하느라 힘들었대요. 며칠 더 쉰다니까, 문 열면 맥주라도 좀 팔아주세요."

"그래야지. 300만 엔이나 굳었는데, 요시노랑 히로키 불러서 잔뜩 팔아줄게."

하시모토 상이 싱글벙글거렸다.

"참, 모리가 병원에 실려 간 거 알아?"

"네에?"

"앰뷸런스 오고 난리도 아니었대."

"어디 병원에 입원했는데요?"

"돈이 있어야 입원하지. 집에 있을 거야."

"그래요. 내일 뵙겠습니다."

미코가 급히 자전거에 올라탔다.

"들렀다 가자."

미코가 방향을 바꿔 쏜살같이 내달렸다. 영춘은 빨리 집에 가서 속옷부터 입고 싶었지만 말을 할 틈도 주지 않았다. 할 수 없이 열심히 페달을 밟으며 쫓아갔다.

영춘이 편의점 앞에서 멈추자, 미코가 고개를 끄덕이고는 다리 밑으로 내려갔다. 영춘은 지난번에 샀던 짐빔을 한 병 사서, 천천히 모리 집으로 걸어갔다. 가난한 자들의 축복인 시궁창 냄새는 여전했다. 안으로 들어가자 모리가 고통스러운 표정으로 누워 있었다. 영춘의 손에 들려 있는 짐빔을 보고는 옅은 미소를 지었다. 영춘은 술병을 미코에게 넘겨주고 밖으로 나왔다. 흰자위가 노랗게 변해 있었다. 간이 망가져 독소를 제대로 해독하지 못한 탓이다.

"전문 치료 기관에 입원해서 제대로 된 치료를 받아야 살 수 있대."

올 때는 정신없이 달려왔지만, 갈 때는 자전거를 끌고 하천 변을 따라 걸어갔다.

"복수가 찼는지 배가 팽팽해졌어. 간 주변은 딱딱해지고."

그렇게 마셔대는데 간이 성할 리 없었다. 장기 재활치료를 받는다면 모를까, 금방 나을 병이 아니었다.

"근데 술이 들어가자마자 금방 생생해지는 거 있지?"

마약중독자나 알코올중독자의 공통점이다. 더 많은 약을 필요로 하고, 더 많은 술을 필요로 했다. 그렇게 서서히 수렁 속에 빠져들다 딱딱한 바닥에 닿으면 거기가 황천이었다.

"겐지, 우리 비트코인 찾으면 모리 아저씨 치료해드리자."

미코의 눈이 반짝였다. 오지랖은 넓어서……. 영춘은 코웃음을 쳤다.

"너, 지금 속으로 내가 쓸데없이 오지랖이 넓다고 생각했지?"

미코의 예리한 지적에 영춘은 헛기침을 했다.

"그런 게 아니야. 모리 아저씨 가족사진을 봤거든. 딸이 있었는데, 살았으면 내 또래래. 내 아버지도 모리 아저씨 나이 정도겠지? 부모 자식 사이는 천륜이라잖아. 어떤 사람인지 꼭 한번 보고 싶어."

미코의 표정이 어두워졌다. 동병상련일까? 우울한 미코의 옆모습을 보고 있자니 동질감이 느껴졌다.

"있잖아, 겐지. 비트코인 찾으면 모리 아저씨 병도 고쳐주고, 우리 아버지도 찾아보고 그러자. 그래! 그리고 민들레 상가를 사서 새로 짓는 거야. 한 7층 높이로 세련되게 짓는 거지. 지하에는 그럴싸한 바를 하나 차리고, 1층에서는 하시모토 가구점하고 요시노 잡화점을 그대로 운영하는 거야. 2층 전체를 오미코 식당으로 꾸미고. 건물 관리는 모리 아저씨가 하고 말이야."

아버지에 대한 그리움을 떨쳐내려는 듯 미코의 목소리가 점점 커졌다.

"이름도 바꾸자. '민들레'는 좀 촌스럽잖아. 세련된 프랑스 이름으로. 음…… 라비에타, 플로리아, 크레센도? 겐지, 넌 어떤 게 좋아?"

진짜 촌스럽네. 민들레가 훨씬 낫다. 영춘은 작은 소리로 중얼거렸다.

"겐지, 넌 뭐 할 거야? 돈이 생기면 하고 싶은 거 없어?"

하고 싶은 거라……. 한국으로 돌아가 얼큰한 순댓국이나 한 그릇 먹고 싶었다. 뭐, 네가 따라와준다면 남해에 조그마한 섬 하나 사서 소박하게 같이 살고 싶기는 해. 근데 가스통은

좀 곤란해.

"왜 웃어? 내 말이 우스워?"

미코가 영춘의 자전거를 발로 찼다. 영춘은 미코를 피해 자전거에 올라타고는 속력을 냈다.

"겐지, 같이 가. 야!"

밤이 깊어서인지 서늘한 바람이 온몸을 감쌌다. 하지만 기분은 이루 말할 수 없이 상쾌했다.

5층 아파트 문을 열려는데. 섬뜩한 기분이 들어 뒤를 돌아봤다. 복도 구석에 검정 후드를 쓴 유키가 서 있었다. 성큼성큼 다가오는 기세에 영춘은 저도 모르게 뒷걸음질을 쳤다.

"내가 12시라고 했지?"

유키가 착 깔린 목소리로 말했다. 시간을 보니 새벽 1시가 다 됐다. 그제야 12시에 만나자고 했던 유키 말이 생각났다. 후쿠시마 방사능 후유증일까? 요즘 기억력이 말이 아니었다.

"빨리 가자!"

유키가 영춘의 팔을 잡아끌었다. 이 시간에 어딜 가자는 거지. 영춘은 문에 등을 대고 버텼다.

"곤조 부장님이 기다리고 있단 말이야."

유키가 주차장 쪽을 가리켰다. 미등이 켜진 승용차 한 대가 서 있었다.

"한 시간이나 기다리셨어. 빨리 가자고."

유키가 다시 한번 영춘을 잡아끌었다.

"자, 자, 자, 잠……."

영춘은 아파트 안으로 들어갔다. 여기까지 왔는데 허전한 상태로 갈 수는 없었다. 옷장에서 속옷부터 꺼내 입었다. 오늘은 팬티 한 장의 힘을 절감한 날이다. 신타로의 별장 위치를 알아내라고 한 유키의 말이 생각났다. 다케시도 알고 있는데, 곤조도 알고 있어야 두 양아치 집단 간 균형이 맞았다. 노트에 대충 약도를 그렸다. 나루호토 별장 지대는 금방 찾을 수 있었다. 문제는 신타로 별장까지 내려가는 절벽 길이었다. 소나무 숲에 가려 오솔길을 찾기가 쉽지 않았다. 작대기를 수십 개 긋고 하나만 구부러진 것을 그렸다.

화장실에 들렀다가 개운한 기분으로 나갔더니 유키가 잡아먹을 듯 노려봤다. 미코와 같이 있는 걸 본 걸까? 영춘은 싸늘하게 돌아선 유키를 따라 주차장으로 내려갔다.

검은 양복 차림의 사내가 세단에서 내렸다. 짧은 상고머리에 금붕어처럼 툭 튀어나온 눈을 가진 사내였다. 다부진 몸에 다루마(달마대사가 좌선한 모습을 본떠 만든 둥근 인형)처럼 동글하게 생긴 이 사내가 경시청 공안부장 야마모토 곤조였다. '캐리어(일본의 국가공무원 종합직 시험을 통해 공직에 진출한 엘리트 관료 계층)' 출신으로 43세에 경시장(한국 경찰의 치안감에 해당)으로 승진하고, 45세에 경시청 주요 보직 중 하나인 공안부장까지 올라간 사내. 한마디로 일본 경찰의 미래를 짊어질 초엘리트로 승승장구하고 있었다. 영춘은 그가 장인인 이사부로와 사이가 좋지 않은 줄로만 알았다. 그러나 사람들의 눈을 속이기 위한 전략적 위장이었다. 이사부로와 마찬가지로 일본제국주의의 부활을 꿈꾸는 경찰 조직 내 극우 세력이었다.

한 시간이나 기다렸다고 했다. 조인트나 까이지 않으면 다행이다 싶었는데, 갑자기 곤조가 영춘을 와락 껴안았다. *뭐지?* 영춘도 같이 안아줬다. 요즘 들어 이유 없이 자신을 안아주는 놈들이 많아졌다.

"자네가 준 정보가 정확했네. 장인어른 2층 서재 금고 안에서 인형을 찾아냈어. 다케시 놈이 먼저 뒤진 모양인데, 이중 구조로 돼 있다는 걸 모르고 허탕만……. 크크크."

진심으로 기쁜 듯 곤조가 살찐 아기보살처럼 환한 웃음을 지었다.

"겐지, 자네의 활약은 미나미 경사한테 들었네. 오늘도 활약이 눈부셨다고?"

내가 뭘 어쨌다는 거지. 영춘은 곤조를 멀뚱멀뚱 쳐다봤다.

"임협任俠의 길을 걷는 협객으로서 자존심이야말로 사무라이 최후의 보루인데, 임무를 위하여 그걸 다 내려놓고 다케시 앞에서 개처럼 기었다니……."

아, 그거. 낸들 그러고 싶어서 그랬겠냐?

"겐지, 자네의 명예는 반드시 회복시켜주겠네. 미나미 경사에게 보고를 들었을 때 내 가슴이 얼마나 아팠는지 모른다네."

곤조가 안타까운 표정으로 유키를 쳐다봤다. *미나미 경사?*
쟤가? 영춘은 눈을 동그랗게 뜨고 유키를 쳐다봤다.

"개처럼 비루하게 굴었다는 소리를 들었을 때, 내 피가 다
거꾸로 솟았네."

그만하지, 쪽팔리게. 낮에 있었던 미코 구출 작전이 생각나
영춘은 자기도 모르게 인상을 썼다.

"다케시 앞에서 바퀴벌레처럼 발발 기었다는 소문이 야쿠
자 세계에 쫙 퍼졌네. 이제 그쪽 세계에는 발을 들여놓을 수
없으니, 우리 국수회에서 본격적으로 일해보지 않겠나?"

아, 진짜! 국숫발로 면상을 갈겨버릴까 보다. 계속된 곤조의
말에 영춘은 짜증이 머리끝까지 치밀어 올랐다.

"오늘 자네 연기에 다케시가 감쪽같이 속아 넘어갔어. 그놈
은 겐지, 네가 넘긴 인형이 진짜라고 믿고 있어."

곤조는 영춘이 가짜 인형을 다케시에게 넘겼다고 생각하고
있었다. 자신이 찾은 인형이 가짜일 거라고는 전혀 의심하지
않는 눈치였다.

"이제 신타로의 인형만 찾으면 비트코인은 우리 손에 들어
오는 거야."

그 말에 조금 전에 그린 약도가 생각나서 얼른 곤조에게 건
넸다. 곤조의 얼굴이 또 한 번 아기보살처럼 환하게 밝아졌다.

"겐지, 자넨 진짜 대단한 놈이야. 우리 국수회의 영웅이라
고. 오이오이, 미나미. 이리 와서 이것 좀 확인해봐"

유키, 아니 미나미 경사가 다가와 약도를 살펴봤다. 약도가 허접해서인지 인상을 찌푸렸다. 구글 지도를 확대해 약도와 비교하며 유심히 들여다봤다.

"지도에는 나와 있지 않아서 확실히 알 수 없지만, 소나무 군락 어딘가에 절벽 아래로 내려가는 길이 있는 모양입니다. 그래서 다케시 애들이 찾지 못했나 봅니다. 이리로 내려가면 신타로 별장이 나오는 거 확실하지?"

유키가 구부러진 소나무를 가리켰다. 영춘은 열심히 고개를 끄덕였다.

"이제 신타로의 인형만 찾으면 여섯 개가 모두 모이게 돼. 노부키 교수는 이미 우리 편으로 포섭해놨네. 돈만 밝히는 야쿠자보다 국가 미래를 위해 우리와 손잡기로 했어. 비트코인만 찾으면 대일본국수회 산하 쇼와인재양성소 건립에 들어갈 거야. 대일본제국의 미래가 이 인형에 달려 있다고 해도 과언이 아니네. 겐지, 자네가 나라를 구한 거야. 하늘에 계신 장인 어른도 크게 기뻐하실 걸세."

"이사부로 선생님 유해를 찾았습니까?"

미나미 경사가 황급히 물었다.

"어제 도쿄만 하구에서 발견됐네. 시신이 부패되어 치아 상태로 겨우 신원을 확인했네. 과수연(과학수사연구소의 약칭)에 부검을 맡겼으니 곧 사인이 나오겠지. 보나 마나 다케시 소행이 분명해. 지난번 습격도 다케시가 꾸민 짓이고."

어젯밤에 열쇠를 찾기 위해 렉서스 창문을 깨뜨렸다. 그 틈으로 이사부로의 시신이 빠져나간 모양이다. 시체가 발견되었으니 본격적인 수색 작업에 들어갈 것이다. 조류의 흐름을 따라가면 렉서스를 찾는 건 시간문제였다. 렉서스가 발견되면 뒷좌석의 겐지 시체도 발견될 것이다. 상황이 심상치 않게 흘러가고 있었다. 혹시 겐지의 시체도 창문을 통해 빠져나간 건 아닐까? 생각만으로도 마음이 심란했다. 대화를 끝내고 싶은 생각에 영춘은 입을 크게 벌리며 하품을 했다.

"그래, 겐지. 나머지는 우리한테 맡기고, 자네는 당분간 푹 쉬게. 마나미 경사, 자위대 나카무라 소좌(한국 군대의 소령 계급에 해당)에게 연락해서 후타바 마을 경비를 강화하라고 해."

"신타로 별장에 사람을 보내서 지키라고 할까요?"

"바보 같은 소리. 세상에 믿을 놈이 어디 있어? 절대 별장 위치는 발설하지 마. 내일 아침 일찍 내가 애들 데리고 출발할 테니까, 우리가 도착하기 전까지 아무도 접근하지 못하도록 마을 경비만 철저히 하라고 해."

곤조가 금붕어 눈깔을 굴리며 영춘에게 다가왔다.

"장인어른 눈이 정확했어. 겐지, 자넨 요즘 보기 드문 협객이야. 진정한 사무라이라고."

곤조가 영춘을 다시 한번 와락 끌어안고는 승용차를 타고 사라졌다. 영춘은 혼자 남은 유키를 쳐다봤다. 유키의 표정이 예사롭지 않았다

"결국, 선생님이 돌아가셨어. 겐지, 네가 제대로만 지켰어도 선생님의 죽음은 막을 수 있었을 거야."

유키가 이사부로의 죽음을 영춘 탓으로 돌렸다. 틀린 말은 아니지만, 겐지가 아닌 영춘으로서는 할 말이 없었다.

"신타로의 별장 위치를 찾아낸 걸 다행으로 알아. 그렇지 않았다면 넌 무사히 넘어가지 못했을 거야. 부장님은 겉보기는 순해 보이지만 진짜 무서운 사람이야. 당분간 부장님 말대로 집 안에 처박혀 있어. 그 계집애랑 어울리지 말고."

유키는 매서운 눈빛으로 영춘을 쏘아보고는 어둠 속으로 사라졌다.

16. 영춘, 리틀야스쿠니를 찾아내다

"겐지 일어나봐!"

준페이가 호들갑을 떨었다. 아소산이 폭발이라도 한 걸까?

"지금 이나가와구미하고 경찰이 한판 붙었대."

준페이가 TV 볼륨을 키웠다. 이불 사이로 고개만 빼꼼 내밀었던 영춘은 벌떡 일어나 요 위에 앉았다. 화면에서는 다케시 저택 앞으로 사이렌을 켠 경찰차가 왔다 갔다 하고, 중무장한 경찰기동대가 방패와 곤봉을 들고 서 있었다. 어젯밤 경시청 공안부장이 부하 둘을 데리고 다케시를 체포하러 갔다가 인질로 잡힌 뒤 두 세력이 대치 중이라고, 앵커가 긴박한 상황을 전하고 있었다.

영춘은 서둘러 옷을 걸치고 여관 밖으로 나갔다. 어젯밤 늦게 구로카와에 도착했다. 나카다케 화구의 분화가 진정될 때까지 여관에서 상황을 지켜보기로 했다. 영춘은 다리 난간에 기대어 개코에게 전화를 걸었다.

"그렇지 않아도 오미코로 찾아갔는데, 안 계시더군요. 지난번엔 감사했습니다. 오카다 형님을 그런 식으로 취급하는 걸 도저히 참을 수가 없었습니다. 후토이 녀석, 괴물이라더니…… 형님 덕분에 목숨을 건질 수 있었습니다. 파문을 당하셨지만, 젊은 와카슈若衆(야쿠자의 행동대원으로, 사카즈키고토盃事 의식을 마치고 정식으로 조직원이 된 자) 사이에선 미코 형수님을 위해 모든 걸 내던진 형님의 진정한 사랑에 감동한 분위기입니다."

낭만 야쿠자 작전이 먹혀들었나? 영춘은 쓴웃음을 지었다.

"어제 야나기 형님이 애들을 데리고 신타로의 별장에 찾아갔더니 금고 안에 아무것도 없더랍니다. 허탕만 치고 나오는데, 국수회 애들이 나타나 다짜고짜 인형을 내놓으라며 협박을 했답니다. 안 그래도 화가 나 있던 참이라 한바탕 난장이 벌어졌다고 합니다. 저희가 이런 스포츠 어디 한두 번 해봅니까? 한 놈을 '제왕 절개'해버리면서 기선을 잡았는데, 갑자기 자위대가 나타나는 바람에 도망쳤다고 합니다. 그런데 어젯밤에 곤조라는 놈이 찾아와 신타로 인형을 내놓지 않으면 이나가와구미를 해체해버리겠다고 협박을 했다지 뭡니까. 대노한 오야붕이 놈들을 잡아 가두고 전 조직원에게 소집령을 내렸습니다. 지금 300명이 넘는 우리 애들이 결사 항전을 다짐하며 바리케이드를 치고 경찰과 대치 중에 있습니다."

와, 일본 야쿠자…… 진짜 '곤조' 있네. 영춘은 공권력에 굴하지 않는 야쿠자의 배짱에 감탄하며 전화를 끊었다.

"겐지!"

여관 입구에서 미코가 손을 흔들며 다가왔다.

"온천 가봤어? 물이 진짜 좋아."

막 온천에서 나온 듯 햇살에 드러난 미코의 얼굴이 잘 익은 복숭아처럼 발그레 상기돼 있었다. 분홍 유카타의 섶 사이로 살짝 드러난 하얀 가슴골에 영춘은 얼굴이 화끈거렸다. 시선을 급히 아래로 내렸다. 문득 루나가 말했던 문신이 생각났다.

"우리가 묵는 곳이 신메이칸이야. 〈센과 치히로의 행방불명〉에 나오는 여관이 여기야."

미코가 하천가 옹벽 위에 아슬아슬하게 버티고 선 여관을 가리켰다. 그러고 보니 애니메이션에서 봤던 모습과 흡사했다. 개천에서 올라오는 진한 유황 냄새가 이곳이 이름난 온천 지대임을 말해주고 있었다.

영춘은 고개를 들고 보조개가 핀 미코의 얼굴을 바라봤다. 미코는 등에 관음보살을 새겼다고 했다. 노추산 관음보살이 생각났다. 노스님과 함께 방문한 작은 암자에서, 팽팽히 당겨진 아마포 위에 그려진 관음보살을 본 적이 있다. 풍성한 모시를 넉넉히 두른 관음보살은 입가에 포근한 어미의 미소를 머

금고 있었다. 영춘은 암자에 머무는 내내 관음보살 앞에서 떠나지 못했다. 미코의 관음보살은 어떤 미소를 짓고 있을지 궁금했다.

"뭘 그렇게 봐? 왜, 나 보고 있으면 가슴이 두근거려? 터질 것 같아?"

미코가 기대에 어긋나지 않은 멘트를 날렸다.

"그렇다면 너, 나한테 반한 거다."

뻔뻔스러운 말에 영춘은 피식 웃고 말았다.

"쯧쯧, 그래서 연애하겠어?"

미코가 여관으로 들어가는 영춘을 향해 혀를 찼다.

"뭐야, 그냥 끝나버린 거야? 한바탕 시원하게 붙어야지."

영춘이 방에 들어서자, 준페이가 TV 앞에서 툴툴거렸다. 화면 속 다케시의 집 앞이 깨끗했다. 앵커의 말에 따르면 경시청 공안부장이 '도쿄도 폭력단배제조례'에 관한 내용을 설명하는 과정에서 잠시 언성이 높아진 것을 부하들이 오해해서 벌어진 일이라고 했다.

"오해? 기동대까지 출동했는데, 오해라니."

준페이가 채널을 돌렸다. 상황이 종료된 듯 특집방송은 사라지고 연예인들이 잡담 중인 화면만 나왔다. 비트코인이 자그만치 25만 개였다. 쉽게 풀릴 일이 아니었다. 영춘은 밖으로 나와 개코에게 다시 전화를 걸었다.

"그게요, 아까까지만 해도 살벌했거든요. 근데 갑자기 비상

해제 명령이 떨어졌어요. 애들 말로는 유키 선생이 큰 역할을 했다고 합니다."

유키. 유키가 정체를 밝히고 다케시와 쇼부를 본 걸까?

"차를 가지고 온 유키 선생을 통해 곤조가 인형 세 개를 가지고 있다며 협상을 제안했다고 합니다. 오야붕이 내전으로 불러 확인해봤더니 여섯 개가 딱 맞아떨어졌다지 뭡니까. 지금 협상 중인지 내전 근처에는 아무도 얼씬 못 하게 합니다. 근데 오카다 형님 출소 날에 오시는 건 확실한 거죠?"

영춘은 전화를 끊고 상황 정리에 들어갔다. 다케시는 신타로 인형 세 개, 곤조는 가짜 이사부로 인형 세 개를 갖고 있다. 둘은 그게 진짜라 믿고 배분 등을 협상하고 있는 모양이다. 협상이 끝나면 쓰쿠바대로 가서 암호 해제 작업을 시도할 것이다. 다케시의 인형과 노부키 교수의 인형은 진품이라 상관없지만, 곤조의 벤자이텐부터 문제가 발생한다. 가짜라는 게 탄로 나면 곧바로 추적이 시작될 것이다. 시간이 없었다. 영춘이 서둘러 방으로 들어가보니, 준페이가 짐을 싸고 있었다.

"겐지, 얼른 가방 싸. 화산이 잠잠해졌대. 다시 분화하기 전에 빨리 출발하자고."

화산재로 덮인 칙칙한 도로에는 차량이 한 대도 없었다. 죽음이 깔린 듯한 회색 로드를 어코드가 기를 쓰며 거슬러 올라갔다.

"아직도 더 가야 해?"

루나가 투덜댔다.

"4킬로쯤 남았어."

어코드가 달릴 때마다 뿌연 화산재가 허공으로 날아올랐다. 주변 수풀도 온통 잿빛으로 뒤덮여 있었다. 회색으로 변한 세상은 불쾌하면서도 묘한 아름다움을 띠고 있었다. 핵으로 세상이 멸망한다면 이런 모습일까? 영춘은 차창을 통해 포스트 아포칼립스의 풍경을 바라봤다.

"저기 연기 나는 것 좀 봐. 괜찮을까?"

미코가 분화구를 가리켰다. 짙은 회색 연기가 하늘 높이 솟아오르고 있었다.

"걱정 마, 언니! 우리가 재해의 민족이잖아. 지진, 쓰나미, 태풍, 화산…… 다 오라 그래!"

이런 상황에도 루나의 기세는 여전했다.

"원전은 왜 빼냐? 하여간 저건 입만 살아서. 준페이, 속력 좀 더 내봐."

"나도 달리고 싶은데, 길이 엉망이라……."

웅덩이가 화산재에 가려져 있는 탓에 어코드가 춤추듯 너울거리며 달렸다. 차멀미가 아니라 뱃멀미가 날 것만 같았다.

끼익 소리를 내며 준페이가 급브레이크를 밟았다. 앞에 차량 통행 금지 바리케이드가 설치돼 있었다.

"길이 여기까진가 봐."

바리케이드 너머로 구릉지가 펼쳐졌다.

"이쪽이야."

루나가 아이패드를 들고 바리케이드 옆의 좁은 길을 따라 내려갔다. 구릉 아래로 황량한 침엽수 지대가 보였다.

"저긴가 봐."

침엽수 사이로 작은 오두막이 보였다.

우르릉 천둥 치는 소리가 들려왔다. 분화구를 보니 연기가 검은색으로 변했다. 양도 폭발적으로 늘어났다. 하늘을 뒤덮은 까만 연기가 심상치 않았다.

"나카다케가 폭발하려나 봐. 방재청이 다시 주의보를 내렸어. 근처에 있는 사람들은 빨리 대피하래."

아이패드를 들여다보던 루나가 겁에 질린 듯 허둥댔다. 지면에서 진동이 느껴졌다. 구릉 아래로 잔 돌맹이가 구르기 시작했다. 하늘을 뒤덮은 검은 연기가 서서히 다가오고 있었다.

"뛰어! 늦으면 끝장이야."

준페이가 루나의 손을 잡고 달리기 시작했다. 미코가 숨을 할딱거리며 기침을 해댔다. 영춘은 그녀의 손을 잡고 오두막을 향해 전속력으로 달렸다. 화산이 폭발하면 꼼짝없이 죽는다. 준페이가 먼저 문을 박차고 들어갔다. 미코가 안으로 들어오자마자 헛구역질을 했다. 영춘은 배낭에서 필터 달린 마스크를 꺼내 미코에게 건넸다.

"아이고, 계란 썩는 냄새. 이제 나도 다된 연식인가 봐. 기침이 멈추질 않네. 여기가 리틀야스쿠니 맞아?"

미코가 마스크를 쓰고 주위를 둘러봤다. 열 평 남짓한 오두막 안에는 엉성한 식탁과 긴 나무 의자 하나 외에는 아무것도 없었다.

"젠장! 금고가 어디 있다는 거야?"

준페이가 의자를 걷어찼다. 이사부로는 리틀야스쿠니 안에 금고가 있다고 했다. 하지만 이곳은 말 그대로 텅 빈 오두막이었다. 혹시 지하에 숨겨놓은 건 아닐까 해서 흙바닥을 쑤셔봤지만, 아무것도 없었다.

"겐지! 뭐야?"

루나가 영춘에게 소리쳤다. 기대가 컸던 만큼 실망도 큰 것 같았다.

"이사부론가 하는 그 자식한테 당한 거 아냐?"

제 성질을 못 이긴 준페이가 또다시 의자를 걷어찼다.

"준페이, 가만 좀 있어봐. 루나, 위치 제대로 찍은 거 맞아?"

"노트에 있는 좌표대로 왔다니까?"

루나가 인상을 썼다.

"겐지, 노트 가져왔어?"

미코가 넘어진 의자를 세우고 그 위에 앉았다. 영춘은 배낭에서 노트를 꺼내 건네줬다.

"여기 보면 열 명이 합숙할 수 있는 규모라고 적혀 있어. 여기가 아니라는 얘기지. 루나, 아이패드 좀 줘봐."

미코가 구글 지도에 좌표를 입력하고 화면을 계속 확대했다.

"봐봐, 오두막이 보이는 바람에 우리가 착각한 거야."

조금 떨어진 곳에 붉은 점이 표시돼 있었다.

"젠장, 저쪽으로 100미터는 더 가야 해."

준페이가 밖을 내다보며 소리쳤다.

"폭발하기 전에 빨리 가자. 시간 없어."

준페이가 루나의 손을 잡고 매캐한 연기 속으로 뛰어갔다. 영춘도 미코의 손을 잡고 뒤따라갔다. 언덕 아래로 콘크리트로 된 사다리꼴 구조물이 나타났다. 낡은 철판에 '출입 금지'라고 적힌 희미한 글씨가 보였다. 강철 문에는 묵직한 자물쇠가 채워져 있었다.

"빨리, 빨리."

준페이가 다급하게 손짓했다. 영춘은 가장 큰 열쇠를 꺼내 자물쇠를 따고 빗장을 밀어냈다. 철문을 열자, 동굴 같은 입구가 나왔다. 준페이, 루나, 미코 순으로 들어갔다. 마지막으로 들어선 영춘이 철문을 닫았다.

"뭐야, 완전 깜깜하잖아? 준페이, 랜턴 없어?"

"차 안에 놔두고 왔는데."

"바보."

루나가 준페이를 구박하는 사이 미코가 휴대폰 손전등을 켰다.

"저기 사다리가 있어."

앞장섰던 준페이가 알루미늄 사다리를 잡고 내려갔다. 루나와 미코, 그리고 영춘이 조심스럽게 그 뒤를 따랐다.

17. 영춘, 칠복신을 발견하다

바닥에 내려서자, 타원형 철문이 앞을 가로막았다. 정교하게 설계된 지하벙커였다. 도어 중앙에 사각형 열쇠 구멍이 보였다. 두 번째 열쇠를 끼우고 해치를 돌리자 또 다른 암흑 세상이 펼쳐졌다.

"여긴 완전 지옥으로 들어가는 입구 같은데."

루나가 겁먹은 목소리로 중얼거렸다. 시커먼 안쪽에 무엇이 있을지 몰랐다. 영춘은 벽을 더듬으며 천천히 안으로 들어갔다. 손에 닿은 스위치를 올리자, 초록색 비상등이 희미하게 켜졌다.

"어딘가에 발전기가 있을 거야."

미코가 휴대폰 불빛에 의지해 앞장섰다. 좌측 통로를 따라 들어가자 원형 손잡이가 달린 문들이 양쪽으로 나란히 있었다. 미코가 손잡이를 돌려봤지만 열리지 않았다.

"준페이! 루나! 문 열쇠 좀 찾아봐."

계속 안으로 들어갔다. 막다른 곳은 주방이었다. 영춘이 우측에 여닫이문이 있는 것을 보고 잡아당겼다. 'Denyo' 로고가 찍힌 초록색 기계가 나왔다.

"그게 발전기 같은데."

미코가 철제 패널 손잡이를 잡아당겼다. 일문과 영문이 적힌 계기판이 나왔다.

"가만있어보자. 이건 엔진 속도고, 이건 전압 조절기, 이건 냉각수, 이건 연료게이지…… 연료는 풀로 꽉 차 있네."

미코가 하나하나 살피며 용어를 읽어 내려갔다. 그냥 딱 봐도 오른쪽 상단에 있는 레버가 전원 스위치였다. 친절하게 'ON/OFF' 표시까지 되어 있었다. 영춘은 용어 해설이 한창인 미코를 내버려두고 레버를 잡아 올렸다. 윙 소리가 나면서 전등이 일제히 켜졌다.

"어머나, 세상에!"

루나의 감탄사가 들렸다. 두 사람은 서둘러 홀로 나갔다. 원형 공간 한가운데에 직사각형 원목 테이블 두 개가 나란히 배치되어 있었다. 철재로 짠 선반이 벽면을 따라 돌며 벙커 내부를 감쌌다. 선반 위에는 골판지 박스가 잔뜩 쌓여 있었다.

"이 정도면 서너 달은 너끈히 버티겠는데."

루나가 박스를 뜯어 들여다보며 말했다. 찢어진 틈새로 통조림이 보였다.

"시간 낭비하지 말고 금고부터 찾자. 안쪽 방들 열쇠부터 찾아야 해."

"짜잔! 선반에 걸려 있던데."

루나가 열쇠 꾸러미를 흔들었다. 열쇠마다 방 번호가 적혀 있었다. 미코가 아까의 문 앞으로 가서 원형 손잡이의 구멍에 열쇠를 집어넣었다.

"침실이네."

2층 침대 두 개가 마주 보고 있었다. 다음 방도 같은 구조로 된 침실이었다.

"여기는 샤워실이네."

통로를 따라가며 잠겨 있는 문을 하나하나 열어봤다.

"이 방에 금고가 있는 것 같은데……."

미코가 검은 철제문 앞에 멈춰 섰다. 철제 여닫이문에는 빨간색 도리이鳥居(신사 입구에 세우는 기둥 문) 문양이 새겨져 있었다. 미코가 조심스럽게 문을 열었다.

"세상에나!"

루나가 소리쳤다. 가장 먼저 위패를 모신 불단이 눈에 들어왔다. 차양이 달린 불단은 야스쿠니신사 본전本殿을 축소한 모습이었다. 앞에는 옻칠한 검은 촛대와 탕기湯器가 놓여 있었다. 청동 향로도 작은 단 위에 놓여 있었다. 불단 뒤로 욱일

승천기가 벽 한 면을 차지했다. 양쪽 벽에는 군복과 양복을 입은 흑백 인물 사진이 가득했다.

"우와, 진짜 야스쿠니 축소판이네."

준페이가 감탄했다. '리틀야스쿠니'라는 이름에 걸맞게 꾸며났다. 루나가 향에 불을 붙이고 가슴 높이로 손을 올려 박수를 두 번 치고 고개를 숙였다. 준페이도 같은 방법으로 고개를 숙였다. 방 안 가득 향내가 퍼졌다.

"야, 니네 여기 참배하러 왔냐? 어지간히 하고들 금고나 찾아봐."

미코가 마음에 들지 않는다는 표정으로 소리치고는 한쪽 벽을 살폈다. 영춘도 다른 벽을 둘러봤다. 까만 뿔테 안경을 쓴 도조 히데키 사진이 눈에 들어왔다. 액자 밑에 이름과 사망 연도가 적인 명패가 붙어 있었다. 아는 얼굴이 또 나왔다. 미시마 유키오. 겐지의 책상에 있던 소설책의 저자였다. 전범들뿐만 아니라 극우 인사들까지 모조리 모아놓은 신사였다.

"이게 금고 아닐까?"

미코가 불단 받침대를 발로 툭툭 찼다. 둔탁한 소리가 나무 같지 않았다. 영춘은 황단색 주단을 걷고 안을 들여다봤다.

"언니! 겐지! 불단 건들지 마. 부정 타면 조상님한테 벌받을 거야."

루나가 소스라치게 놀라 소리쳤다.

"부정? 비트코인이 25만 개면 조상 무덤도 파낼 수 있어. 부정은 얼어 죽을……. 겐지, 거기 좀 들어봐. 어마, 씨팔!"

불단 한쪽을 들려던 미코가 기겁하며 뒤로 물러났다. 맞은
편을 잡으려던 영춘은 영문을 몰라 미코를 쳐다봤다.

"이건 옻나무잖아. 난 보기만 해도 옻이 오르는 체질이야."

미코가 불단 앞의 나뭇가지를 보며 질색했다.

"부정을 막으려고 둔 거야. 언니, 불단도 옻칠한 나무로 만
든 건데."

과연 금빛 나는 불단 안과 달리 바깥쪽은 칠흑 같은 광택이
흐르고 있었다.

"야, 준페이. 니가 들어."

미코가 멀찌감치 물러났다. 천하의 미코도…… 쯧쯧쯧. 영
춘은 혀를 차며 준페이와 불단을 들어 바닥에 내려놨다. 주단
을 걷어내자 예상대로, 올빼미 문양이 새겨진 금고가 모습을
드러냈다. 모두 금고 앞으로 모여들었다. 그때였다. 탕! 소리
와 함께 향로가 바닥에 떨어졌다. 준페이가 서두르다 그만 향
로를 치고 만 것이었다.

"준페이, 거추장스러운데 싹 치워버려."

동티 난다고 하던 루나가 손바닥으로 쓸어버리는 시늉을
했다.

"저년이 조상 무덤을 파낼 년일세."

미코가 어이없다는 듯 웃었다. 준페이가 향로를 멀찌감치
밀어버렸다.

"겐지, 빨리 열어봐."

루나가 재촉했다. 영춘이 가장 작은 열쇠를 넣고 돌렸다. 철컥 자물쇠 풀리는 소리가 났지만, 금고는 열리지 않았다.

"맞다. 비밀번호가 있다고 했지? 천황 생일이 며칠이더라?"

루나의 말에 서로 얼굴만 쳐다봤다.

"바보들. 2월 23일이잖아."

미코가 휴대폰 달력으로 날짜를 확인했다. 영춘이 키패드에 '0223'을 입력하고 '확인' 키를 눌렀다. 키패드 색이 빨갛게 변하며 오류 표시가 떴다.

"뭐야, 제대로 누른 거 맞아?"

루나가 영춘을 밀치고 다시 번호를 눌렀지만 결과는 마찬가지였다. 화산 연기를 헤치며 죽을힘을 다해 여기까지 왔는데, 마지막 단계에서 일이 꼬여버렸다.

"겐지, 노트 좀."

영춘은 노트를 꺼내 미코에게 건넸다. 미코가 내용과 날짜를 확인하고 다시 입력을 시도했다.

"이상하다? 나루히토 천황 폐하 생일은 분명 2월 23일이 맞는데……."

빨간 불이 들어온 키패드를 보며 미코가 낭패한 표정을 지었다. 루나의 표정도 어두워졌다.

"젠장, 이놈의 금고가 왜 이래?"

준페이가 주먹으로 금고를 내리치며 안달했다.

"앞에 '0'을 빼고 세 자리만 누르는 건 아닐까? 아니면 거꾸로 입력해볼까?"

루나와 준페이가 키패드 앞에서 머리를 맞댔다. 영춘은 이 사부로의 노트를 다시 들여다봤다. '금고 비밀번호는 천황 폐하의 생신으로 설정해놓았다.' 이 문장밖에 힌트가 없었다. 이 사부로의 천황이라면……. 그는 늘 쇼와 시대를 그리워하고 있었다. 히로히토가 그에게는 유일한 천황일지 모른다. 영춘은 '쇼와인재양성소'라고 적힌 부분을 미코에게 보여주었다. '쇼와昭和'를 가리키자 미코가 고개를 끄덕였다.

"그래, 여기 사진들도 전부 쇼와 시대 사람들이야. 히로히토 천황을 가리키는 게 틀림없어. 너네 좀 비켜봐."

미코가 루나와 준페이를 밀어내고 금고 앞에 섰다. 날짜를 확인한 미코가 신중하게 '0429'를 눌렀다. 키패드가 초록색으로 변했다.

"얏타!"

루나와 준페이가 동시에 환호성을 질렀다. 영춘은 서둘러 열쇠를 꽂고 금고를 열었다. 다들 숨을 죽이고 금고 안을 들여다봤다. 금고는 신타로 별장의 블랙스완처럼 세 칸으로 나뉘어 있고, 칸마다 손잡이가 달린 서랍이 있었다. 준페이가 맨 위 서랍부터 열었다.

"뭐야, 이건?"

준페이가 두꺼운 노트를 펼쳤다. 숫자가 가득한 게 회계장부 같았다.

"그만 보고 빨리 두 번째 것도 열어봐."

루나가 채근했다. 준페이가 장부를 영춘에게 던져주고, 두 번째 서랍을 열었다. 금덩이나 현금을 기대했지만, 서류 뭉치만 가득했다. 마지막 서랍을 열자 옻칠한 검은 상자가 보였다. 뚜껑을 열자, 칠복신 인형 세 개가 나란히 앉아 있었다.

"얏타!"

루나가 두 손을 번쩍 들었다. 이건 모세의 십계명이 담긴 성궤나 다름없었다. 준페이가 상자를 품에 안고 거실로 나와 벤자이텐, 주로진, 호테이를 테이블 위에 올려놓았다.

"이게 진짜 있었네."

루나가 벤자이텐을 집어 들며 중얼거렸다.

"나도 긴가민가했는데……."

미코가 주로진을 만지작거렸다. 영춘도 호테이를 잡았다. 인형 밑면에 열 자리 숫자로 된 비밀번호가 각인되어 있었다. 'T2K'는 쓰쿠바 대학의 슈퍼컴퓨터 이름 같았다. 나머지는……. 영춘은 숫자를 유심히 들여다봤다.

"하나는 내가 갖고 있을래."

루나가 벤자이텐을 숄더백에 넣으려 했다.

"안돼, 루나. 하나라도 잃어버리면 비트코인은 전부 날아가."

"그래, 그럼 내가 다 갖고 있을게."

루나가 상자를 덥석 들어 올렸다.

"하여간 기집애가 욕심은……."

미코가 인상을 쓰며 루나의 손에서 상자를 낚아챘다.

"겐지, 네가 갖고 있어."

미코가 상자를 영춘에게 넘겼다. 루나가 화난 얼굴로 두 사람을 노려봤다. 영춘은 흠이 가지 않도록 조심하며 성배를 배낭에 넣었다.

"아직 안 열어본 방이 있던데……. 루나, 열쇠 어딨어?"

준페이가 화제를 돌렸다.

"몰라. 마지막으로 리틀야스쿠니를 열었으니까, 거기 있겠지."

기분이 상한 루나가 퉁명스럽게 대답했다. 준페이가 통로 안으로 들어갔다.

"없는데!"

준페이가 안쪽에서 소리쳤다.

"그럼 나도 몰라. 준페이, 그렇게 힘쓰다간 배만 고파져. 다들 배 안 고파?"

준페이가 맞은편 방문을 잡아당기는 걸 보며 루나가 물었다. 그러고 보니 신메이칸에서 아침을 먹은 뒤로 지금껏 아무것도 먹지 못했다.

"내가 스프 만들어줄게."

루나가 앵글 선반에서 통조림을 꺼내 주방으로 갔다.

"쟤가 웬일이래?"

미코가 신기한 듯 루나를 쳐다봤다.

"누나, 우린 언제 나갈 거야?"

문과 씨름하다 돌아온 준페이가 의자에 앉았다.

"오늘은 늦었으니까 여기서 자고, 내일 아침에 바깥 상황 봐서 결정하자."

"여기서 하룻밤을?"

준페이가 얼굴을 찌푸렸다.

"분화가 진정 안 되면 한 달도 살 수 있어. 이 정도 준비면 장기 투숙에 대비했다고 봐야지. 그나저나 인형은 손에 넣었고, 다음 계획은 뭐야?"

미코가 영춘을 쳐다봤다.

"다케시하고 쇼부 쳐야지. 그건 내 전공이니까, 내가 할게."

준페이가 나섰다. 지난번 핫토리와 단판을 짓겠다고 나대다가 칼부림이 날 뻔한 일은 까맣게 잊은 듯했다.

"좋은 방법이라도 있어?"

"심플하게 가는 거지. 인형 하나를 다케시 앞에 놓고 요구 조건을 말하는 거야. 8만 개 주면 오케이, 안 주면 협상 끝. 짧고 굵게."

준페이가 의기양양하게 '세이프' 손동작을 만들어 보였다.

"멍청하긴. 인형 넘긴다고 걔들이 '자, 이건 너희들 몫이야' 하고 8만 개를 넙죽 줄 것 같아?"

미코 말이 맞았다. 마약처럼 돈과 바로 교환할 수도 없었다. 인형을 넘겨줘야 비트코인을 찾는다. 그다음은 놈들 마음대로다. 주면 받고, 안 주면 못 받는다. 고소할 수도, 폭력으로 해결할 수도 없다. 놈들의 처분만 기다려야 하는데……. 아무리 생각해도 고양이한테 생선을 맡기는 꼴이다.

"그리고 설사 8만 개를 받았다고 쳐. 걔들이 우리를 그냥 둘 것 같아? 소문이 나면 모든 야쿠자 조직이 우릴 사냥하러 올걸."

"구더기 무서워 장 못 담가? 비트코인 받으면 우린 바로 외국으로 뜰 거야. 일단 초호화 크루즈를 타고, 1년 동안 세계 일주할 거야. 그치, 루나?"

준페이가 쟁반을 들고 나오는 루나를 향해 활짝 웃었다. 루나도 눈웃음을 치며 고개를 끄덕였다.

"'우리'라고? 너희…… 언제부터?"

미코가 말을 잇지 못했다.

"이미 여권도 다 만들어놨어."

준페이가 여권을 꺼내 흔들며 루나 손을 잡았다.

"준 짱과 함께라면 어디든 갈 거야."

루나가 준페이 어깨에 머리를 기댔다. 미성년자도 아니고 다 큰 성인끼리 사랑한다는데 누가 막을 수 있겠는가? 영춘은 김이 모락모락 나는 수프를 보며 침을 삼켰다.

"잠깐, 그릇 가져올게."

루나가 다시 주방으로 갔다.

"준페이, 너 진심이야?"

루나가 사라지자, 미코가 심각하게 물었다.

"응, 누나. 나 오래전부터 루나를 좋아했어."

"채권 갖고 사라졌을 때 저게 너한테 연락은 했니?"

준페이가 대답 못 하고 머뭇거렸다.

"짜잔!"

루나가 그릇과 함께 와인 한 병을 가지고 나왔다.

"소비뇽 아니야? 어디서 났어?"

준페이가 얼른 와인을 받았다.

"찬장 안에 있더라고. 난 와인 잔 좀 가져올게. 이거 좀 따줘."

루나가 와인 따개를 준페이에게 주고는 다시 주방으로 들어갔다.

"그런데도 저년을 믿는 거야? 저 불여우가 또 무슨 수작을 부릴 줄 알고."

"루나 때문에 속이 많이 상한 건 알지만, 쟤가 나쁜 사람이라 그런 건 아냐. 돈 때문에 그런 거지."

준페이가 코르크에 박힌 와인 따개를 돌렸다. 준페이 말이 맞았다. 영춘이 여태까지 맡은 사건은 대부분 돈에서 비롯됐다. 돈 앞에는 착한 사람도 나쁜 사람도 없다. 그저 돈에 눈먼 좀비만 있을 뿐이지. 미코가 와인 잔을 들고 오는 루나를 바라보며 한숨을 내쉬었다.

"안주할 만한 게 없네. 그냥 수프랑 마셔."

루나가 옻칠한 나무 그릇에 수프를 덜었다.

"언닌 이걸 써."

루나가 미코를 배려해 사기 접시에 수프를 담았다. 준페이가 와인을 따랐다.

"자, 다들 고생했어."

미코가 체념한 듯 잔을 들었다.

"이 정도는 고생도 아니지. 안 그래, 겐지?"

준페이가 밝은 표정으로 잔을 집어 들었다. 루나와의 관계를 밝히고 나니 마음이 한결 가벼워진 모양이다. 후쿠시마에서 겪은 일에 비하면 이 정도는 아무것도 아니었다. 금고도 수월하게 열었고, 지긋지긋한 들개 떼도 없었다. 내일 여기서 무사히 벗어난다면 이번 아소산 원정은 대성공이다.

"우리, 건배해요."

루나가 잔을 높이 치켜들었다.

"조오치, 루나가 선창해."

"조오치, 8만 개의 비트코인을 위하여! 간빠이!"

"간빠이! 간빠이!"

준페이가 촐싹거리며 열렬히 호응했다. 영춘도 잔을 부딪치고는 한 모금 마셨다. 와인에서 달착지근한 누룩 향이 났다. 보르도 포도밭이 아니라 '나폴레옹 빵집'에서 담근 것 같았다.

"무슨 향이 이래? 내 입맛에는 안 맞는데."

미코가 잔을 3분의 1쯤 비우고는 수프가 담긴 접시를 끌어당겼다.

"와, 이거 죽이는데."

미코의 반응에 준페이가 루나를 보며 오버하기 시작했다.

"진짜 맛있지? 괜찮은 와인이지?"

루나가 맞장구를 쳤다.

"젠장, 괜히 마셨나 봐. 몸이 영 안 좋은데."

미코가 수프 그릇을 내려놓고 비틀거리며 침실로 걸어갔다. 영춘도 취기가 올라오는지 알딸딸해졌다. 의자에 앉아 등을 기댔더니 스르르 잠이 왔다.

"누가 불을 끈 거야?"

떠드는 소리에 영춘은 눈을 떴다. 사방이 칠흑같이 어두웠다. 발전기가 나갔나? 연료가 꽉 차 있다고 했는데. 영춘은 몸을 일으켰다. 속이 울렁거리고 머리가 어질어질했다. 와인 한 잔에 숙취라니? 테이블 모서리를 잡고 간신히 일어섰다. 손전등을 켜고 발전기가 있는 통로 안쪽으로 걸어갔다.

"야, 겐지! 어디 있는 거야?"

준페이의 짜증 섞인 외침과 함께 철제 선반을 때리는 소리가 들렸다. 영춘은 패널을 열었다. 레버가 아래로 내려가 있었다. 저절로 내려갈 리 없었다. 누군가 손을 댄 게 분명했다. 영춘은 고개를 갸웃하며 레버를 올렸다. 윙 하는 기계음과 함께 전등이 일제히 켜졌다. 거실로 나가자 준페이가 발등을 부여잡고 화난 표정으로 앉아 있었다.

영춘은 주위를 둘러봤다. 리틀야스쿠니의 내부는 어제 그대로였다. 테이블 위에 수프 그릇과 와인 잔이 널려 있었다. 배낭은? 정신이 번쩍 들었다. 배낭이 보이지 않았다.

"뭘 찾는데? 네 가방 저기 있잖아."

준페이가 철제 선반을 가리켰다. 배낭이 선반 위에 기울어진 채 놓여 있었다. *어젯밤 분명히 옆에 놓고 잤는데…….* 영춘은 불안한 마음으로 배낭을 열었다. *역시나…….* 다리에 힘이 풀려 주저앉고 말았다.

"왜 그래?"

준페이가 배낭을 뒤집었다. 속옷만 바닥에 떨어졌다. 무언가 생각난 듯, 준페이가 통로를 향해 달려갔다. 영춘도 뒤를 따라갔다. 어젯밤 열지 못했던 방문이 활짝 열려 있었다. 방안에는 네 개의 모니터가 켜져 있었다. 어제 본 오두막, 철문 밖 구릉지가 고스란히 화면에 잡혔다. 이곳은 밖의 상황을 실시간으로 보여주는 상황실이었다.

"이 방은 열쇠가 없다더니."

준페이가 책상 앞으로 다가갔다.

"겐지, 화산이 진정된 것 같아. 연기만 나고 있어."

준페이가 분화구를 비추는 화면을 가리켰다. 어제만 해도 시커먼 연기를 내뿜던 나카다케 분화구가 지금은 실타래 같은 하얀 연기만 뽑아내고 있었다. 주변은 맑고 화창했다.

"이게 뭐지?"

준페이가 책상 위에 놓인 쪽지를 집어 들고 읽기 시작했다. 표정이 점점 굳어졌다. 준페이가 편지를 던지고 밖으로 뛰어나갔다. 영춘은 바닥에 떨어진 편지를 집어 들었다.

준페이에게

아무리 생각해도 이건 승산이 없는 싸움이야. 야쿠자들과 맞서는 건 애초부터 무모했어. 설사 협상에 응한다 해도 막상 비트코인을 찾으면 우리에게 8만 개나 주지는 않을 거야. 줄 거라고 믿는 미코, 겐지가 한심한 거지. 너도 그렇고.

나는 현실적인 선택을 하기로 했어. 지난번에 만났던 야나기, 그 올백 머리와 통화했어. 인형만 가져오면 채권값 3억 엔을 빳빳한 후쿠자와(일본 근대화의 아버지 후쿠자와 유키치가 그려진 1만 엔권 지폐를 말함)로 지불해주겠대. 수고비로 2억 엔도 따로 챙겨주고.

미안하지만, 나도 살아야겠어. 코로나 때문에 통장 잔고가 완전히 바닥났어. 핫토리 빚은 갚았지만, 적자가 계속될 거야. 다시 빚을 내야 하는 상황이 반복될 거라고. 칠복신은 하늘이 내려준 다시없는 기회야. 왜 배신했느냐고 묻지 마. 도덕적 위선 같은 건 고단한 현실 앞에 발을 붙이지도 못하는 법이니까.

준페이, 그동안 고마웠어. 세계 일주하고 싶다고 한 건 진심이지만, 너하고는 아니야. 겐지라면 모를까. 네 또라이 누나한테 고맙다고 전해줘. 겐지한테도 미안하다고 전해주고. 후쿠시마도 아소산도 근사한 여행이었어. 물론 다시는 하고 싶지 않지만. 이제는 구질구질한 인생으로 돌아가지 않을 거니까, 루팡은 네가 가져. 열쇠는 문 위에 올려놨어. 그리고 더 이상 나를 찾지 마. 사랑해준 건 고맙지만 사양할게.

와인에 수면제를 조금 탔어. 시간이 지나면 괜찮아질 거야. 미코언니한테는 따로 선물을 준비했어. 옻나무 우린 물을 수프에 넣었거든. 옻이 사람한테 그렇게 좋다며? 흐흐흐. 사람을 개무시하는 그런 년은 고생 좀 해도 싸.

영춘은 편지를 내던지고 급히 침실로 뛰어 들어갔다.

"누나! 정신 차려!"

준페이가 미코의 어깨를 흔들며 어쩔 줄 몰라 했다. 영춘은 준페이를 밀치고 미코의 상태를 살폈다.

얼굴이 부어오르고 목 주변에 벌겋게 두드러기가 돋아나 있었다. 숨은 가쁘고 거칠었다. 가슴이 쉴 새 없이 위아래로 들썩였다. 맥박을 재보니 불규칙하게 뛰고 있었다. 빨리 약을 먹지 않으면 위험했다.

영춘은 서둘러 미코를 둘러업었다. 준페이가 미코의 가방과 영춘의 배낭을 챙겨 앞장섰다. 철문을 열고 밖으로 나오자, 언제 분화가 있었냐는 듯 주변은 화창하기 그지없었다.

"와, 이제 좀 살 것 같다."

준페이가 두 팔을 높게 치켜들며 기지개를 켰다. 영춘은 미코를 업고 부지런히 구릉지를 향해 걸음을 재촉했다. 준페이가 먼저 위로 올라갔다.

"젠장! 차까지 가져가버렸네."

준페이가 씩씩거렸다. 바리케이드 앞에 서 있던 어코드가 보이지 않았다. 영춘은 주변을 둘러봤다. 사방은 온통 회색 먼지뿐이었다.

"저기 저 언덕을 넘어가면 대피소가 있어. 구급차를 그쪽으로 부를게."

준페이가 휴대폰을 들여다보며 말했다. 비트코인은 잠시 잊기로 했다. 지금 중요한 건 미코를 살리는 일이다. 그 외에는 사소한 문제에 불과하다. 구급차가 오기 전에 대피소에 도착하려면 서둘러야 한다. 영춘은 미코를 업고 묵묵히 회색 지대를 걸어갔다. 준페이도 루나의 편지에 충격을 받은 듯, 패잔병처럼 고개를 떨군 채 뒤를 따라왔다.

18. 영춘, 선택의 기로에 서다

미코는 구급차에 실려 구마모토종합병원 응급실로 옮겨졌다. 주사를 맞고 링거도 꽂았지만 의식을 찾지 못했다. 의사가 쇼크가 심하게 온 것 같다며 정밀검사를 권했다. 준페이가 검사 동의서에 이름과 핸드폰 번호를 적었다.

근처 카레 가게에서 점심을 먹고 병원 복도 소파에 앉아 검사 결과를 기다렸다. 루나의 운전 실력으로 도쿄까지 가는 데는 열다섯 시간 넘게 걸릴 것이다. 야나기를 만나 인형을 넘겨주고, 쓰쿠바까지 가서 암호 작업을 하고, 다시 여기까지 오려면 적어도 하루 이상이 소요된다. 아직 시간적 여유가 있었다.

새벽이 되자 준페이가 소파 위에서 곯아떨어졌다. 영춘은 그의 주머니에서 여권과 핸드폰을 빼내 응급실 뒷문으로 빠져나왔다. 흡연 구역 뒤편에 아름드리 은행나무가 서 있었다. 나무 위에 자리 잡고 있으면 뒷문으로 출입하는 사람들을 감시할 수 있었다. 영춘은 나무에 등을 기대고 Y자로 뻗은 가지에 발을 걸쳤다.

깜박 졸고 있는데, 엔진 소리가 들렸다. 구급차가 한 대가 미끄러지듯 조용히 들어왔다. 뒷문 앞에 정차한 구급차에서 흰 가운과 오렌지색 복장을 한 사람들이 내렸다. 잠시 후 그들은 의료용 침대와 휠체어를 밀고 나와 미코와 준페이를 구급차에 태우고 신속하게 병원을 빠져나갔다. 영춘은 그들이 떠난 시간을 확인했다.

빠른 시간 내에 정확하게 찾아왔다. 야쿠자의 정보망으로는 불가능했다. 경시청 공안이 개입한 게 확실했다. 영춘은 유키가 준 엑스페리아를 꺼냈다. 추적 앱을 깔아놓은 게 분명했다. 전원을 끄고 심카드를 빼내 따로 보관했다.

이게 있는 한 미코에게 손대지는 못할 거야. 영춘은 주머니에서 호테이를 꺼냈다. 루나는 이미 후쿠시마에서 배신한 전력이 있었다. 루나가 주방에서 식사 준비하는 틈을 타 호테이를 가짜와 바꿔치기해두었다. 가짜라는 사실을 알아채면 분명 찾으러 올 줄 알았다.

문제는 미코였다. 몸이 아픈 그녀를 데리고 도망 다니는 건 불가능했다. 한 템포 쉬면서 '플랜 B'를 가동하기로 했다. 기존 계획을 밀고 나가기에는 상황이 좋지 않았다. 모든 건 때가 있는 법이다. 지금은 한발 뒤로 물러날 때다.

야쿠자 놈들이 아직 주변에 남아 있을지 몰랐다. 나무 위에 조금 더 머물기로 하고 눈을 감았다.

"형님, 다 갔어요."

눈을 떠보니, 개코가 은행나무 밑에서 담배를 피우고 있었다.

"우리 애들이 미코 형수님과 밤송이를 데려가는 걸 보셨을 겁니다. 지금 오야붕은 폭발하기 직전입니다. 벌써 두 번이나 엿 먹었잖아요."

영춘은 조용히 개코를 내려다봤다.

"여기 아이패드를 두고 갈게요. 30분 뒤에 야나기 형님하고 영상 통화해보세요. 형수님 일이니까, 꼭 통화하셔야 합니다."

개코가 꽁초를 재떨이 안에 던져버리고 걸음을 옮겼다.

"저어……."

개코가 걸음을 멈췄다.

"형님은……. 겐지 형님, 아니죠? 형님 이야기는 오래전에 들었습니다. 수술했지만 언청이 자국이 남아 있어서 마스크를 절대 벗지 않는다고요. 그래서 아무도 겐지 형님의 얼굴을 자세히 본 사람은 없다고요. 그런데 형님은 너무나 당당하게 얼굴을 내놓고 다녔어요. 그리고 형님이 그렇게까지 비굴하게 굴었다는 게 도무지 이해가 안 됐어요. 뭐, 애들이야 사랑을 위해 궁극의 지질함을 보여주는 쇼를 했다면서 '야쿠자계 최고의 순애보'라고 떠들어댔지만."

개코가 잠시 말을 멈추고 담배를 꺼내 물었다.

"젠장, 형님이 겐지든 아니든 그게 무슨 상관입니까? 당신도 겐지 형님만큼이나, 아니 훨씬 더 멋있었어요. 이대로 그냥 가는 건 제 마지막 호의입니다. 다음에 만나면 제대로 한판 뜰 겁니다. 이걸로 차비 하시고, 남은 돈으로 목욕이나 하세요."

개코가 봉투를 던져놓고 떠났다. 영춘은 주변에 아무도 없다는 걸 확인하고 나무에서 내려왔다.

아이패드 위에 봉투가 놓여 있었다. 영춘은 돈과 아이패드를 챙겨 근처 스키야(일본의 대형 외식 체인점)에 들어가 자리를 잡았다. 조식 세트를 주문하고 아이패드를 켰다.

"헤이, 브라더!"

야나기가 웃으며 손을 흔들었다. 화면에 나타난 야나기의 얼굴을 보고 영춘은 깜짝 놀랐다. 얼마나 얻어맞았는지 눈 주변과 광대뼈 부위에 시뻘건 피멍이 가득했다. 입술은 필러 시술이라도 받은 것처럼 두툼해서 썰면 한 접시는 나올 것 같았다.

"뭘 그리 놀라시나. 이게 다 겐지, 니 덕분이야."

야나기가 쓸쓸한 미소를 지었다.

"호테이가 가짜라는 걸 모르고 오야붕한테 건넸다가 이 꼴이 된 거지. 그래, 겐지. 네가 이겼다. 멋있다, 겐지. 네가 위너야."

야나기가 양 엄지를 치켜들었다. 많이 듣던 대사라 영춘은 저도 모르게 웃음이 터지고 말았다.

"왜? 내 꼴이 우스워? 그래, 웃어라. 맘껏 웃어!"

야나기가 두툼한 입술을 씰룩거리며 일어섰다. 카메라가 그의 뒷모습을 찍으며 따라갔다.

"헤이, 루나!"

야나기가 쇠창살 앞에서 소리쳤다. 구석에 웅크리고 있던 루나가 비척거리며 기어 나왔다.

"돈은 안 줘도 되니까, 제발 내보내주세요."

산발이 된 루나가 철창살을 잡고 일어섰다. 화장이 지워진 루나의 얼굴은 야나기 얼굴만큼이나 흉측해 보였다. 야나기가 그녀를 외면하고 뒤로 물러났다. 카메라가 사슬에 묶인 검은 개에게 초점을 맞췄다. 놈이 땅에 엎드린 채 늘어진 주름살 가운데 박힌 눈으로 철장 안을 노려보고 있었다. 눈빛이 예사롭지 않았다.

"이 녀석이 바케몬이야. 작년 투견 대회 챔피언이지. 혈통이 잡종이라 그런지 성격도 지랄 맞아."

바케몬은 미동 없이 철장만 응시하고 있었다. 야나기가 손을 들자 서서히 일어나 몸을 털었다. 골격에 붙은 근육이 꿈틀거렸다. 입을 벌리자 커다란 송곳니가 그대로 드러났다.

"풀어줘!"

사슬이 풀어지자, 놈이 단숨에 철장을 향해 뛰어올랐다.

"꺄악!"

공포에 질린 루나가 비명을 지르며 구석으로 달아났다. 바케몬의 몸통이 철장을 그대로 들이박았다. 철장이 흔들거릴수록 루나의 비명도 더 커져갔다.

"겐지, 내일 12시까지 호테이를 가져와. 그때까지 오지 않으면 이번엔 미코가 바케몬 우리 안에 들어가게 될 거야."

야나기는 철장 밑을 미친 듯이 파고 있는 바케몬을 가리켰다.

"조금만 기다려봐. 바케몬이 곧 저 안으로 들어가 저년을 갈기갈기 찢어놓는 걸 구경시켜줄게. 미코와 네 새끼가 저 꼴을 당하지 않으려면 지금부터 서둘러야 할 거야. 1분이라도 늦으면 저년 꼴이 날 거라고. 하하하."

야나기가 광기 어린 웃음을 터뜨렸다. 영춘은 가운뎃손가락을 치켜세워 야나기한테 내밀고 영상통화를 끊어버렸다. 조식 세트가 나왔지만, 밥 먹을 기분이 아니었다. 루나의 비명이 귓가에서 떠나지 않았다. 놈들이 약속을 지킬 거라고 믿었던 걸까? 지난번 채권으로 당하고 나서도 전혀 학습이 안 됐다. 루나는 지금 그 대가를 혹독하게 치르고 있었다.

영춘은 택시를 잡아타고 구마모토역으로 향했다. 후쿠오카 하카타역까지 가서 도쿄행 신칸센 열차를 타면 오늘 밤 안에 도쿄에 도착할 수 있었다. 시간은 충분했다. 하지만 그럴 생각이 없었다. 지금 이대로 간다면 비트코인은커녕 목숨도 건사하기 힘들었다. 야나기의 말을 무시하고 '플랜 B'를 그대로 실행하기로 했다.

일단 후쿠오카국제공항으로 가서 한국행 비행기를 탄다.

서울에 도착하면 모든 인맥을 동원해 프로들을 모은다. 25만 개 비트코인이 걸린 사업이라고 하면 원하는 선수들은 모두 참여할 것이다. 그들과 함께 완벽한 계획을 세운 후 다케시와 담판을 짓는다. 목표는 비트코인 절반과 미코의 목숨이다. 미코를 두고 가는 게 마음에 걸렸지만, 호테이가 자신의 수중에 있는 이상 놈들이 미코에게 손대지는 못할 것이다.

영춘은 구마모토역에서 하카타행 신칸센 표를 끊었다. 한 시간 10분이면 하카다역에 도착한다. 후쿠오카 공항으로 이동해서 오후 5시에 출발하는 진에어 여객기를 타면 6시 30분에 인천국제공항에 도착한다. 이사부로 청부 살인 건은 이렇게 막을 내린다. 하지만 생각지도 못한 비즈니스가 생겼다. 두 번째 사업은 스케일부터 달랐다. 실패는 용납되지 않는다. 무엇보다 중요한 건 팀원 구성이다.

영춘은 신칸센 열차 안에서 명단을 작성했다. 가장 절실한 인재는 네고시에이터, 즉 교섭인이다. 자신을 대신해 협상할 수 있는 능력자를 찾아야 한다. 비트코인을 넘겨받으면 믹싱 작업할 자금세탁 전문가도 필요했다. 게다가 야쿠자뿐 아니라 삼합회, 마피아 등 범죄 조직의 추적에도 대비해야 한다.

한참 계획에 몰두하고 있는데, 준페이의 핸드폰이 진동했다. 구마모토종합병원에서 보내온 문자메시지였다.

환자분이 갑자기 사라져 급히 연락드립니다. 급성 중증 알레르기 반응으로 응급조치를 했으나, 정밀검사 결과 환자의 심혈관 상태가 매우 취약합니다. 아나필락시스가 재발하면 생명이 위험할 수 있습니다. 지금도 목구멍 부종이 심각한 상황입니다. 연락을 받는 즉시 바로 병원으로 돌아와주시기 바랍니다.

영춘은 급히 아이패드로 옻에 대해 검색했다. 옻의 주성분인 우루시올을 접촉하거나 섭취 시 심각한 알레르기 반응을 일으킨다고 했다. 심한 경우 기도가 막혀 질식사할 수 있었다. 영춘의 계획은 호테이가 수중에 있는 이상 미코가 안전할 거라는 전제하에 세운 것이었다. 그런데 미코가 당장 병원에 가지 않으면 생명이 위험한 상황이 되었다. 한국으로 돌아가 팀을 꾸리고 계획을 세울 시간이 없다는 뜻이다.

영춘은 눈을 감았다. 머릿속이 복잡한 수학 문제처럼 얽혀 있었다. 처음 목표는 비트코인이었지만, 지금은 미코를 구하는 일이 추가됐다. 그 전에 자신의 목표가 비트코인인지 미코인지 정확하게 결론을 내려야 한다. 비트코인이라면 '플랜 B'대로 움직이면 된다. 하지만 미코라면, 이대로 한국으로 갈 수는 없었다.

영춘은 갈등에 빠졌다. 언제부터 미코가 중요한 변수가 된 걸까? 무엇이 이토록 자신을 망설이게 하는 걸까? 쟁반을 가져다주러 간 아침 장면을 떠올렸다. 거절할 새도 없이 손을 덥석 잡아 집 안으로 끌고 간 그녀. 식탁에 앉혀놓고 부지런히

밥을 푸던 뒷모습. 식탁 위에서 올라오던 따뜻한 밥의 온기. 처음으로 '가족'이라는 감정을 느꼈다. 그녀와 미래를 꿈꾸기 시작한 것은 그때부터였다.

영춘은 다시 한번 '플랜 B'를 점검했다. 과연 한국으로 돌아가 새 팀을 구성하면 비트코인을 받아낼 수 있을까? 상대는 도쿄 최대의 야쿠자 조직이었다. 대일본국수회와 노부키 교수도 넘어야 할 또 다른 장벽이었다. 성공할 확률은 극히 낮았다. 차라리 루나처럼 현찰을 받아내는 방법이 현명할 수 있었다. 적당한 선에서 금액을 제시하면 성공할 가능성이 컸다. 과한 욕심보다는 현실적인 방안으로 가는 게 맞았다. 미코도 살리고 현찰도 적당히 받아낸다면, 이번 비즈니스는 성공이다.

하카다역에 도착했음을 알리는 안내 방송이 흘러나왔다. 후쿠시마에서 들개에 물린 자신을 위해 미코가 목숨을 걸고 약을 구해 왔었다. 진정한 킬러라면 은혜를 갚아야 한다. 미코를 위험 속에 두고 갈 수는 없다. 영춘은 어떤 희생을 치르더라도 미코만은 반드시 구하겠다고 결심하며 자리에서 일어났다.

19. 영춘, 합의문을 작성하다

영춘은 가로등 뒤에 몸을 감추고 아파트를 올려다봤다. 오미코로 가려고 했지만, 그곳에는 깁스를 한 채 독기를 잔뜩 품은 핫토리가 있었다. 괜히 분란을 일으킬 필요가 없었다. 아파트로 와 주변이 어둠에 묻힐 때까지 꼼짝하지 않고 지켜봤다. 5층 겐지의 방에서는 불빛이나 움직임이 전혀 없었다. 주차장도 평소와 다름없었다. 낯선 차량이 있었지만, 방문객인지 핸드백을 든 중년 여성이 이내 차를 몰고 사라졌다. 그래도 방심은 금물이다.

조심스레 아파트 현관으로 들어간 영춘은 3층 미코 집 앞에서 걸음을 멈췄다. 비밀번호를 누르고 안으로 들어갔다. 커튼이 잘 닫혀 있는지 확인하고 곧장 미코의 침대로 갔다. 오늘 밤은 여기서 보내기로 했다. 하얀 시트를 젖히고 침대 위에 몸을 눕혔다.

미코는 괜찮을까? 붉은 두드러기가 올라온 그녀의 얼굴이 떠올랐다. 응급처치를 받았지만, 의식을 찾지 못했다. 인터넷에서는 내장이나 인후가 부으면 숨이 막혀 죽는 일이 발생한다고 했다. 개코에게 병원에서 온 문자메시지를 전달했다. 미코가 무사하지 못하면 호테이는 영원히 구경할 수 없게 될 거라고, 다케시에게 전하라고 했다.

잠을 청했지만, 머리가 복잡해 좀처럼 잠이 오지 않았다. 미코의 과거에 대해 아는 것이 너무 없었다. 지금이 좋은 기회였다. 영춘은 화장대 위에 있는 수면 등의 버튼을 터치했다. 청백색 불빛이 화장대 주변을 밝혔다. 첫 번째 서랍을 열자, 자잘한 소품 사이로 파우치 하나가 보였다. 안에 약간의 현금과 통장이 들어 있었다. 코로나 방역 대책 완화 이후 잔액이 조금씩 늘고 있었다. 빨간 줄 두 개가 선명한 유선형의 스틱도 보였다. 코로나에 걸리면 많이 아프다던데……. 아직 코로나에 걸린 적이 없는 영춘으로서는 감을 잡기 어려웠다.

두 번째 서랍엔 앨범이 있었다. 갓난아기 때부터 유치원, 초등학교 때까지 미코의 성장 과정이 시기별로 정리되어 있었다. 영춘은 그중 한 장을 꺼냈다. 등에 찹쌀떡을 멘 미코의 돌 사진이다. 미코가 귀여운 표정으로 카메라를 향해 손을 뻗고 있다. 짙은 눈썹에 입을 꾹 다문 모습에서 고집이 느껴졌다.

영춘은 사진을 주머니에 넣고 앨범을 넘겼다. 뒤로 갈수록 '불량소녀 미코'에서 '살벌 미코'의 모습으로 변해갔다. 고스족처럼 진한 화장과 노랗게 염색한 머리카락이 낯설었다. 남학생 교복을 입은 여자들 가운데 혼자만 특공복(과거 일본의 불량배들이 입던 긴 기장의 화려한 재킷)을 입고 팔짱을 낀 미코의 모습은 포스가 작렬했다.

부스럭 소리가 들렸다. 영춘은 급히 수면 등을 끄고 일어나 베란다의 커튼을 살짝 열었다. 고양이 한 마리가 빨래 건조대 밑으로 기어들어 가고 있었다. 자리를 잡은 고양이가 웅크린 채 영춘을 노려봤다. 노란 눈빛이 후쿠시마에서 봤던 들개를 떠올리게 했다.

영춘은 안도하며 커튼을 닫으려다 멈췄다. *못 보던 차인데……*. 겐지의 아파트 정면에 승용차 한 대가 주차돼 있었다. 차량 안에서 빨간 불꽃이 깜박였다. 담뱃불은 어둠 속 2킬로미터 밖에서도 보인다. 잠복의 기본도 모르는 놈들이다.

영춘은 빠르게 배낭을 챙겨 복도 비상계단으로 빠져나왔다. 주차장을 멀찍이 돌아 거리를 둔 채 승용차 뒤편으로 갔다. 도요타 크라운. 요즘은 벤츠를 많이 타지만, 한때는 야쿠자들이 많이 애용하던 고급 세단이다. 짙은 선팅 때문에 안이 전혀 보이지 않았다.

지금쯤이면 핫토리 놈들이 철수했을지 모른다. 오미코에 가려고 돌아서는 그 순간, 주차장으로 승용차 한 대가 들어왔다. 후드를 뒤집어쓴 여자가 차에서 내렸다. 미나미 경사? 아파트로 들어간 유키가 5층 복도에서 모습을 드러냈다. 그녀는 망설임 없이 겐지 아파트의 초인종을 눌렀다. 그 순간, 크라운에서 깍두기 두 놈이 내렸다. 멸치처럼 마른 놈과 스모 선수처럼 뚱뚱한 놈이다. 뚱뚱한 놈이 눈에 익었다.

유키가 저들에게 잡힌다면 언더커버, 즉 잠입 요원이라는 사실이 들통난다. 그러면 드럼통 신세가 되는 건 시간문제다. 영춘은 급히 크라운의 운전석 쪽 문을 열었다. 다행히 차 키가 꽂혀 있었다. 두 놈이 현관 안으로 들어간 간 것을 확인하고, 상향등을 여러 번 깜박였다. 유키가 고개를 돌렸다. 영춘은 차 앞으로 나와 손을 흔들었다. 유키가 두 놈이 올라가는 계단으로 방향을 틀었다. 마음이 급해진 영춘은 다시 차 안에 들어가 클랙슨을 눌렀다. "빠아앙!" 하는 소리가 조용한 아파트 단지를 뒤흔들었다. 유키가 놀란 듯 걸음을 멈추고 주위를 살폈다.

소리를 들은 두 놈이 계단을 뛰어오르는 모습이 보였다. 영춘은 크라운 앞에서 필사적으로 반대쪽 비상구를 가리켰다. 그제야 상황을 눈치챘는지 유키가 비상구를 향해 달려갔다. 비상계단 입구에 도착할 때쯤 놈들은 5층 복도에 들어섰다. 비쩍 마른 놈이 앞장서고, 그 뒤를 판다가 헉헉대며 따라갔다.

그냥 두면 유키가 잡힐 것 같았다. 비상계단 밑으로 달려가며 무기로 쓸 만한 게 있는지 둘러봤다. 계단 벽면에 세워놓은 대걸레를 집어 계단 사이에 끼워 넣었다. 우당탕거리며 철제 계단을 내려오는 소리가 들렸다. 눈앞으로 깜찍한 스니커즈가 지나갔다. 잠시 후 반질반질 윤이 나는 가죽 구두가 따라왔다.

영춘은 대걸레를 힘껏 들어 올렸다. 우당탕 소리와 함께 비쩍 마른 놈이 바닥으로 꼬꾸라졌다. 이어 거대한 구두가 나타났다. 다시 대걸레를 들어 올렸다.

"어어어!"

판다가 날아오르더니 바닥을 짚고 일어서려는 홀쭉한 놈 위에 떨어졌다. "꽤액!" 하는 처절한 비명이 주차장에 울려 퍼졌다.

차에 올라타려던 유키가 놀라 고개를 돌렸다. 영춘은 유키에게 손을 흔들어주고 크라운을 향해 달려갔다. 유키가 먼저 주차장을 빠져나갔다. 뒤따라가며 보니 판다가 몸을 일으키고 있었다. 밑에 깔린 홀쭉이는 일어날 생각조차 없어 보였다.

주차장을 빠져나온 영춘은 유키와 반대 방향으로 차를 몰았다. 지금 그녀를 만나봤자 목에 칼이나 들이대지 좋은 소린 못 들을 게 뻔했다. 오미코 앞에 핫토리 패거리의 검정 세단이 여전히 버티고 있었다. 밤을 샐 작정 같았다. 하는 수 없이 사이쿠엔 공원 근처에 주차하고 눈을 붙였다.

똑, 똑, 똑. 차장을 두드리는 소리에 눈을 떴다. 밖은 훤하게 밝아 있었다. 좁은 차 안에서 잤더니 몸이 뻐근했다. 영춘은 밖으로 나와 기지개를 켰다. 앞에서 자전거를 탄 순찰 경관이 열심히 페달을 밟으며 멀어져갔다. 와이퍼에 지라시 두 장이 끼어 있었다. 한 장은 경고장, 또 한 장은 7,000엔짜리 주차위반 딱지였다. 새벽부터 성실하게 일하는 경관 아저씨를 영춘은 존경의 눈으로 바라봤다.

교통 딱지를 대시보드 위에 던져놓고 시동을 걸었다. 오미코 앞에 서 있던 검정 세단이 사라졌다. 담배꽁초만 차도 주변에 널려 있었다. 밤샘 근무를 마치고 돌아간 모양이었다. 영춘은 오미코 계단을 내려갔다. 한동안 비어 있던 탓에 가게 안이 썰렁했다.

영춘이 오미코에 온 목적은 연장을 챙기기 위해서다. 이나가와구미의 아가리 속으로 들어가야 하는데 맨몸으로 갈 수 없었다. 주방에서 연장 가방을 가지고 나왔다. 이것저것 만져보다 그냥 다 가져가기로 했다. 이나가와의 소굴에 들어가면 어떤 일이 벌어질지 모른다. 상황에 따라 필요한 무기를 꺼내 쓰기로 했다. 연장을 모두 장착하고 보니, 몸의 실루엣이 전체적으로 불룩해졌다. 검정 트렌치코트를 위에 걸치고 허리띠를 단단히 조였다. 은폐는 가능했지만, 동작이 둔해졌다. 이번 협상에서 삼십육계는 없다. 정면 돌파가 기본 전략이다. 기동성은 중요하지 않았다.

연장 가방을 꺼낸 자리에 배낭을 숨겼다. 배낭에는 아소산 별장에서 찾은 회계장부와 서류 뭉치, 루나의 아이패드, 가짜 칠복신 그리고 비상약 등이 들어 있었다. 마지막으로 가장 중요한 호테이를 테이블 위에 올려놓았다. 배가 불룩 나온 포대화상布袋和尚이 온화한 미소를 짓고 있다. 호테이를 보고 있자니 한숨만 나왔다. 미코, 준페이 그리고 자신의 목숨이 이 인형에 달려 있었다. 영춘은 다케시의 저택에서 살아 나올 가능성을 따져봤다. 호테이를 그냥 넘겨줄 경우, 확률은 제로에 가까웠다. 안전을 담보할 장치가 필요했다.

A4 용지 위에 합의 사항을 적기 시작했다. 비트코인은 포기했다. 그 대신 약간의 현금을 요구했다. 두 사람의 목숨을 구하려면 실현 가능한 범위 안에서 협상안을 제시해야 한다. 펜을 내려놓고 합의 사항을 읽어봤다. 저들이 원하는 건 비트코인이고, 자신이 원하는 건 미코였다. 서로 원하는 걸 충족시켜 주었으니 합의가 가능할 것이다. 영춘은 합의문을 품속에 집어넣었다.

이제 호테이를 숨겨놓을 차례다. 나중에 놈들이 찾았을 때 수긍할 만한 장소여야 한다. 너무 쉬워도, 너무 어려워도 안된다. 고민 끝에 배낭에서 가짜 비밀번호가 새겨진 호테이를 두 개 꺼내 루팡으로 갔다. 문틀 위에 올려져 있던 열쇠를 찾아 안으로 들어갔다. 한동안 비어 있던 루팡도 썰렁하기는 마찬가지였다. 영춘은 바텐더용 찬장 안에 있는 머그잔 속과 키 평한 술병 뒤에 각각 호테이를 숨기고 돌아왔다.

진짜는 〈행복한 눈물〉 액자 뒤에 테이프로 붙여놓았다. 마지막으로 협상이 결렬될 경우를 대비해 탈출 방안을 마련해

놓아야 한다. 외부 조력자가 필요했다. 아무리 생각해도 모리 외에는 떠오르는 사람이 없었다. 알코올만 넣어주면 멀쩡한 사람보다 더 멀쩡했다. 미코의 생사가 달린 문제라면 기꺼이 도와줄 것이다. 시계를 보니 9시가 조금 넘었다. 모리를 만나고 가도 시간은 충분했다. 영춘은 루팡에서 챙긴 발렌타인을 들고 자리에서 일어섰다.

12시 정각, 영춘은 다케시의 저택에 도착했다. 개코가 깍두기 서너 명을 대동한 채 기다리고 있었다. 모리를 만나고도 시간이 남아 오랜만에 한국 식당에서 삼겹살을 먹었다. 연장에, 과식까지 했더니 몸이 무거웠다. 영춘은 천천히 차에서 내렸다. 영춘을 쳐다보는 개코의 표정이 굳어 있었다. 자신이 겐지가 아닌 걸 이놈은 알고 있었다.

"가시죠."

개코가 정중하게 인사하고 앞장섰다. 적어도 정체를 폭로하지 않은 건 확실했다. 오카다 출소 날에 나와달라고 한 요청은 아직 유효한 걸까? 영춘은 천천히 개코의 뒤를 따라갔다. 귓가에 씩씩대는 숨소리가 들렸다. 고개를 돌려보니 판다가 바로 뒤에서 영춘을 노려보고 있었다. 대시보드에 올려놓은 주차위반 딱지 때문일까?

"파트너인 호리카와가 장파열에, 갈비뼈 골절로 입원해서 그럴 겁니다."

개코가 고개도 돌리지 않고 말했다. 아, 맞다. 저 덩치가 멸

치 같은 놈을 그대로 깔아뭉갰지. 그 당시 질렀던 비명을 생각하면 죽지 않은 게 이상할 정도다. 그러게 진작 다이어트 좀 하지 그랬어? 영춘이 휙 돌아서자, 바싹 따라붙은 판다가 움찔했다. 입김을 훅 불어주자 마늘 냄새에 질겁한 판다가 기겁하며 뒤로 물러섰다. 개코가 어이없다는 표정으로 영춘을 쳐다봤다.

영춘은 개코를 지나쳐 앞장서서 걸어갔다. 벌써 세 번째 방문이다. 이제는 안내 없이도 내전까지 찾아갈 수 있었다. 정원을 지나는데, 본채 2층 난간에서 팔짱을 끼고 서 있는 다케시 모습이 보였다. 오늘은 내전이 아니라 2층에서 협상하려는 모양이다.

영춘은 숨을 고르며 앞으로 펼쳐질 상황을 머릿속에 그려봤다. 목표는 간단했다. 미코와 살아서 이곳을 나가는 것. 비트코인에 대한 욕심을 내려놓은 만큼 협상의 여지가 있었다. 마음을 굳게 먹고 2층 계단을 올랐다.

넓찍한 테라스의 통가죽 의자에 다케시가 앉아 있었다. 그 뒤를 야나기를 비롯한 간부들이 병풍처럼 둘러쌌다. 원목 테이블 앞에 다른 의자는 보이지 않았다. 위에서 내려다보며 기선을 잡으려는 속셈인가? 영춘은 느릿느릿 다케시 앞으로 갔다. 오늘은 속옷도 입었겠다, 꿀릴 이유가 없었다. 테이블을 옆으로 밀고 다케시와 마주했다. 트렌치코트 자락을 뒤로 젖혀 바닥에 가부좌하고 앉았다. 다케시의 눈썹이 꿈틀거렸다.

"개코, 저 새끼 몸수색은 한 거야?"

야나기가 소리쳤다. 개코가 고개를 저었다.

"이런 멍청한 놈! 오야붕 앞에 오는데 몸수색도 안 해? 후토이!"

쿵, 쿵, 쿵. 마룻바닥이 울리더니 판다가 앞으로 나왔다. 영춘의 어깨를 양손으로 잡고는 엄청난 힘으로 일으켜 세웠다. 영춘은 뿌리칠까 하다가, 그냥 몸수색을 받기로 했다. 어차피 싸움으로는 승산이 없었다. 지금 필요한 건 배포와 머리였다. 판다의 손길이 영춘의 몸을 훑기 시작했다. 뭔가 이상했다. 아무리 둔한 놈이라도 허리에 감은 체인을 놓칠 리 없었다. 놈의 손이 상체를 대충 훑고 넓적다리까지 내려왔다. 사타구니 근처에서 놈이 영춘을 올려다보며 씩 웃었다. 순간 영춘의 손도 재빨리 움직였다. 놈이 그의 낭심을 움켜쥐었지만 힘을 주지는 못했다. 녀석의 목에 송곳 끝이 닿아 있었다. 허연 비곗살 위로 붉은 핏물이 주르륵 흘러내렸다.

"뭐 하는 짓이야?"

다케시가 의자에서 벌떡 일어섰다.

"후토이, 물러서!"

야나기가 소리쳤다. 놈의 관자놀이에서 흘러내린 땀방울이 턱 밑을 거쳐 똑똑 마룻바닥으로 떨어졌다. 판다가 손아귀 힘을 서서히 풀었다. 영춘도 천천히 송곳을 거둬들였다.

"제멋대로 날뛰고, 도대체 애들 교육을 어떻게 시킨 거야?"

다케시의 주먹이 부기가 남아 있는 야나기 얼굴을 강타했다. 야나기가 나가떨어지자, 후토이가 통통 달려가 일으켜 세웠다.

"사루!"

다케시가 소리쳤다. 개코가 어슬렁어슬렁 앞으로 걸어 나왔다. 영춘의 손에 들려 있던 송곳을 빼앗아 테이블 위에 올려놓고 몸수색을 시작했다. 옆구리에서 중식 칼과 데바 칼(생선을 해체할 때 쓰는 칼), 허리에 감겨 있던 체인과 슈리켄(수리검) 및 쇠구슬, 그리고 양쪽 종아리에서 사시미칼 네 자루에 카바나이프 한 자루씩 총 여섯 자루, 마지막으로 허리춤에서 멍키스패너를 꺼냈다. 멍키스패너는 들개를 잡을 때 재미를 본 연장이었다. 테이블 위에 늘어놓은 연장을 본 다케시가 어이없다는 표정을 지었다. 꺼내놓고 보니 많기는 했다. 과유불급이라고 했던가? 너무 많으면 없느니만 못하다. 오늘은 송곳 하나면 충분했다. 영춘은 트렌치코트를 여미고 다시 책상다리를 했다.

"저어, 종이도 한 장 있는데요."

개코가 A4 용지를 다케시에서 내밀었다.

"그건 뭐야?"

"'합의문'이라고 쓰여 있는데요."

"합의문?"

"네, 겐지 형님이 내건 조건 같습니다."

"혀엉님?"

다케시가 인상을 쓰며 개코를 노려봤다. 이 악당들 사이에서 가장 친근한 사람은 개코였다. 잠시에 불과했지만, 함께 지내며 알게 모르게 정이 들었다. 자신의 의중을 잘 파악하고, 속삭이는 말도 잘 알아들었다. 영춘은 자기 때문에 개코가 피해 보는 일이 없었으면 싶었다.

"읽어봐."

다케시가 의자에 등을 기댔다. 다행히 폭력 사태로 번지지는 않았다. 개코가 합의문을 큰 소리로 낭독했다.

합의문

이나가와구미 오야붕 구로사와 다케시와 이시카와 겐지는 비트코인 이십오만일천구백십구 개의 암호키가 적인 칠복신을 둘러싼 문제에 대해 다음과 같이 합의한다.

첫째, 다케시는 미코와 준페이를 즉각 석방한다.

둘째, 앞으로 아니가와구미를 비롯한 핫토리 등 야쿠자들은 절대 민들레 상가 근처에 얼씬거리지 않는다.

셋째, 민들레 상가의 부채 상환 자금과 오미코가 영업하지 못해 입은 손해배상금 등을 포함해서 총 오억 엔을 현금으로 즉시 미코에게 지급한다.

넷째, 기름을 가득 넣은 벤츠 한 대를 정문 앞에 바로 대기시킨다.

이상의 조건이 모두 이행된 것을 확인한 후, 겐지는 다케시에게 호테이를 넘긴다.

2022년 9월 31일

구로사와 다케시 　　　　　 이시카와 겐지
＿＿＿＿＿＿＿　　　　　　 ＿＿＿＿＿＿＿

"음……."

다케시가 낮은 신음을 내며 눈을 감았다. 이 정도면 나쁜 조건은 아니었다.

"5억 엔을 현찰로 달라고……."

눈을 뜬 다케시가 영춘을 내려다보며 천천히 고개를 주억거렸다. 무려 25만 개의 비트코인을 5억 엔에 넘기는 조건이다. 이 정도면 거저라고 봐야 한다. 시간을 끄는 건 그저 고민하고 있다는 걸 보여주기 위한 쇼에 불과했다.

"좋아, 조건을 들어주지."

다케시가 호기롭게 외치며 손을 뻗자, 깍두기 하나가 만년필을 건넸다.

"아직 하나 더 남아 있는데요."

개코가 다케시의 눈치를 보며 쭈뼛거렸다.

"뭔데?"

다케시가 인상을 쓰며 개코 손에서 합의문을 잡아채 소리 내어 읽기 시작했다.

"추신. 이 합의문은 양자 서명을 마친 후에 공증을 위하여 모든 사람이 인지할 수 있도록 전체 내용을 원본 그대로 인터넷에 공개한다."

20. 영춘, 무릎을 꿇다

"이게 뭔 말이지?"

내용이 이해가 안 되는지 다케시가 고개를 들어 야나기를 보았다.

"그건 절대 안 됩니다."

얼굴에 물수건을 대고 있던 야나기가 다케시 옆으로 다가왔다.

"이 합의문이 그대로 인터넷에 올라가면 천하의 이나가와가 애송이 겐지 손에 놀아났다는 걸 만천하에 까발리는 셈입니다. 이건 조직의 자존심 문제입니다. 이것만은 절대 안 됩니다."

그제야 내용 파악이 된 걸까? 다케시의 얼굴이 시뻘겋게 달아올랐다. 분노를 억누르듯 다케시가 천천히 눈을 감았다가 떴다.

"겐지, 네 요구는 들어줄 수 없어."

다케시가 자리에서 일어섰다.

"노부키 교수 말이 비밀번호를 세 번 틀리면 비트코인은 영원히 컴퓨터 안에 갇혀버린다고 했어. 그런데 네놈 농간에 벌써 두 번이나 엿을 먹었어. 이제 남은 기회는 딱 한 번뿐이야."

다케시가 탁자 위에 놓인 연장들을 힐끗 보고는 영춘 앞으로 다가왔다.

"호테이를 받고 너희를 풀어줬는데, 또 나를 속인 거면 어쩌지? 비빌번호가 틀린 거면 난 어디에다 하소연하느냐고."

다케시가 허리를 숙여 영춘에게 얼굴을 바싹 들이댔다.

"내 조건은 이래. 내가 직접 쓰쿠바에 가서 암호 작업을 무사히 마치면, 그때 너희들을 보내주지. 보상금도 두둑이 챙겨주고 말이야. 그 전까지 여기서 얌전히 기다리고 있는 거야, 어때?"

다케시가 미소를 지으며 새로운 조건을 제시했다. 받아들일 수 없는 조건이다. 놈이 비트코인을 손에 넣게 되면, 비밀을 지키기 위해서라도 우릴 살려두지 않을 것이다. 바로 드럼통에 들어간다고 봐야 한다. 여기서 살아 나가기 위해서는 기존의 조건을 그대로 관철시켜야 한다. 영춘은 고개를 들고 다케시 어깨 너머 개코를 바라봤다. 개코가 고개를 끄덕였다. 승복하라는 뜻 같았다. 영춘은 반대로 고개를 가로저었다.

"휴!"

다케시가 한숨을 크게 내쉬었다.

"가서 끌고 와!"

다케시 지시에 깍두기 몇 놈이 난간 너머 계단을 내려갔다. 잠시 후 아래쪽에서 떠들썩한 소리가 들려왔다.

"이거 놔! 루나는 어디 있어?"

"야, 이 멍청한 놈아! 그렇게 당하고도 아직 루나 타령이야?"

영춘은 계단을 향해 고개를 돌렸다. 미코와 준페이가 끌려오고 있었다. 야쿠자 본거지에서 밤을 보낸 사람치고는 둘 다 기세가 대단했다. 미코는 하늘색 환자복을 그대로 입고 있었다. 다행히 얼굴에 돋았던 두드러기는 깨끗이 가라앉았다. 영춘이 일어서려 하자, 판다가 무서운 힘으로 영춘의 어깨를 짓눌렀다.

"겐지, 걱정 마. 우린 괜찮아."

다섯 명의 야쿠자에게 둘러싸인 미코가 해맑게 웃으며 손을 흔들었다. 아직 바케몬의 존재를 모르는 듯했다. 그 괴물을 봤다면 저런 표정이 나올 리 없었다. 영춘은 빨리 협상을 마무리 짓기 위해 다케시를 향해 자세를 바로 했다.

"겐지, 마지막 기회를 주겠어. 호테이를 여기 탁자 위에 올려놓고 저 둘하고 얌전히 별채에서 기다리고 있어."

영춘은 손짓으로 개코를 불렀다. 개코가 다가와 한쪽 무릎을 꿇었다. 귀에 대고 수정한 조건을 말해줬다.

"호테이를 넘겨줄 테니 두 사람을 보내달라고 합니다. 겐지 형님 혼자 남겠다고 합니다."

"안 돼, 겐지! 난 혼자서는 절대 안 갈 거야."

개코의 말이 끝나기 무섭게 미코가 소리쳤다.

"그래, 우리는 루나랑 다 같이 갈 거야."

준페이도 고성을 질렀다.

"네가 여기까지 목숨 걸고 온 건 애인과 배 속 아기 때문이겠지? 저년은 보내줄 수 없어. 대신 저 시끄러운 놈은 보내주지."

"나도 루나 없이는 안 갈 거야. 빨리 루나를 데려와!"

준페이가 마룻바닥에 주저앉았다.

"휴!"

다케시가 한숨을 내쉬고는 탁자에 놓인 연장을 바라봤다. 멍키스패너를 보고는 재밌다는 듯 씩 웃었다. 이제 논리적 협상은 끝나고 물리적 협상만 남았다. 영춘은 호테이를 믿고 끝까지 가보기로 했다. 다케시가 멍키스패너로 손바닥을 톡톡 내리치며 다가왔다.

"어휴, 마늘 냄새!"

영춘 앞에 쪼그려 앉은 다케시가 인상을 썼다.

"너도 참 성가신 놈이야. 시키는 대로 하고 살면 좀 좋아?"

다케시가 멍키스패너로 영춘의 무릎을 톡톡 내리쳤다. 판다가 어깨를 누르고 있어 꼼짝할 수 없었다.

"겐지야, 쟤가 뭐가 좋다고 그러냐? 네가 원하기만 하면 훨씬 좋은 여자를 얼마든지 가질 수 있는데."

다케시가 스패너로 영춘의 턱을 들어 올렸다.

"겐지, 내가 너에게 주는 마지막 배려야. 호테이만 넘겨주면 내가 저 두 놈을 깨끗이 처리해줄게. 넌 여기 남아 내 후계자로 살아가는 거야. 네가 원하는 건 뭐든지 할 수 있어."

역시……. 영춘은 입술을 질끈 씹었다. 이놈은 애초부터 아무도 살려줄 생각이 없었다. 여기서 살아 나가려면 조건을 그대로 관철시켜야 한다. 협상에 대한 자신의 의지를 보여줄 필요가 있었다.

"퉤!"

하얀 침이 다케시 뺨에 달라붙었다. 야쿠자들이 깜짝 놀라 입을 쩍 벌렸다.

"그래, 아빠가 되려면 강해져야지."

다케시가 별일 아니라는 듯 손등으로 침을 닦아냈다. 그리고 영춘의 어깨를 짚고 일어섰다. 미코를 죽이지는 못한다. 그녀가 죽으면 절대 호테이를 넘기지 않을 걸 다케시도 알고 있다. 하지만 준페이는 아니다. 인질로서 가치가 없다. 제발 나대지 않았으면…….

"흑곰이고 불곰이고 간에 우리 루나한테 손끝 하나라도 댔기만 해봐. 내가 가만 안 둘 거야!"

준페이 성향상 그건 무리였다.

"겐지!"

다케시가 외치자, 판다가 영춘의 어깨를 억지로 돌려 다케시를 보게 했다. 그는 미코와 마주 앉아 있었다. *설마 미코를 어쩌지는 않겠지……*. 영춘은 불안한 마음으로 상황을 지켜봤다.

"음, 좋은 얼굴이야."

다케시가 멍키스패너로 미코의 턱을 받쳐 들었다.

"살결도 하얗고, 살집도 적당히 올라와 있고. 겐지, 안목이 상당하군."

다케시가 미코를 보며 감탄했다.

"푸하하하. 이 아저씨, 완전히 맛이 갔네."

미코가 재미있다는 듯 웃어댔다. 어디서도 겁먹은 기색을 찾아볼 수 없었다.

"당신이 그 유명한 다케시야? 그렇지 않아도 한번 보고 싶었는데,"

미코가 다케시를 뚫어지게 쳐다봤다.

"지금은 식당을 하고 있지만, 예전에는 요요기 공원 스가렌의 두목이었다고 합니다. '면도날 미코'로 제법 이름을 날렸다고 합니다."

야나기가 다케시의 귀에 대고 속삭였다.

"좋은 담력이야. 한가락 한다는 놈들도 내 앞에만 오면 벌벌 떨기 마련인데……."

다케시가 미코의 배짱을 인정한다는 듯 고개를 끄덕였다.

"우리 조직에 들어올 생각 없나? 호테이가 어디 있는지 알려주면 내 후계자로 삼아주지."

"이 아저씨, 바보 아냐? 그럴 리가 없잖아."

미코가 어처구니없다는 듯 조소를 날렸다. 다케시가 화를 참지 못하고 미코의 머리채를 잡아챘다.

"우리 누나한테서 손 안 떼?"

준페이가 소리 질렀다.

"참, 여기 인질이 하나 더 있지."

이번에는 스패너로 미코의 아랫배를 쿡쿡 찔러댔다. 미코가 얼른 두 손으로 배를 감싸며 뒤로 물러섰다.

"새끼 걱정이 되나 보지? 겐지! 아들인지 딸인지 한번 확인해볼까?"

다케시가 영춘을 돌아보며 잔인한 미소를 지었다. 멍키스패너를 쥔 다케시의 손이 서서히 위로 올라갔다. 아, 아, 아, 아, 아, 안……. 혀가 입안으로 말려 들어갔다. 너무 급하거나 긴장되면 습관적으로 생기는 버릇이었다. 영춘은 말을 뱉어내기 위해 안간힘을 썼다.

"야, 나랑 붙자. 치사하게 여자들 앞에서만 센 척하지 말고, 남자끼리 한판 붙어보자고!"

멍키스패너가 허공을 가르더니 옆에 있던 준페이의 머리를 강타했다. 픽, 하는 둔탁한 소리와 함께 준페이가 맥없이 바닥에 고꾸라졌다.

"준페이!"

미코가 비명을 질렀다.

"이거 시끄러워서 비즈니스를 제대로 할 수가 있나."

준페이 쪽으로 몸을 돌린 다케시가 피 묻은 스패너를 다시 고쳐 잡았다.

"야, 다케시!"

날카로운 목소리가 허공을 찢었다. 영춘이 흠칫할 정도로 힘이 실린 목소리였다. 다케시가 고개를 돌렸다.

"쌍놈의 새끼!"

미코가 자리에서 용수철처럼 튀어 올랐다. 하얀 빛이 번쩍이더니 다케시의 뺨 위에 선을 그리며 지나갔다. 선명한 핏줄기가 허공에 뿌려졌다.

"악!"

다케시가 비명을 지르며 뒤로 물러났다. 얼굴을 감싼 손가락 사이로 피가 흘러나왔다. 미코가 멍하니 다케시를 쳐다봤다. 손에서 면도날이 바닥으로 툭 떨어졌다.

아, 아, 아, 아, 안……. 영춘은 팔꿈치로 판다의 사타구니를 강하게 올려쳤다. 판다가 두 손으로 사타구니를 감싸며 물러났다. 영춘은 미코를 향해 몸을 날렸다. 칼을 뽑아 든 다섯 명의 야쿠자들이 일제히 달려들고 있었다. 우측에 있던 놈이 먼저 미코의 얼굴을 노렸다. 영춘이 놈의 손목을 잡아 비틀자, 우두둑 뼈 부러지는 소리가 났다. 놈이 한 바퀴 돌아 바닥에 나가떨어졌다. 칼날이 옆구리를 스치면서 지나갔다. 영춘은 비명을 삼키며 바닥에서 칼을 주웠다. 놈들의 움직임을 파악할 시간이 없었다. 몸이 본능에 따라 움직였다. 손목 두 개를 끊는 동안 칼날이 두 번 등을 스치고 지나갔다.

"아악!"

미코가 비명을 질렀다. 오른쪽 정강이에 칼날이 박혔다. 파란 환자복이 금세 붉게 물들었다. 두 개의 칼날이 미코의 얼굴을 노리며 내려왔다. 동시에 막는 건 불가능했다. 영춘은 오른쪽 칼날을 막으며 왼쪽 칼날에 목을 디밀었다.

"안 돼! 죽이지 마!"

다케시의 목소리가 쩌렁쩌렁 울렸다. 칼끝이 목을 간신히 비껴 지나갔다.

"다들 물러나!"

다케시가 앞으로 걸어 나왔다. 왼뺨에 상처가 길게 나 있었다. 핏물이 상처를 타고 흘러내렸다. 살벌 미코의 면도날이 제대로 먹혔다. 야나기가 쪼르르 다가와서 다케시의 뺨에 거즈를 붙여줬다.

"오랜만에 피를 보네. 그것도 계집년한테."

다케시가 미코 앞에 앉았다. 불길한 예감이 머릿속을 스쳐 지나갔다. 영춘은 급히 넓적다리 사이에 있는 미코를 끌어 올렸다.

"겐지, 이제 내 인내심도 한계가 왔어. 자업자득이야."

다케시가 미코 정강이에 박힌 칼 손잡이를 잡았다. *안 돼. 하지 마.* 영춘이 손을 뻗자, 판다가 무릎으로 영춘의 등뼈를 사정없이 눌러버렸다. 꼼짝할 수 없게 된 영춘은 속수무책으로 다케시를 바라봐야 했다.

다케시가 사시미칼을 천천히 밑으로 잡아당겼다. 미코가 몸부림을 치며 절규했다. *하지 마. 제발 하지 말라고.* 영춘의 목에선 비명에 가까운 괴성만 흘러나왔다. 붉은 피가 튀었다. 살이 정육점 고기처럼 잘려 나갔다. 미코가 영춘의 허벅지를 잡고 필사적으로 버텼다. 미코의 손톱이 허벅지 살점을 파고들었다. 칼날이 발목까지 내려갔다. 비명이 서서히 잦아들고, 미코의 손이 마룻바닥으로 툭 떨어졌다. 핏물이 마룻바닥을 타고 번져나갔다. 다케시가 칼을 들고 일어섰다.

"겐지, 이대로 두면 과다 출혈로 죽을 거야. 호테이는 어디 있지?"

영춘은 정신을 잃은 미코를 내려다봤다. 바지 천을 물고 몸부림을 쳤던 입가에 핏물이 맺혀 있었다. 미코가 기절하자 모든 게 평온해 보였다. 모든 감각이 멎어버린 듯했다. 눈은 흐릿했고, 귀에선 아무 소리도 들리지 않았다. 영춘은 무기력한 표정으로 주변을 둘러봤다. 칼을 들고 서 있는 야쿠자들의 모습이 안개 속 장대처럼 흐릿하게 보였다. 개코가 측은한 눈빛으로 영춘을 보았다.

"안 되겠다. 후토이!"

다케시가 소리치자, 후토이가 휘파람을 길게 불었다. 미코가 영춘의 다리 사이에서 스르륵 빠져나갔다. 영춘이 붙잡으려 손을 내밀었지만 허공만 휘젓고 말았다.

"형님, 정신 차리셔야 합니다."

개코가 영춘의 뺨을 사정없이 갈겼다. 정신이 번쩍 들었다. 미코가 질질 끌려가고 있었다. 영춘은 그녀를 향해 바닥을 기어갔다.

"한심한 놈."

야나기가 영춘을 일으켜 세워 난간으로 밀어붙였다. 아래에선 바케몬이 달려오고 있었다. 판다가 미코의 목을 부여잡고 난간 밖으로 내밀었다. 찢어진 다리에서 피가 뚝뚝 떨어졌다. 피 냄새에 흥분한 바케몬이 날뛰기 시작했다.

"겐지! 셋을 세기 전에 호테이를 내놓지 않으며 저년과 네 새끼는 바케몬의 밥이 될 거야. 후토이! 내가 셋을 세면 묻지 말고 그냥 던져버려."

"네."

판다가 무표정한 얼굴로 대답했다.

"하나."

다케시가 카운트다운을 시작했다. 영춘은 미코와 다케시를 번갈아 쳐다봤다. 단순한 위협이 아니었다. 땀이 차는지 손바닥이 축축해졌다. 영춘은 처음으로 죽음을 생각했다. 미코를 저 괴물에게 내줄 수는 없었다.

"둘."

잠시 침묵했던 다케시가 낮고 차가운 목소리로 내뱉었다. 팽팽한 긴장감에 모두가 숨을 죽였다. *자, 자, 자, 잠…….* 영춘은 항복하려 했지만 말려 들어간 혀가 목구멍을 막았다. 다케시가 '셋'을 세기 전에 말을 끄집어내려고 안간힘을 썼다. 그럴수록 혀는 더 안으로 말려들었다. 식은땀이 온몸을 적셨다.

"셋."

"잠깐!"

모두의 시선이 소리가 난 쪽으로 돌아갔다. 놀랍게도, 소리친 사람은 개코였다. 영춘은 자리에 주저앉고 말았다. 개코가 영춘에게 다가와 한쪽 무릎을 꿇었다.

"겐지 형님이 호테이가 있는 장소를 말씀해주셨습니다."

다케시가 고개를 끄덕이며 판다에게 손짓했다. 판다가 아쉽다는 듯 입맛을 다시며 미코를 마룻바닥에 내동댕이쳤다.

"좋아. 개코, 너는 가서 호테이를 가져와. 야나기, 너는 물건을 확인할 때까지 저것들을 창고에 집어넣고 감시해."

다케시가 넌더리가 난다는 듯 머리를 좌우로 흔들며 계단을 내려갔다.

21. 영춘, 비골을 가슴에 품다

영춘은 납덩이처럼 무거워진 눈꺼풀을 억지로 들어 올렸다. 누가 접착제를 발라놓은 듯 눈두덩이 무겁기만 했다. 주변을 살피기 위해 얼굴을 돌렸다. 차가운 흙이 볼을 스치고, 서늘한 냉기가 바닥에서 올라왔다. 역한 배설물 냄새와 짙은 누린내가 코를 찔렀다. 발을 뻗자, 부드러운 물체가 발끝에 닿았다. 점차 주변 소리가 들려왔다. 풀벌레 우는 소리, 대나무를 스치는 바람 소리, 잉어가 첨벙대는 물소리.

하늘을 올려다봤다. 눈꺼풀 사이로 달빛이 스며들었다. 남청색 하늘에 상현달이 떠 있었다. 손을 짚고 일어나려 했지만, 몸이 말을 듣지 않았다. 수갑이 채워져 있었다. 영춘은 차가운 공기를 들이마시며 천천히 기억을 더듬었다.

"저년은 그냥 죽이기 아까우니까, 지혈 좀 해줘라. 살아나면 인생의 쓴맛을 제대로 보여주지. 저 새끼는 내가 골로 보내버리고 말 거야."

야나기가 시퍼런 사시미칼을 들고 설쳐댔다. 영춘은 만신창이 상태라 손가락 하나 까딱할 수 없었다. 유키, 아니 미나미 경사가 오지 않았다면 죽은 목숨이었다.

"멈춰요! 오야붕께서 비트코인을 손에 넣을 때까지 겐지를 살려두라고 하셨어요."

"오야붕은 어디 계신데?"

"호테이를 가져왔다는 보고를 받고 사루 상과 함께 지금 막 자택을 나가셨어요."

"사루? 개코 새끼를 데리고 갔다고?"

야나기가 판다와 각두기들을 보며 인상을 찡그렸다.

"쓰쿠바로 간 건가?"

"아니요. 본가에서 호출이 와서 고베로 내려가셨습니다. 쓰쿠바는 고베를 다녀와서 대일본국수회 사람들과 같이 가신다고 했어요."

미나미 경사가 영춘을 부축해주었다. 영춘을 쳐다보는 눈빛이 매우 복잡해 보였다.

"결국 본가에서 호출까지 했군. 그 전에 일을 끝냈어야 했는데……."

야나기가 마음에 안 든다는 듯 머리를 흔들었다.

"근데 개코 새끼를 데리고 갔다 이 말이지. 나에 대한 신뢰가 완전히 땅에 떨어졌어. 내가 이 꼴이 된 건 저 새끼 때문이야. 저 미꾸라지 같은 놈이 나를 계속 엿 먹이는 바람에 이 꼴이 된 거라고."

야나기가 칼끝으로 영춘을 겨냥하며 이를 갈았다.

"그래, 좋아. 오야붕이 그렇게 말했다면 할 수 없지. 하지만 칼을 뽑았는데 그냥 넘어갈 수는 없잖아? 뭐라도 하나 잘라놔야 내 체면이 살지. 흐흐흐흐."

야나기가 기분 나쁜 웃음소리를 내면서 영춘에게 다가왔다.

"그럴 필요 있어요? 물건에 흠집이 생기면 제값도 못 받아요."

미나미 경사가 영춘을 돌려세워 수갑을 채웠다. *물건? 제값? 이것들이 진짜 내 장기를 발라버릴 셈인가?* 영춘은 마지막 힘을 짜내 미나미 경사에게 돌진했다.

"어이쿠, 아주 발악을 하시네."

야나기가 금장 지포 라이터를 꺼냈다. 미나미 경사의 품에 머리를 박고 있는 영춘을 잡아당겨 라이터로 귀밑을 지져댔다. 뜨거운 열기에 정신이 번쩍 들었다. 영춘은 라이터를 쥔 야나기의 오른쪽 팔뚝을 물어버렸다.

"아악!"

야나기가 비명을 지르며 뒤로 물러났다. 판다가 영춘의 멱살을 잡고 그대로 업어치기 한판을 시연했다. 영춘은 시멘트 바닥 위에 나가떨어지고 말았다.

"네가 진짜 죽고 싶어 환장했구나."

야나기가 손목을 털며 다시 사시미칼을 뽑아 들었다.

"오야붕 지시를 거역하실 셈입니까?"

미나미 경사가 야나기 앞을 막아섰다.

"너는 왜 이렇게까지 저놈을 감싸는 건데?"

칼끝이 미나미 경사에게 향했다.

"비트코인을 손에 넣을 때까지 겐지를 살려두라고 제게 분명히 지시하셨습니다."

미나미 경사는 눈 하나 깜짝 안 하고 말했다.

"야, 후토이. 바케몬을 풀어주고 대신 이것들을 우리 안에 집어넣어. 비트코인만 찾으면 바케몬에게 신나게 먹방 파티 한번 시켜주자고."

미나미 경사를 뚫어지게 노려보던 야나기가 칼을 집어넣었다.

"예, 형님."

후토이가 미코를 번쩍 들어 올려 옆구리에 끼고 다른 손으로는 영춘의 멱살을 잡아 일으켜 세웠다.

"안 돼요. 오야붕께서 여기 창고에 가두라고 지시하셨습니다."

미나미 경사가 이번에는 후토이를 막아섰다.

"비켜!"

후토이가 나지막이 으르렁거렸다.

"호리카와가 인사불성이야. 이 북어 새끼를 당장 찢어 죽이고 싶지만, 오야붕 말씀이 있어 살려두는 거야. 여기 창고에 편안하게 둘 순 없어. 바케몬 우리가 딱이야. 형님, 비트코인을 찾았다고 연락이 오면 바로 바케몬을 우리 안으로 집어넣겠습니다. 이것들을 갈기갈기 찢어 호리카와의 복수를 할 겁니다."

후토이가 영춘의 먹살을 잡은 손에 힘을 주었다. 목이 조여오자 숨이 막히고 정신이 가물가물해졌다. 미나미 경사가 후토이에게 달려드는 걸 보면서 정신을 잃었다.

영춘은 다시 발을 뻗어 미코를 살짝 건드려봤다. 아무 반응이 없었다. 느낌이 좋지 않았다. 몸을 틀어 새우 자세를 만들었다. 잠시 숨을 멈추고 어깨뼈를 천천히 돌려 근육을 이완시켰다. 충분히 풀어준 다음 땅에 머리를 박고 원산폭격 자세를 취했다.

하나, 둘, 셋. 이를 악물고 왼쪽 어깨를 바닥에 힘껏 부딪쳤다. 우두둑 소리가 나면서 격렬한 통증이 밀려왔다. 상완골 공이 탈구되면서 늘어진 왼쪽 어깨 사이로 공간이 생겼다. 무릎을 가슴에 붙이고 왼쪽 다리부터 천천히 빼냈다. 수갑 찬 손이 몸통 앞으로 나왔다.

잠시 숨을 고른 다음, 입천장에 붙은 수갑 열쇠를 꺼냈다.

유키의 품 안으로 돌진했을 때 유키가 몰래 넣어준 열쇠였다. 기절하면서도 혀끝을 입천장에서 떼지 않았다. 영춘은 수갑을 풀고 주위를 둘러봤다. 사면이 두꺼운 쇠창살로 막혀 있었다. 루나가 갇혔던 바로 그 철장이었다. 루나의 흔적을 찾아봤지만, 개똥과 지푸라기만 널려 있었다.

철장 중앙에 개 목걸이가 걸린 쇠기둥이 보였다. 혈관 손상이 오기 전에 어깨뼈를 정복整復해야 한다. 목줄을 왼손에 둘둘 감았다. 끈을 팽팽하게 당겼다 풀었다 하길 반복하다가, 바깥쪽으로 힘껏 잡아당겼다. 우두둑 하고 뼈가 제자리를 찾는 소리가 났다. *젠장, 너무 아프네!* 자주 하는 짓은 아니지만, 할 때마다 진절머리가 났다.

영춘은 잠시 숨을 돌리고 미코에게 갔다. 머리카락을 쓸어 넘기고 얼굴을 들어 올렸다. 안색이 대리석처럼 창백했다. 바지 자락을 깨물었던 입술 주변에 핏자국이 남아 있었다. 영춘은 엄지손가락으로 피를 닦아내고, 미코 입가에 귀를 가져갔다. 다행히 숨소리가 들렸다. 찢긴 정강이를 내려다봤다. 바지 자락 사이로 허술하게 감긴 붕대가 보였다. 시뻘건 핏물이 흠뻑 배어 있었다. 서둘러 붕대를 풀었다. 뼈가 보일 정도로 상처가 깊었다. 영춘은 자신의 면 티셔츠를 찢어 상처를 감쌌다. 남은 천으로는 무릎 위를 강하게 압박했다.

급한 대로 응급처치를 했지만 이대로 두면 위험했다. 피를 너무 많이 흘렸다. 빨리 제대로 된 치료를 받게 해야 한다. 영춘은 사람을 부르기 위해 자물쇠가 채워진 철창문을 흔들었다. 소리도 질러댔지만, 막힌 목에서는 꺽꺽거리는 괴성만 흘러나왔다.

"겐지."

미코의 목소리가 들렸다. 영춘은 잡고 있던 철창살을 놓고 미코에게 다가갔다.

"준페이는?"

다케시한테 스패너로 머리를 맞았다. 마룻바닥에서 부르르 몸을 떨던 준페이의 모습이 떠올랐다. 치료해줄 만큼 친절한 놈들은 아니었지만, 준페이의 상태도 죽을 정도는 아니었다. 영춘은 고개를 끄덕였다. 미코가 안도의 한숨을 내쉬었다.

영춘은 탈출 방안을 찾기 위해 우리 안을 꼼꼼히 살폈다. 자물쇠는 크고 단단했다. 열쇠 없이 나가는 건 불가능했다. 머리 위로도 굵은 철근이 격자로 가로질러 있었다. 가능한 곳은 바닥뿐이다. 바케몬이 철장 밑을 파헤치던 영상이 생각났다.

영춘은 철장 밖 흙무더기 앞으로 갔다. 밑으로 작은 구멍이 나 있다. 바케몬이 파고 들어오려던 흔적이었다. 주먹 하나가 겨우 들어갈 정도였다. 영춘이 동영상을 꺼버리자 야나기가 협박을 포기했던 모양이다. 그렇다면 루나가 살아 있을 가능성이 컸다. 어깨만 빠지면 바깥으로 나갈 수 있을 것이다. 영춘은 손으로 흙을 파냈다. 구멍 주변이 조금씩 허물어지기 시작했다.

갑자기 으르렁 소리가 공기를 뒤흔들었다. 검은 그림자가 무섭게 달려들었다. 영춘은 얼른 창살에서 물러났다. 커다란 몸체가 쇠창살에 부딪치자 철창 전체가 휘청거렸다. 바케몬이 철창 바로 앞에서 숨을 고르며 영춘을 노려봤다. 영춘도 물러서지 않고 놈의 시선을 맞받았다. 놈이 위협적인 송곳니를 드러내며 으르렁거렸다. 탈출은 포기하는 게 맞았다. 연장 없이 저놈을 상대하기는 무리였다.

"추워."

미코가 몸을 떨며 중얼거렸다.

"너무 추워."

쇼크가 오려는 걸까? 영춘은 급히 땅에 떨어진 트렌치코트로 미코의 몸을 덮어줬다. 쇼크가 오기 전에 빨리 사람을 불러야 한다.

"가지 마."

일어서려는 영춘을 미코가 불러 세웠다.

"미안한데, 나 조금만 안아줄래. 너무 춥다."

미코가 옅은 미소를 지었다. 영춘은 코트 안으로 들어가 미코의 부드러운 몸을 감쌌다. 그녀가 영춘의 품속으로 파고들었다.

"겐지, 나 아무래도 아버지를 만난 것 같아."

미코의 따스한 숨결이 영춘의 가슴을 적셨다.

"다케시 얼굴에 면도날을 먹일 때 눈이 마주쳤거든. 그 눈동자 안에 비친 얼굴을 봤어."

미코가 잠시 말을 멈추고 마른침을 삼켰다.

"내 어릴 적 얼굴이 눈동자에 또렷하게 비친 거야. 그놈이 내 아버지였어. 그걸 깨닫는 순간 너무 놀라서 면도날을 놓쳐 버리고 말았어."

사시나무처럼 떨던 미코의 몸이 점차 안정을 되찾아갔다. 미코가 영춘의 품에서 벗어났다. 영춘은 앨범에서 꺼낸 사진을 미코에게 보여줬다.

"맞아, 얘가 다케시야."

미코가 사진을 뚫어지게 쳐다봤다.

"죽기 전에 꼭 한번 만나보고 싶었는데……. 요요기 공원 시절엔 내 아빠가 다케시 정도는 돼야 한다고 생각한 적도 있었는데……. 차라리 안 만나는 게 나을 뻔했어."

그녀가 말을 멈추고 스르르 눈을 감았다. 쇼크가 온 걸까? 영춘은 깜짝 놀라 미코의 가슴에 귀를 댔다. 다행히 심장은 힘차게 뛰고 있었다.

"웃기지?"

미코가 눈을 떴다.

"준페이는 나한테 하나뿐인 가족이야. 내 가족한테 손댄 놈을 용서할 수 있겠어? 그래서 다케시 얼굴을 그렸는데, 그 인간이 내 아버지라니……. 더 웃긴 건 자기 딸한테 칼을 꽂고도 그 인간은 아무것도 모른다는 거야. 젠장, 무슨 인생이 이렇게 거지 같아?"

미코가 씁쓸한 표정으로 한숨을 내쉬었다. 목소리가 생생한 걸 보니, 당장은 괜찮아 보였다.

"너, 한국인이지?"

갑작스러운 질문에 영춘은 화들짝 놀라 미코에게서 떨어졌다.

"후쿠시마에서 들개한테 물렸을 때 내가 밤새 간호해줬잖아. 자다가 갑자기 한국말로 잠꼬대하더라."

영춘은 아무 대답 못 하고 미코의 얼굴만 주시했다.

"어쩐지 말이 너무 없다 싶었어. 그때 했던 잠꼬대, 한국말을 몰라서 그러는데 해석 좀 해줄래?"

우울했던 미코의 얼굴에 장난기 어린 미소가 번졌다.

"오, 나의 사랑 미코! 오, 나의 여신이시여! 하하하하."

미코가 웃음을 터뜨렸다. 영춘은 어이없는 표정으로 미코를 바라봤다.

"인터넷으로 검색해봤더니, 이게 한국 남자들의 사랑 고백이라며?"

미코의 뺨에서 보조개가 피어났다. 그녀의 얼굴에 행복이 가득했다. 무슨 잠꼬대였는지 기억나지는 않았지만, 미코가 잠시라도 행복하다면 그것으로 족했다.

"아파. 너무 세게 웃었나 봐. 다리가 아파."

미코가 얼굴을 찡그렸다. 영춘은 급히 미코의 다리를 살폈다. 단단히 동여맸는데도 피가 조금씩 스며 나오고 있었다.

"이걸로는 힘들겠지?"

미코가 손을 앞으로 내밀며 고개를 돌렸다. 검지와 중지 사이에 하얀 면도날이 끼어 있었다. 영춘은 미코를 따라 고개를 돌렸다. 바케몬이 철장 밖에서 열심히 흙을 파고 있었다. 철장 밑이 움푹 꺼졌다. 조금만 더 파 내려가면 몸통까지 들어올 것 같았다.

"길고 뾰족한 걸로 급소를 일격에 찌르면 가능할 거야."

미코가 자신의 종아리를 가리켰다. 영춘은 고개를 저었다.

"들개를 잡던 네 실력이라면 충분히 할 수 있어."

영춘은 계속 고개를 흔들었다. 투견 대회에서 우승한 놈이라고 했다. 제대로 훈련받은 놈이 분명했다. 주름진 목덜미는 면도날로 힘들겠지만, 미코 말대로 뾰족한 무기가 있다면 가능했다.

"난 진짜 저 개새끼의 밥이 되고 싶지 않아."

미코가 입술을 꽉 깨물었다. 거역할 수 없는 간절함이 배어 있었다. 이해는 갔지만, 쉽게 고개를 끄덕일 수 없었다.

"아직 할 일이 남아 있잖아. 너는 살아 나가서 할 일을 마저 해야 해."

그녀의 시선이 영춘의 깊은 곳까지 파고들었다. 더는 현실을 부정할 수 없었다. 영춘은 천천히 고개를 끄덕였다. 그제야 미코의 얼굴이 밝아졌다.

"준페이한테 가게 문 닫으면 안 된다고 해. 오자키 상이 빚을 갚으면 민들레 상가를 절대 떠나지 말라고 해. 루나한테 계속 내 동생 데리고 장난치면 내가 죽여버린다고 말해줘. 참, 모리 아저씨 오면 구박하지 말고 술 한 잔 드리고."

미코의 말이 점점 빨라졌다. 영춘은 계속 고개를 끄덕였다.

"겐지, 너랑 있으면 마음이 편해지는 거 있지. 우리 좀만 일찍 만났으면 좋았을 텐데……. 그럼 '찐하게' 사랑도 한번 해봤을 테고."

미코가 아쉬운 표정으로 영춘을 바라봤다.

"그래도 괜찮아. 이 정도면 만족해. 우리, 꽤 행복했잖아."

미코가 웃어 보였다. 입가의 미소와 달리 두 눈에는 눈물이 고여 있었다. '행복한 눈물'이었다.

"다케시의 피를 물려받은 내가 이런 결말을 맞게 될 줄이야."

미코가 조용히 속삭이며 오른손을 목덜미 쪽으로 가져갔다. 순간 선명한 핏줄기가 뿜어져 나왔다.

"안, 안, 안, 안……."

영춘이 다급하게 미코의 목을 눌렀다. 손바닥 사이로 핏물이 새어 나왔다. 힘차게 뛰던 심장이 강하게 혈액을 밀어냈다. 목은 금세 시뻘겋게 물들었다. 심장박동 소리가 점차 잦아들더니, 끝내 멈춰버렸다.

영춘은 미코를 껴안고 울부짖었다. 배 속에서 올라온 괴성이 목에서 꺽꺽거렸다. 목이 막히고 흉곽이 찢어질 듯 아팠다.

영춘은 고통 속에서 통곡했다.

갑자기 쇠창살이 흔들렸다. 철장 아래로 머리를 들이민 바케몬이 어깨를 빼내려고 안간힘을 쓰고 있었다. 영춘은 미코를 내려다봤다. 미소를 머금은 얼굴이 관음보살처럼 평온해 보였다. 미코는 죽었지만, 아직 지켜야 할 게 남아 있었다. 저 괴물한테 미코를 넘길 수는 없었다.

미코와의 약속을 지키기 위해 두 손을 모아 용서부터 구했다. 그리고 비골이 보일 때까지 상처를 벌렸다. 힘을 주어 비골의 아랫부분을 골절시켰다. 비골에 붙은 근육을 하나하나 뜯어내며 천천히 비틀었다. 상처에 고여 있던 피가 쏟아져 발밑으로 흘러내렸다. 피 냄새에 흥분한 바케몬이 으르렁거리며 쇠창살을 흔들어댔다.

영춘은 비골에만 집중했다. 뼈가 중간에 부러지지 않도록 조심스럽게 뜯어냈다. 근육이 끊어지는 느낌을 정확히 잡아내야 한다. 경골脛骨과 비골 사이의 질긴 관절이 뼈를 놓아주지 않았다. 시간이 없었다. 놈의 몸통이 거의 빠져나왔다. 영춘은 비골두腓骨頭에 힘을 가해 비틀었다. 철장을 통과한 바케몬이 몸통을 흔들어 피 묻은 흙을 떨어냈다. 영춘과 눈이 마주치자 커다란 송곳니를 드러내며 으르렁거렸다. 우두둑 소리와 함께 비골두가 관절에서 떨어져 나왔다.

그 순간, 놈이 허공으로 날아올랐다. 영춘은 본능적으로 왼팔을 들어 올렸다. 살점이 뜯어지는 고통이 몰려왔다. 고통을 무시하고 비골로 정확히 경동맥을 노렸다. 날카로운 뼈끝이 놈의 목으로 파고들었다. 경동맥이 터지며 피가 솟구쳤다. 바케몬이 쓰러지면서 영춘을 덮쳤다. 영춘은 힘겹게 바케몬을 밀어내고 하늘을 올려다봤다.

상현달이 사라진 하늘은 암청색으로 변해 있었다. 폭포수처럼 쏟아지던 아드레날린이 꺼지면서 차가운 현실로 돌아왔다. 잊고 있던 왼팔의 통증이 되살아났다. 욱신거리는 왼팔을 내려다봤다. 지난번 들개에게 물린 상처가 겨우 아물었는데…….
어느새 그의 왼팔은 개새끼들의 전유물이 되어 있었다.

22. 영춘, 뜨거운 복수를 시작하다

　영춘은 정신을 가다듬고 바케몬의 목덜미에 박힌 비골을 바라봤다. 부러진 부분이 송곳처럼 뾰족하고 날카로웠다. 목덜미를 강하게 파고 들어갔다. 무기로서 훌륭했다. 영춘은 비골을 빼내 품속에 간직했다. 바케몬이 파놓은 개구멍을 통해 철장 밖으로 빠져나왔다. 미코를 빼내려 했지만, 구멍이 좁았다.

　어디선가 말소리가 들렸다. 영춘은 재빨리 단풍나무 뒤에 몸을 숨겼다. 두 놈이 본채를 향해 가며 영춘 앞을 지나갔다. 덩치를 보니 한 놈은 판다였다. 영춘은 조용히 뒤를 밟았다. 본채 앞에서 판다가 걸음을 멈추고 동료에게 무언가 속삭였다. 놈이 고개를 끄덕이고 안으로 들어갔다. 판다가 혼자 천천히 나무 계단을 올라갔다.

영춘은 판다 뒤를 따라 2층 테라스 위에 올라섰다. 여기서 피바람이 불었었다. 준페이가 멍키스패너에 맞아 쓰러졌고, 미코가 칼날에 찢겼다. 마룻바닥은 피로 물들었다. 상현달이 회색 구름을 뚫고 창백한 빛을 뿌렸다. 등을 돌린 판다가 하늘을 보며 담배 연기를 내뿜었다.

영춘은 주위를 살폈다. 행사용 술통이 보였다. 식구가 많은 만큼 술통 또한 거대했다. 벽에는 긴 나무 국자가 걸려 있었다. 손잡이를 부러뜨리면 훌륭한 무기가 될 수 있었다.

판다가 담배꽁초를 떨구고 구둣발로 연기가 나는 꽁초를 짓이겼다. 그러고는 천천히 돌아섰다. 거리가 있어서 어떤 표정을 짓고 있는지 알 수 없었다.

판다가 서서히 움직였다. 거구가 움직이는데도 마룻바닥에는 작은 울림조차 일지 않았다. 영춘에게 다가온 판다가 씩 웃었다. 무척 반가워하는 표정이었다. 영춘도 반갑기는 마찬가지였다.

판다가 두 손으로 얼굴을 쓸어내리고는 허리를 굽혔다. 정강이에서 시퍼런 사시미칼을 꺼냈다. 그리고 피투성이가 된 영춘을 보더니, 바닥에 조용히 내려놓았다. 이어서 열쇠를 꺼냈다. 영춘이 판다를 쫓아온 이유였다. 열쇠도 칼 옆에 내려놓았다. 하얀 와이셔츠를 벗자 퍼런 문신으로 뒤덮인 상체가 드러났다.

준비를 마친 판다가 영춘을 마주했다. 천천히 다리를 벌리면서 허리를 굽혔다. 왼손 주먹을 마룻바닥에 대고 오른손은 허공을 향했다. 그리고는 도발하듯 영춘에게 들어오라는 손짓을 했다. 영춘은 미소로 답했다. 원하던 바다. 천천히 판다에게 다가가 두 걸음 떨어진 앞에서 멈춰 섰다. 서로를 바라보며 잠시 탐색의 시간을 가졌다. 눈동자 안에서 서로 복수의 상대방을 읽어냈다. 호리카와와 미코. 암묵적 데드 매치가 성립됐다.

판다가 먼저 움직였다. 한 걸음 앞으로 나온 그는 영춘의 목을 향해 오른손을 뻗었다. 십자조르기에 걸리면 끝장이다. 영춘은 본능적으로 목 밑까지 다가온 검지를 재빨리 낚아채 뒤로 꺾으며 비틀었다. 우두둑, 하고 손가락뼈 부러지는 소리가 들렸다. 피아노를 치듯 나머지 손가락도 같은 방법으로 탈골시켰다. 밑으로 떨어지는 판다의 손목을 잡아 걸레를 짜듯 비틀며 올라가 요골橈骨과 척골尺骨을 상완골에서 분리했다. 판다가 성한 왼손으로 영춘의 멱살을 잡아 어깨 너머로 내던졌다. 등이 마룻바닥에 부딪히자 숨이 콱 막혔다.

영춘은 다음 공격을 대비해 몸을 동그랗게 말며 일어섰다. 판다가 믿기지 않는다는 표정으로 축 늘어진 자신의 오른팔을 내려다보고 있었다. 영춘은 기회를 놓치지 않고 손날로 판다의 울대뼈를 가격했다. 비명을 삼킨 판다가 성한 손으로 목을 움켜쥐고 주저앉았다. 영춘은 머리를 잡아채 팔꿈치로 융추隆椎를 강하게 내리찍었다. 판다가 끽소리 못하고 앞으로 꼬꾸라졌다. 그의 목에서 꺽꺽거리는 소리만 흘러나왔다.

영춘은 오니가 새겨진 판다의 거대한 등짝을 손바닥으로 훑어 내렸다. 두꺼운 비곗살 안쪽으로 척추뼈가 만져졌다. 강한 충격을 줄 만한 무언가가 필요했다. 영춘이 눈여겨본 건 특대 사케 술통이었다. 노송나무로 만든 둥근 술통이 밧줄에 묶인 채 선반 위에 놓여 있었다. 영춘은 판다를 선반 밑으로 끌고 갔다. 바닥에 있던 칼로 밧줄을 끊고, 어깨로 술통을 밀었다.

우두둑.

거대한 술통이 판다의 등에 떨어지며 뼈 부러지는 소리가 났다. 술통이 탱크로리처럼 등판을 굴러갔다.

"끄윽!"

판다의 입에서 최후의 단말마가 터져 나왔다. 호리카와가 느꼈을 법한 고통이 그의 몸을 관통한 것이다. 잠시 경련을 일으키던 몸이 축 늘어졌다. 영춘은 판다의 숨이 끊어진 것을 확인하고 칼과 열쇠를 챙겨 2층 난간에서 내려왔다.

바케몬의 우리를 향해 가는데 콧노래 소리가 들려왔다. 조용히 나무 뒤에 몸을 숨겼다. 깍두기 하나가 술병을 들고 바쁜 걸음으로 다가왔다. 나무를 지나치는 순간 뒤에서 입을 막고 칼로 목젖을 땄다. 놈은 끽소리도 못 내고 바닥에 쓰러졌다. 떨어지는 술병을 발로 차서 잔디밭으로 굴렸다. 놈이 향하던 우측 별채에 불이 켜져 있었다. 바케몬 우리는 좌측이었다. 미코는 이미 죽었다. 복수가 먼저였다. 영춘은 병에 든 황금색 알코올을 들이마셨다. 아직 식지 않은 가슴에 독한 술이 들어가자 뜨거운 불길이 솟구쳤다. 영춘은 온몸을 감싸며 타오르는 분노를 느끼면서 별채로 향했다.

"이 새끼야, 술 한 병 가져오는데 왜 이리 오래 걸려? 형님 기다리시잖아."

계단을 오르자, 똘마니 하나가 소리쳤다. 영춘은 칼을 숨긴 채 미닫이문 앞에 무릎을 꿇었다.

"뭐 해? 안 들어오고."

놈이 문을 열고 고개를 내밀었다. 영춘은 머리채를 잡고 칼날로 반원을 그렸다. 경동맥이 잘리며 피가 분수처럼 터졌다. 놈을 바닥에 버리고 안으로 들어갔다. 야나기가 놀란 표정으로 일어섰다.

"겐지! 니, 니, 니, 니가…… 어, 어, 어, 어떻게……."

야나기가 허둥대며 칼을 꺼냈다. 영춘은 성큼성큼 다가갔다. 뒷걸음질 치던 야나기가 병풍에 부딪혀 균형을 잃고 휘청거렸다. 때를 놓치지 않고 양주 병으로 오른쪽 슬개골을 힘껏 내리쳤다.

"아악!"

야나기가 바닥에 주저앉았다. 놈은 다시 일어서려 했지만 부서진 무릎이 말을 듣지 않는 듯했다. 영춘은 천천히 다가갔다. 야나기의 눈동자가 두려움에 흔들렸다.

"유키지? 그년이 빼줬지? 어쩐지 전부터 이상하다 싶었어."

겨우 일어선 야나기가 왼손으로 마구 칼을 휘둘렀다. 균형이 무너진 칼날은 허점이 많았다. 영춘은 칼날을 피해 손목을 그었다. 넘어진 병풍 위에 핏물이 뿌려졌다.

"악!"

야나기가 칼을 떨어뜨렸다. 칼을 주우려고 고개를 숙이자 목덜미가 훤히 드러났다. 영춘은 칼 손잡이로 힘껏 내리찍었다. 야나기가 개구리처럼 앞으로 쭉 뻗었다. 판다처럼 극한의 고통을 느끼게 해주고 싶었지만, 시간이 없었다. 야나기의 재킷 주머니에서 핸드폰을 꺼냈다. 야나기의 검지로 지문 인식 잠금장치를 해제하고, 카메라로 얼굴을 찍었다. 그리고 다케시의 전화번호를 찾아 문자메시지를 입력했다.

호테이 비밀번호 10자리 중 몇 개에 내가 살짝 손을 댔다는 사실을 알려주려고 메시지를 보낸다. 진짜 비밀번호는 나만 알고 있다. 48시간 후에 연락할 테니, 비트코인 암호 풀이는 그때 가서 하는 게 어떨지? 내 말의 진위는 사랑하는 니 똘마니한테 물어보기 바란다. 겐지가.

영춘은 야나기 사진을 첨부해 메시지를 전송하고 상 위에 있던 럭키스트라이크를 집어 들었다. 한 개비 뽑아 불을 붙인 후 잠시 숨을 돌렸다. 바닥에서는 야나기가 고통에 겨운 듯 꿈틀거리고 있었다. 이놈을 어떻게 처리할까? 유키를 위해서라도 살려둘 수는 없었다. 빠른 시간 내에 끝장내야 한다. 멱을 따는 게 가장 쉽겠지만, 이놈에게는 사치였다.

영춘은 손에 쥔 금장 지포라이터를 보았다. 이에는 이, 불에는 불. 영춘은 남은 위스키를 야나기의 몸 위에 붓고, 불 켜진 라이터를 던졌다. 알코올을 머금은 몸뚱이에서 불길이 치솟았다. 지방 타는 냄새가 방 안에 가득 찼다. 영춘은 야나기의 비명을 뒤로하고 별채를 빠져나왔다. 나무로 지은 별채가 금세 화염에 휩싸였다.

"불이야!"

시끄러운 고함과 함께 발소리가 들려왔다. 야나기 일당을 처리하느라 시간을 너무 많이 지체했다. 혼자라면 충분히 빠져나갈 수 있지만 미코를 데리고 이곳을 탈출하는 건 쉬운 일이 아니었다. 달빛 아래 드러난 우리 안은 끔찍했다. 바케몬이 쏟아낸 피로 바닥이 흥건하게 젖어 있었다.

영춘은 핏물에 잠긴 미코를 내려다보았다. 도대체 자신이 무슨 짓을 한 걸까? 아무도 사실을 모른다고 마음이 편해지는 건 아니었다. 영춘은 미코를 둘러멨다. 철장 밖으로 나와 담장을 올려다봤다. 키를 훌쩍 넘는 높이였다. 미코를 메고는 어림없었다. 담벼락을 따라 최대한 빨리 정문을 향해 걸어갔다.

"누구야?"

나무 뒤에서 젊은 야쿠자가 바지춤을 잡고 불쑥 튀어나왔다. 낭패다.

"겐지 형님!"

놈의 눈이 휘둥그레졌다.

"정문으로 가시면 안 됩니다. 그쪽은 경비가 삼엄합니다. 이쪽으로 오세요."

놈이 서둘러 대나무 숲 사잇길로 들어갔다. 영춘은 의심스러운 눈빛으로 그의 뒷모습을 바라봤다. *왜 날 돕는 거지?* 잠시 망설였지만, 결국 그를 따라갔다. 길 끝에 낡은 빗장이 걸린 작은 철문이 있는 게 보였다. 놈이 얼른 문을 열고 옆으로 비켜줬다.

"저희 모두가 형님의 사랑을 진심으로 응원하고 있습니다. 부디 행복하십시오."

놈이 90도로 고개를 숙였다. *아하! 낭만 야쿠자 계획이 통했구나.* 비록 가오는 무너졌지만, 효과가 있었다. 영춘은 놈에게 고개를 살짝 숙여 보이고 밖으로 나갔다. 안에서 빗장이 채워지는 소리가 들렸다. 큰길까지 나가려면 어쩔 수 없이 정문 앞을 지나가야 한다. 정문에는 경비가 있다고 했다. 일단 가서 상황을 보기로 했다.

'염려 마러. 다케시 저택 근처에서 24시간 대기허고 있을 테니, 무슨 수를 쓰든 살아 나오기만 혀.' 영춘이 도움을 청하자 모리는 흔쾌히 승낙했었다. 어쩌면 약속대로 모리가 근처에 와 있을지도 몰랐다. 정문 근처에 도착하자, 골목 안에 주차된 소형 승용차가 비상등을 깜박였다.

"겐지! 여기여."

운전석에서 모리가 뛰어나와 차 문을 열어줬다. 영춘은 마지막 힘을 끌어모아 미코를 뒷좌석에 밀어 넣었다. 놈들의 발소리와 고함이 점점 가까워지고 있었다.

"꽉 잡아!"

운전석에 앉은 모리가 옆에 놓인 발렌타인을 한 모금 들이켜고 액셀을 밟았다. 차가 요란한 소리를 내며 어둠 속으로 빨려 들어갔다.

23. 영춘, 미코의 관음보살을 보다

주방에 들어간 영춘은 배낭을 챙겨 홀로 나왔다. 항생제를 꺼내 입안에 털어 넣고 탈지면과 알코올로 상처를 닦아냈다. 바케몬에게 물린 팔뚝에 마이신 가루를 잔뜩 뿌리고 붕대로 단단히 감쌌다. 응급조치를 마치고 〈행복한 눈물〉을 조심스럽게 내렸다. 액자 뒤에 테이프로 붙여둔 진짜 호테이가 있었다. 인형을 챙기고 루팡으로 가서 술병들 사이에 숨긴 가짜 호테이를 꺼냈다. 찬장에 있던 호테이는 개코가 가져갔다. 장식장에서 짐빔을 한 병 챙긴 영춘은 미코의 옷상자를 가지고 루팡을 빠져나왔다.

계단을 벗어나기 전에 주변을 살폈다. 출근 시간이라 차량과 사람들로 북적였다. 영춘은 재빨리 인파 속에 끼여 걷다가 하시모토 가구점으로 들어갔다. 가게 안에서 모리와 하시모토가 대화를 나누고 있었다.

"다 챙겨온 겨?"

영춘은 고개를 끄덕이며 탁자 위에 배낭과 옷상자를 내려놓았다.

"모리한테 이야기 들었네. 어쩐지 요즘 야쿠자처럼 생긴 놈들이 여길 자주 어슬렁거린다 했더니……. 이나가와까지 나설 줄이야."

다케시의 저택으로 가기 전, 영춘은 모리에게 미코가 인질로 잡힌 사실과 이나가와에서 핫토리를 앞세워 민들레 상가를 접수하려 한다는 계획을 말해주고 도움을 청했었다.

"미코 장례식은 하시모토 형님이 책임지고 치러주기로 혀써."

모리가 고개를 돌려 매장 안쪽을 바라봤다. 뒤편 창고에는 중고 가구가 가득 쌓여 있었다. 미코는 비닐 커튼이 드리워진 안쪽 작업대에 누워 있었다.

"근데 말이여……. 승화원에 알아보니께, 화장하려면 사망진단서가 꼭 필요허다네. 사망진단서를 가라로 받는 방법이 있긴 혀지만, 돈이 좀 들어서……."

모리가 난처한 표정으로 말했다.

"상가 사람들한테 조금씩 걷을 테니까, 비용 걱정은 하지 마. 미코가 민들레 상가를 구하려다 죽었는데, 우리가 그 정도는 해줘야지. 근데 경찰에 알리지 않아도 될까?"

하시모토 상이 불안한 표정으로 두 사람을 쳐다봤다.

"겐지허고 이야기를 혀봤는데유. 이나가와하고 경찰이 한 통속이라 신고혀봤자 소용없을 거구만유. 괜히 보복만 당헐지 몰러유. 미코가 죽어서 이제 민들레 상가를 넘보기 힘들 테니께, 형님은 미코 장례나 무사히 치러주시면 돼유."

이나가와구미와 대일본국수회가 이미 손을 잡았다. 경찰에 신고해도 경시청 공안부가 연루된 이상 깊이 개입하지 못할 것이다.

"그놈들이 더 이상 민들레 상가를 노리지 않는 게 확실해?"

하시모토 상이 다시 물었다. 칠복신의 출현으로 놈들의 관심사는 비트코인에 쏠려 있었다. 나중에 대책이 필요할지 모르지만, 지금 당장은 아니었다. 영춘이 고개를 끄덕이자, 하시모토 상이 만족한 표정을 지었다.

"그럼 가라로 사망진단서를 받는 비용이 얼마나 드는지 알아보고 올 테니께, 여기들 계셔."

모리가 작업모를 눌러쓰고 밖으로 나갔다.

"그럼 나도 요시노와 히로키를 만나서 상의 좀 해야겠네."

하시모토 상이 가게 문에 휴업을 알리는 팻말을 걸어놓고 요시노 잡화점으로 갔다. 영춘은 배낭과 옷상자를 가지고 작업장으로 갔다. 비닐 커튼을 젖히고 안으로 들어갔다. 작업대 위에 환자복 차림의 미코가 누워 있었다.

영춘은 미코의 얼굴을 조심스럽게 어루만졌다. 차가운 기운이 손바닥을 타고 올라왔다. 싸늘하게 식은 뺨과 보랏빛으로 변한 입술이 그녀의 죽음을 실감케 했다. 영춘은 물티슈를 꺼내 눈물로 얼룩진 얼굴을 닦아주었다. 손끝에서 차가운 기운이 느껴질 때마다 심장이 저려왔다. '우리 꽤 행복했잖아.' 이 말을 증명이라도 하듯 보조개가 살짝 들어가며 만든 미소가 또렷했다. 미코의 비골로 지켜낸 결과물이다. 미코의 결단이 없었다면……. 상상도 하기 싫은 장면이 떠올라 영춘은 고개를 흔들었다.

오미코에서 가져온 의상으로 갈아입히기 위해 피 묻은 옷을 벗겼다. 사후경직으로 굳어진 몸은 쉽게 움직여지지 않았다. 공구함에서 가위를 꺼내 천을 잘라내고 천천히 옷을 벗겼다.

미코의 몸은 상처투성이였다. 푸른 멍과 날카로운 칼날이 남긴 흉터가 곳곳에 남아 있었다. 정신없이 몰아치던 칼날 중 하나가 미코의 정강이를 내리찍었다. 그리고 다케시가……. 생각하지 싶지 않은 악몽이었다.

영춘은 탈지면에 알코올을 듬뿍 적셔 상처를 닦아 내려갔다. 마치 끔찍한 기억이 씻겨 나가길 바라듯 정성스럽게 얼룩과 이물질을 닦아냈다. 하얀 살결을 타고 내려가던 손이 정강이의 상처에서 잠시 멈췄다. 다케시가 갈라놓은 상처를 통해 비골을 빼냈다. 덕분에 바케몬을 처치할 수 있었고, 우리에서 빠져나올 수 있었다. 영춘은 상처를 벌리고 안을 들여다봤다.

경골이 보일 정도로 상처가 깊었다. 무리하게 비골을 빼내느라 안이 엉망이었다.

영춘은 공구함에서 작업용 커터 칼과 나일론 실을 꺼냈다. 비골이 빠진 곳에 너덜너덜 걸려 있던 근육과 혈관을 조심스럽게 거두어냈다. 다행히 바케몬 우리 안에서 피를 다 쏟은 탓에 출혈은 거의 없었다. 작업이 끝나자 비골이 있던 자리에 공간이 생겼다. 영춘은 내장이 빠진 생선처럼 홀쭉해진 공간을 바라봤다. 이 안에 있던 비골이 자신을 살렸다. 그 대신 미코가 죽어야 했다. 정말 다른 방법은 없었을까? 마음이 무겁기만 했다.

영춘은 생각을 떨치고, 뭉쳐둔 탈지면을 배낭에서 꺼내 빈 공간을 채웠다. 그리고 송곳과 실을 써서 상처를 한 땀 한 땀 봉합해나갔다. 탈지면을 채운 부분이 약간 튀어나오긴 했지만, 끔찍했던 상처가 말끔해졌다.

이제 마지막으로 관음보살이 새겨진 등을 닦아야 할 차례였다. 영춘은 조심스럽게 미코를 뒤집었다. 잡념을 없애고 등판부터 둔부까지 세심히 닦아 내려갔다. 핏자국과 얼룩이 제거되면서 문신이 서서히 모습을 드러냈다. 영춘은 탈지면을 내려놓고 관음보살을 대면했다.

미코의 하얀 등에서, 후덕한 관음보살이 영춘을 바라보고 있었다. 변형된 관음보살의 미소는 부드럽고 온화하기 그지없었다. 노추산에서 보았던 관음보살의 미소가 미코의 등에서 발현된 것이다. 그 미소를 감당하기 힘들어 영춘은 눈을 감고 말았다. 그러자 망막 위로 미코의 웃는 얼굴이 선명하게 떠올랐다. 오, 나의 사랑! 나의 어머니시여! 영춘은 더 이상 참을 수 없어 미코의 등에 얼굴을 묻고 오열하고 말았다. 그제야 슬픔이 밀려왔다. 그녀의 죽음을 자신은 그저 지켜봐야만 했다. *미안해, 정말 미안해.* 고통 속에서 몸부림치던 미코가 생각나 견딜 수가 없었다. 영춘은 목 놓아 오열했다. 꺽꺽거리며 누구보다 서럽게 울어댔다. 미코가 뼈 한 조각만 남긴 채 이 세상에서 사라졌다고 생각하니 눈물이 멈추지 않았다.

영춘은 흐느끼며 준비를 이어갔다. 상자에서 물색 바탕에 분홍 꽃잎을 수놓은 화려한 기모노를 꺼냈다. 긴자에서 일했던 미코 어머니의 유품이다. 미코가 결혼할 때 입을 거라고 자랑하던 옷이었다. 영춘은 기모노를 펼쳐 그녀의 몸에 정성스럽게 옷을 입혔다. 오비(기모노의 허리띠)를 묶어 매듭을 짓고 드러난 발목에 하얀 버선을 신겼다. 얼굴 화장이 남았다. 이마의 긁힌 상처와 아래턱의 파란 멍은 하얀 분으로 덮었다. 짙은 눈썹을 다듬고 보랏빛 입술에 붉은 립스틱을 발랐다. 머리카락을 가지런히 정리해 검은 핀으로 고정했다.

작업을 마친 영춘은 모서리에 몸을 기댄 채 미코를 내려다봤다. 하얀 얼굴에 빨간 입술이 눈 속에 핀 장미처럼 아름다웠다. 오롯이 드러난 하얀 이마가 보기 좋았다. 굵고 진한 눈썹과 일직선으로 꾹 다문 입술이 다케시를 연상케 했다. 그놈은 혈육이 아니라 미코를 죽음에 빠뜨린 원수였다. 영춘은 복수를 다짐하며 작업장을 빠져나왔다.

하시모토 상이 매장 소파에 앉아 녹차를 우리고 있었다. 모리가 녹차를 앞에 놓고 떨떠름한 표정으로 앉아 있었다.

"미코 덕에 민들레 상가가 무사할 수 있었다고 했더니, 요시노와 히로키도 적극적으로 도와주겠대. 필요한 게 있으면 뭐든지 말해."

하시모토 상이 영춘에게 녹차를 내밀었다.

"이토 선생이 무연고 노숙자로 사망진단서를 떼줄 수 있다고 혀네요. 코로나 이후로 자연사하는 노숙자가 많아서 그리 어렵지 않은가 봐유."

"승화원에 연락은 해봤어?"

"모레 오전 10시가 가장 빠르다고 혀서 예약 걸어뒀어유."

"모레? 그동안 미코 짱을 여기서 모셔야 하는 건가? 날이 아직 더운데 괜찮을까?"

하시모토 상이 작업 창고 쪽을 보며 난감한 표정을 지었다.

"시신은 오늘이라도 가져오라는데유. 보관료만 내면 안치소에 보관해줄 수 있대유."

"그럼, 서둘러 관을 짜야겠군. 마침 잘 말린 침향목이 들어왔어. 화장하면 은은한 향내가 진동할 거야. 마지막 가는 길에 호강이라도 해야지. 운구차는 히로키가 책임지기로 했어. 그리고 추모식도 하자고."

"추모식이유?"

"그럼. 미코를 그냥 보낼 순 없지. 모레 저녁에 미코를 사랑했던 사람들을 모두 불러서 오미코에서 추모식을 하자고."

"좋은 생각이긴 한데, 모레부터가 연휴잖유. 내일 하는 게 낫지 않을까유?"

"그게 낫긴 하지. 하지만 추모식이라면 적어도 미코 짱을 보내고 해야지, 미리 할 수는 없잖아. 화장을 하루 앞당길 순 없을까?"

"예약이 꽉 차서 곤란혀대유. 혹시 모르니께, 지가 다시 한번 알아볼께유."

"난 빨리 가서 관을 짜야겠네. 오늘 중으로 승화원에 옮기려면 서둘러야겠어."

하시모토 상이 일어나 작업장으로 건너갔다. 모리가 앞에 놓인 찻잔을 집어 들었다. 찻잔을 잡은 손이 덜덜 떨었다. 영춘은 배낭에서 짐빔을 꺼냈다. 모리가 얼른 찻잔을 내려놓고 짐빔을 받아 들었다. 꿀꺽꿀꺽. 갈색 액체가 목구멍을 통과하는 소리가 시원하게 들렸다.

"휴, 이제야 좀 살 것 같구먼. 이젠 소주는 심심혀서 못 먹겠어. 이놈 정도는 돼야 버틴다니께."

모리가 커다란 짐빔을 사랑스러운 눈길로 바라봤다.

"만나는 사람마다 술을 끊으라고 혔지만, 미코만은 달랐어. 오미코에 갈 적마다 맥주잔에 소주를 가득 따라줬지. 내가 술을 끊을 수 없다는 걸 미코는 알고 있었던 겨. 그런 일을 당하고 누가 제정신으로 살아갈 수 있겠느냐면서……."

모리가 짐빔을 다시 한 모금 마신 뒤 고개를 들었다. 그의 눈에 눈물이 맺혀 있었다.

"가족사진을 보며 나를 위로하던 미코의 눈빛이…… 잊히질 않어. 미코만이 내 아픔을 이해한 겨."

모리의 목소리에 슬픔이 배어 있었다.

"입관 전에 미코 짱한테 마지막 인사를 올릴 건디, 자네는?"

모리가 미코가 있는 작업장을 향해 고개를 돌렸다. 영춘은 이미 미코와 인사를 마쳤다. 고개를 젓자, 모리가 혼자 작업장으로 건너갔다. 영춘은 소파에 등을 기대고 눈을 감았다. 몸이 천근만근이었다. 잠이 쏟아졌다. 멀리서 모리의 울음소리가 들렸다. 꺼이꺼이 울어대는 모리의 흐느낌이 한참 동안 계속됐다.

"겐지, 미코의 죽음을 그냥 넘길 생각은 아니겠지?"

눈을 떠보니 모리가 앞에 앉아 있었다. 절대 그냥 넘어갈 수 없었다. 영춘은 강하게 고개를 흔들었다.

"나도 그냥 넘어갈 수는 없어."

모리의 표정이 진지했다.

"내 간은 이미 돌덩이처럼 딱딱혀졌어."

모리가 자신의 배를 쓰다듬었다. 복수腹水가 찼는지 배가 팽팽했다.

"이왕 죽을 목숨, 미코의 복수를 허고 가야겠어. 이걸 다케시란 놈의 심장에 박아버릴 테니께, 나랑 만날 수 있게만 혀주게."

모리가 날카로운 사시미칼을 탁자 위에 내리찍었다. 탁자에 꽂힌 칼이 스프링처럼 부르르 떨렸다. 영춘은 모리를 쳐다봤다. 두 눈에서 살기가 뻗어 나왔다. 이를 악문 얼굴에서는 뜨거운 복수심이 타올랐다. 모리의 분노를 식히면 차가운 복수가 가능했다. 다케시의 심장에 칼을 꽂으려면 냉철한 이성이 필요했다. 영춘은 천천히 고개를 끄덕였다.

24. 영춘, 차가운 복수를 시작하다

"왜 못 들어가게 하는 겨? 나가 겐지 대리인이여."

정문을 지키고 있던 깍두기 두 놈이 막아서자 모리가 사투리로 따졌다.

"뭐야? 아침부터 재수 없게. 이놈이 죽으려고 환장을 했나. 여기가 어디라고."

"무슨 일이야?"

한 놈이 모리에게 주먹을 날리려는 참에 개코가 나타났다.

"겐지! 아니, 아니키!"

개코가 아이패드 화면을 보고 화들짝 놀랐다. 영춘은 손을 들어 반가움을 표시했다.

"그러니까, 다케신가 뭔가 하는 놈한테 빨리 나를 데려다줘야 쓰겠구먼."

아이패드를 앞세운 모리가 큰소리를 쳤다. 영춘은 모리가 아무리 오버해도 비트코인 때문에 놈들이 감히 건들지 못할 거라 자신했다. 개코가 황급히 모리를 저택 안으로 안내했다. 배낭을 멘 모리가 아이패드를 영정 사진처럼 안고 기세등등하게 따라갔다. 미코가 이 안에서 참혹하게 당했다. 이제 그 대가를 치러야 할 시간이다. 복수는 차게 식혀 먹어야 제맛이 난다. 어젯밤 모리와 차가운 복수를 위해 밤새 계획을 짰다.

"우와! 무슨 집이 이리 크다냐? 겐지, 저기 연못도 있구먼."

모리가 아이패드를 연못 쪽으로 돌렸다. 석등 뒤로, 구름다리가 멋스럽게 가로지른 연못이 보였다. 아직도 '집 한 채'가 유영하고 있을지 궁금했다.

"이 안으로 들어가야 하는 겨? 뭐여? 신발을 벗으라고? 싫어, 난 신발 안 벗을 겨."

모리가 신발을 신은 채 내전 안으로 성큼성큼 걸어 들어갔다. 목숨을 내놓은 마당에 무서울 게 뭐가 있겠는가? 모리는 자기 목숨은 신경 쓰지 말고 마음껏 휘저으라고 했다. 드디어 다케시가 보였다. 잠을 못 자서 그런지 얼굴이 푸석했다. 비트코인 25만 개가 눈앞에서 왔다 갔다 하니, 그럴 만도 했다.

"안녕들 하슈? 나가 겐지 협상 대리인이여. 어디 앉아서 조곤조곤 얘기혀면 쓰겠구먼?"

모리가 주위를 둘러봤다. 아이패드 전면 카메라에 곤조와 유키의 얼굴이 스쳐 지나갔다.

"그려, 알았어. 겐지가 자네혀고 똑같은 반상을 놔달라는
디."

모리가 다케시를 가리켰다. 다케시가 인상을 쓰며 개코에
게 눈짓했다.

"그 전에 겐지가 인사부터 혀자는디. 겐지, 이 양반이 대빵
인 것 같으니께 먼저 인사혀."

모리가 아이패드를 다케시 쪽으로 돌렸다. 준페이의 핸드
폰 화면에 다케시의 얼굴이 떠올랐다. 영춘이 손을 흔들었지
만, 다케시는 고개 한 번 까닥하지 않고 노려만 봤다.

"쫀쫀한 자식, 웬수는 웬수고 비즈니스는 비즈니스지 뭔 오
야붕이 개인사와 비즈니스도 구분 못 혀…… 라고 겐지가 말
하는디."

다케시의 얼굴이 붉게 달아올랐다. 뭔가 말하려는데, 모리
가 아이패드를 돌려버렸다. 금붕어 눈깔을 한 곤조의 얼굴이
잡혔다. 영춘은 손을 흔들었지만 곤조 또한 화난 얼굴로 노려
보기만 했다. 곤조 뒤로 유키가 보였다. 반가운 마음에 손을
흔들었지만, 유키는 모르는 척 고개를 돌렸다. 자신을 반겨주
는 사람은 아무도 없었다. *아, 그래, 개코가 있었지.* 개코가 반
상을 들고 영춘을 보며 싱글벙글했다. 모리가 반상 위에 아이
패드를 올려놓고 화면을 고정했다.

"요기 요로케 놓으면 잘 보이는 겨? 옆으로 조금 가라고? 지

금은 어뗘?"

모리가 아이패드를 살짝 오른쪽으로 틀었다. 다케시, 곤조, 개코, 유키. 네 명의 얼굴이 화면에 잡혔다.

"근디, 속이 영 허전하구먼. 협상에 들어가기 전에 뭐 좀 먹었으면 쓰겄는디."

모리가 입맛을 다셨다. *아하, 그래. 간접 체험이라는 것도 나름 의미가 있었다.*

"뭐라고? 겐지, 크게 야기혀봐. 잘 안 들리니께."

모리가 무선 이어폰을 만지작거렸다.

"오호, 그려. 내가 대신 맛만 봐주면 되는 겨? 알았구먼. 저기, 주인 양반. 겐지가 연못에 있는 단학인가 하는 놈으로 찜 요리를 해달라는디."

"보자 보자 하니까, 이놈의 새끼가!"

참다못한 다케시가 반상을 주먹으로 내리쳤다. 힘이 얼마나 좋은지 단단한 흑단 반상이 산산이 조각났다. 그 서슬에 놀란 모리가 헉 소리를 내며 두 손으로 가슴을 움켜쥐었다.

"어이구, 죄송혀유. 겐지, 나가 심장이 떨려서 더는 못 혀겄구먼. 기냥 둘이 얘기혀. 나는 이만 가볼 테니께."

모리가 숨을 할딱거리며 아이패드를 들고 일어섰다. *이 아저씨, 연기력이 장난 아니네.* 영춘은 웃음이 나오려는 걸 꾹 참았다.

"않아!"

다케시가 버럭 소리를 질렀다.

"찜 쪄 가지고 올 테니까, 그냥 앉아 있으라고."

다케시가 씩씩거리며 개코에게 뭔가 지시했다. 모리가 눈치를 보며 슬며시 자리에 앉았다.

"거, 코 큰 양반. 양념혀지 말고 그냥 담백하게 찌라고 혀. 좋은 재료는 그 자체가 맛인 겨."

모리가 개코의 뒤통수에 대고 소리쳤다.

"자, 요구를 들어주었으니 이제 협상을 시작하자고."

곤조가 처음으로 입을 열었다.

"난 먹고 할 건디. 자네는 눈이 왜 그리 튀어나왔는감? 잠을 못 자서 그려? 잠이 안 올 땐 생양파 한 조각을 눈 위에 올려놔 봐. 기가 맥히게 잠이 솔솔 올 테니께. 내가 좋은 정보 알려줬으니께, 담배 있으면 하나 줘봐."

모리가 각본에 없는 애드리브를 쳤다. 바싹 졸아 긴장하면 어쩌나 했는데, 기우에 지나지 않았다. 다케시의 저택에 들어가기 전에 술을 한잔 걸친 모리에게선 긴장한 구석이 전혀 보이지 않았다.

"겐지가, 노부키라는 교수가 지금 쓰쿠바에서 대기혀고 있는지 물어보라는디?"

모리의 물음에 곤조가 고개를 끄덕였다.

"겐지한테 들었구먼. 비트코인이 25만 개라며? 니들 오늘 제대로 용꿈 꾼 겨. 거기 뒤에 있는 삭시, 재떨이 될 만한 거 있으면 가져와봐아.”

모리가 손짓하자, 유키가 쪼르르 나와 찻잔 받침대를 반상 위에 올려주고 곤조 뒤로 물러났다. *잠깐, 곤조 뒤에 있다는 건…… 언더커버 중이라는 사실을 밝혔다는 건데. 그렇다면 두 놈이 공조하기로 했으니 유키가 드럼통에 들어갈 일은 없어진 셈이다. 그나마 유키라도 건졌으니 다행이다. 그녀가 아니었으면 자신은 죽은 목숨이었다. 은혜를 갚을 방법이 뭐 없을까?* 영춘이 한참 고민하는데, 개코가 김이 펄펄 나는 잉어찜을 들고 들어왔다.

“와, 이렇게 큰 겨?”

모리가 감탄을 금치 못했다.

“다들 한 점씩 혀.”

모리가 젓가락을 들며 권했지만 아무도 나서는 사람이 없었다.

“뭐여, 대가리 쪽을 비춰보라고?”

모리가 접시를 아이패드 앞에 들이댔다. 다이아몬드 모양 반점이 선명했다. 단학이 틀림없다. *1억짜리 잉어찜이라니.* 모리야말로 용꿈을 꾼 게 분명했다.

“술은 없는 겨? 겐지, 이 잉어찜에 어울리는 술이 있다고 혀지 않았어? 루이비똥인가 하는…….”

갑자기 생각난 듯 모리가 젓가락을 내려놓았다. 그가 이런 좋은 기회를 놓칠 리 없었다. 앞날이 어찌 될지 모르는 마당에 입이라도 호강시켜줄 필요가 있었다.

"그려, 루이비똥이 아니라 루이 13세여. 저기, 다들 들었는 감? 그거 가져오라는디."

다케시의 얼굴이 붉으락푸르락했다. 하지만 어쩌겠는가? 비트코인에 비하면 그건 껌값도 안 된다. 개코가 부리나케 뛰어나가더니 호박색 크리스털 술병을 들고 왔다.

"얼음은 없는 겨?"

일이 술술 풀리자, 모리가 기고만장해졌다.

"이런 건 스트레이트로 마셔야 제맛이 난다고? 그야 나도 알제. 허지만 이케 좋은 술을 허투루 마실 수는 없잖여. 그려, 한 잔은 그냥 마셔봐야겠구먼. 거기, 코 큰 친구. 그래도 얼음은 가져와야 혀."

모리가 루이 13세를 잔에 따라 쭉 들이켰다. 그러고는 젓가락을 집어 들었다. 드디어 1억 원짜리 잉어찜을 시식하는 순간이었다. 모리가 생선 한가운데를 헤집더니 커다란 살점을 집어 입에 넣었다.

"기다려봐아. 아직 씹지도 않았구먼."

모리가 아주 천천히 씹으며 맛을 음미했다.

"음, 야한테 뭘 멕였는지 매화 향이 폴폴 나는구먼. 겐지, 이게 얼마라고 혔지? 1000만 엔? 허이구야, 이게 돈 냄새구먼. 호강만 혀고 살아서 그런지 살이 빠다처럼 살살 녹는디."

아무리 들어도 그 맛을 상상할 수 없었다. 간접 체험이라는 게 별 소용이 없었다.

"1000만 엔이라며. 자네, 진짜 안 먹을 겨?"

모리가 놀리듯 다케시에게 젓가락을 내밀었다. 달아오른 다케시 머리에서 김이 날 것만 같았다.

"뭐, 싫으면 관둬. 그럼, 제대로 먹어볼까."

모리가 팔을 걷어붙이고 본격적인 먹방을 시작했다. 살점을 능숙하게 발라 한 점 한 점 음미하며 천천히 맛을 즐겼다.

"그만 먹고 빨리 협상하자고."

보다 못한 곤조가 짜증 섞인 목소리로 말했다.

"조금 기다려봐. 비싼 건디 남기면 아깝잖여."

모리가 급할 것 없다는 듯 얼음을 탄 루이 13세로 간간이 입맛을 돋우며 한 점 한 점, 입안에 집어넣었다. 영춘을 비롯한 다섯 명은 벌받는 아이들처럼 모리의 먹방이 끝나기만 기다렸다. 드디어 생선 앞면을 다 해치운 모리가 젓가락을 내려놓았다.

"이거, 포장은 안 되는 겨?"

그건 생각 못 했네. 영춘은 모리의 순발력에 감탄했다. 잘만 하면 자신도 1억짜리 잉어찜을 맛볼 수 있었다.

"겐지가 무조건 포장혀달라는디. 협상은 포장혀는 거 보고 하자는디."

두 놈의 얼굴이 또 일그러지고, 개코가 또 허겁지겁 뛰어나갔다. 개코가 정말 고생이 많다. 협상이 잘 마무리되면 진심으로 벤츠 한 대 뽑아줄 생각이다.

"겐지, 인자 배도 채웠고…… 슬슬 협상혀도 되지 않을까?"

1억 원짜리, 아니 반 토막이니 5000만 원짜리 잉어찜이 든 쇼핑백을 건네받은 모리가 흡족한 표정을 지었다. 하지만 아직 정리할 게 남아 있었다.

"준페이랑 루나 문제부터 먼저 해결하자는디. 두 사람은 지금 어디 있는 겨?"

다케시가 개코를 쳐다봤다. 개코가 다케시의 귀에 대고 속삭였다.

"지하창고에 잘 있다고 하니 자네가 원한다면 곧 풀어주겠네."

"두 사람이 무사한 걸 보고 나서 협상을 시작허겠다는디. 얼렁 데꼬 와."

"휴!" 하고 다케시가 한숨을 쉬더니 개코에게 고개를 까딱였다. 두 사람을 데리고 올 동안 저택 앞에 승용차를 대기시키게 했다. 잠시 후 발걸음 소리가 들리자, 모리가 아이패드를 뒤로 돌렸다. 머리에 붕대를 감은 준페이와 얼굴의 화장이 다 지워진 루나가 화면에 잡혔다.

"어이! 준페이, 루나 짱. 괜찮은 겨?"

모리가 두 사람의 몰골을 보더니 걱정스러운 듯 물었다.

"모리 아저씨!"

두 사람이 깜짝 놀라 소리쳤다.

"정문 앞에 차가 기다리고 있을 테니께, 얼렁 오미코로 돌아가. 코 큰 양반, 안내 좀 혀."

둘은 어리둥절한 표정으로 서로를 쳐다봤다. 죽을 고비를 넘기면서 사랑이 싹튼 걸까? 서로 손을 맞잡고 개코 뒤를 따라갔다.

"자, 겐지. 요구를 다 들어줬으니까, 빨리 협상을 시작하자고."

곤조가 안달이 났다. 이 정도 시간을 끌었으면 똥줄 좀 탔을 것이다. 저놈들이 대체 무슨 생각을 하고 있는지 들어보고는 싶었다.

"겐지가 그짝 얘기 먼저 들어보자는디. 얼마나 줄 겨?"

공을 넘기자, 다케시와 곤조가 서로의 얼굴을 쳐다봤다. 그러고는 귓속말을 속삭이며 낙찰가를 조정하기 시작했다. 사뭇 진지한 표정이 볼만했다.

"이 돈은 의미 있는 일에 쓰여야 하네."

상의가 끝났는지 곤조가 앞으로 나섰다. 무슨 개소리야. 저놈은 첫마디부터 사람을 질리게 하는 재주가 있었다.

"거, 쓰잘데기없는 소리 허덜 말고. 그냥 뿜빠이 할 액수만 말혀."

영춘은 단호하게 잘라버렸다. 가만두면 아시아에 히노마루 어쩌고저쩌고할 게 뻔했다.

"이번 비트코인과 관련된 조직은 이나가와구미와 대일본

국수회뿐만이 아니야. 쓰쿠바대에서도 노부키 교수를 앞세워 일정 지분을 요구하고 있네. 게다가 고베 본가도 재정 담당이었던 신타로 몫을 챙기겠다고 하고 있고."

얼굴이 벌겋게 변한 곤조 대신 다케시가 나섰다. 협상 파트너로는 다케시가 나왔다. 무식해서 그렇지 헛소리는 하지 않았다.

"이 모든 조직을 만족시켜야 해서 나눌 몫이 많지 않네. 자네 몫으로 1만 개에 우수리 1,919개도 주겠네. 그 정도면 혼자 평생 먹고사는 덴 충분할 걸세."

내가 평생 얼마나 쓸지 자기가 어떻게 안다고. 영춘이 말을 꺼내기도 전에 모리가 고개를 저었다.

"자네가 방금 말했잖여? 모두를 만족시켜야 한다고. 그럼 겐지도 똑같이 만족시켜야제. 내 생각에는 말여, 거기 넷에 겐지까지 넣어서 25만 개를 다섯으로 나누는 겨. 각자 5만 개씩. 어때, 겐지? 이 정도면 괜찮은 겨?"

"5만 개라고? 말도 안 돼! 그 돈은 대일본제국의 부활을 위해 쓰일 자금이야!"

곤조가 붕어 눈깔을 뒤집어 까며 소리쳤다. 붉은 핏줄이 선 눈알은 금방이라도 튀어나올 것만 같았다. 그러니까 더더욱 안 되는 거지. 영춘은 모리에게 자신의 생각을 말해달라고 했다.

"저기 말이여……. 겐지가 다시 잘 전해달라는구면. 5만 개가 아니라 10만 개라는디. 그리고 이왕 말이 나온 김에 우수리

1,919개도 달라는구먼. 겐지, 그럼 총 10만 1,919개를 받으면 되는 겨?"

"뭐라고?"

곤조 얼굴에서 얼마 남지 않은 핏기가 싹 사라졌다. 옆에 있던 다케시도 입을 벌린 채 말을 잃었다. *아니, 반도 아니고 40퍼센트만 달라는데 왜 저리 거품을 무시나. 쯧쯧쯧.* 영춘은 넋이 나간 두 사람을 보며 혀를 찼다.

"뭐, 싫으면 여기서 엎자는디."

모리가 쇼핑백을 들고 일어섰다.

"앉아!"

다케시와 곤조가 동시에 고함을 쳤다. 얼마 전까지 칼부림을 하며 원수처럼 굴더니, 그새 찰떡궁합이 되어 있었다. 돈이 요물은 요물이다.

"상의할 시간이 필요하니까, 잠깐 기다려."

두 놈이 옆에 있는 응접실로 갔다. 영춘은 아이패드를 유키 쪽으로 돌려달라고 했다. 유키가 무표정한 얼굴로 앉아 있었다. 눈이라도 마주치면 감사 인사를 하려 했지만, 도통 이쪽을 보려 하지 않았다. *유키 덕분에 살아났는데……. 어떻게 보답하면 좋을까?* 돈으로 갚는 건 너무 쉬운 방법이었다.

"좋아, 네놈이 원하는 대로 10만 개를 줄 테니까 빨리 비밀번호를 말해."

내전으로 돌아온 다케시가 선심 쓰듯 말했다. 곤조도 고개를 끄덕였다.

"누굴 바보로 아나, 라고 겐지가 중얼거리는디."

모리가 시키지도 않은 대사까지 척척 전달했다.

"10만 개를 어케 줄 건디?"

모리의 말에 두 놈이 서로의 얼굴을 쳐다봤다.

"겐지, 네놈이 달라고 하니까 준다고."

"어떻게? 메일로 보낼 겨, 아니면 전자지갑으로 보낼 겨?"

"네놈이 원하는 대로 다 해준다고!"

소리를 지르는 다케시의 얼굴이 뻘겋게 변했다.

"퍽이나! 비트코인을 찾으면 '겐지, 그동안 고생 많았네. 여기 자네 몫일세' 하고 10만 개를 덜컥 준다고? 아서라. 내가 보기엔 말여…… 비트코인을 찾고 나면 그냥 쌩까버릴 속셈 아닌 겨? 내 말이 틀렸는감?"

모리의 말에 두 놈의 눈동자가 크게 흔들렸다.

"이것들이 지금 나를 가지고 놀아? 참는 것도 한도가 있지. 이 다케시를 뭘로 보고! 씨발, 다 때려치워! 다 죽여버릴 거야!"

다케시가 광분하며 벽에 걸린 일본도를 빼서 모리 목에 들이댔다.

"겐지, 어쩔 겨? 이러면 얘기가 달라지잖여."

모리가 쇼핑백을 들고 뒤로 물러났다.

"협상이고 뭐고 다 때려치워! 겐지, 너 이 자식! 내가 무슨 일이 있어도 잡아서 갈기갈기 찢어 죽일 거야! 각오하고 있어!"

다케시가 화면에 꽉 차도록 얼굴을 들이밀고 고래고래 소리 질렀다. *그러시든가.* 빈정이 상한 영춘은 영상통화를 끊고, 핸드폰 전원을 껐다.

코로나 확산세가 주춤하자, 일본 정부는 미즈기와 방역 대책을 폐지했다. 그래서인지 하네다 공항은 사람들로 북적였다. 그래도 한자리에 오래 앉아 있으면 불안했다. 영춘은 배낭을 메고 로비 끝에 있는 카페로 자리를 옮겨 시간을 보냈다. 약속 시간을 조금 넘겨 모리에게 다시 영상통화를 걸었다.

"왜 인제 전화하는 겨? 여그 선상님들이 오래 기다리셨잖여."

불쾌한 모리의 얼굴이 화면에 나타났다. 눈빛이 어느 때보다 생기가 돌았다. 1억 원짜리 잉어찜에 1000만 원짜리 루이 13세를 마셨으니 그럴 만도 했다. 아이패드의 각도를 조정하자 네 사람이 화면에 들어왔다. 20분이 지났지만, 누구 하나 자리를 뜨지 않았다. 자그마치 비트코인이 25만 개다. 누가 똥줄이 탈지는 뻔했다. 영춘은 이를 악물고 있는 다케시를 보며 빙그레 웃었다. 세상일이 자기 성질대로 되지 않는다는 걸 확실히 깨달았을 것이다.

"겐지, 말만 혀라는디. 원하는 대로 다 들어준다는구먼."

모리가 기분 좋은 목소리로 말했다. 반상 위의 루이 13세가 절반 넘게 사라져 있었다. 그 옆으로 싱싱한 유바리 멜론과 영롱한 와인빛을 자랑하는 루비로망 포도가 보였다. 모리가 20분 동안 제대로 뽑아 먹고 있었다.

"겐지가 10만 개 달라고 헌 건 농담이랴."

모리 말에 두 놈의 눈이 휘둥그레졌다.

"어차피 받지도 못할 건디 25만 개는 너그덜이 다 갖고, 대신 현금이나 좀 달라고 혀는구먼. 거, 양주 말고 소주는 없는 겨? 이젠 이것도 물리는구먼. 사토노아케보노, 그게 맛이 괜찮더라고. 거기, 코 큰 양반! 얼렁 싸게 한 병 가져와봐아!"

모리가 친근감 있는 목소리로 개코에게 심부름을 시켰다. 개코는 다케시에게 묻지도 않고 바로 밖으로 뛰어나갔다.

"미코 몫으로 10억 엔, 준페이 몫으로 10억 엔, 루나 몫으로 10억 엔, 그리고 겐지 몫으로 10억 엔. 이렇게 40억 엔을 달라는디. 근디, 내 몫은 없는 겨?"

모리가 섭섭한 표정으로 아이패드에 얼굴을 디밀었다.

"겐지가 나보고 알아서 혀라는디. 그럼 나도 똑같이 혀야지."

모리가 손가락 다섯 개를 폈다. 비트코인 25만 개를 50억 엔에 넘기는 거다. 이 정도면 놈들에겐 거저나 다름없다. 두 놈이 다시 머리를 맞대고 논의했다. 어떤 결론을 내든 영춘은 한 푼도 깎아줄 생각이 없었다. 지금도 액수가 너무 적어 속이 쓰릴 지경이었다. 하지만 과유불급이라고 하지 않는가. 과한 욕심을 부렸다가 일이 어긋날 수 있었다. 50억 엔이면 민들레 상가를 재건하기엔 충분한 금액이다. 미코의 희생을 헛되게 할 수 없었다.

"겐지, 너의 요구에 응하기로 했네. 하지만 50억 엔의 현금을 당장 마련하기는 어려우니 시간 좀 주게."

예상했던 대로 두 놈이 미끼를 덥석 물었다.

"겐지 말이 지금부터 딱 두 시간 줄 테니께 1분도 넘기지 말라는디. 계좌번호는 지금 불러준다네."

모리가 영춘이 불러주는 계좌번호를 큰 소리로 읊어댔다. 두 놈이 다시 논의에 들어갔다. 상의를 마친 다케시가 핸드폰을 들고 잠시 통화했다.

"50억 엔 중 절반인 25억 엔은 우리가, 나머지는 국수회 쪽에서 부담하기로 했네. 우리 쪽 금액은 마련할 수 있다고 하니까, 바로 송금해주겠네. 하지만 국수회 쪽은 절차가 복잡해서 시간이 좀 걸린다는데……."

다케시가 말끝을 흐리자, 곤조가 앞으로 나섰다.

"자네의 합리적인 제안에 감탄하는 바일세. 동료를 챙기려는 그 마음이야말로 협객의 진정한 도리가 아니겠는가?"

아, 이 새끼는 입만 열었다 하면 개소리야.

"아, 씨! 진짜!"

모리가 영춘의 말투를 흉내 내자, 곤조가 움찔했다.

"그러니까…… 25억 엔이나 되는 현금을 인출하려면 이사회의 승인이 있어야 하네. 상황을 설명하면 승인이야 해주겠지만, 이사회를 소집하고 회의를 열어 승인까지 받으려면 시간이 좀 걸려서 말이야. 적어도 오후 3시까지 시간적 여유가 필요하네."

곤조가 급히 본론을 말했다. 영춘은 시계를 봤다. 오전 9시가 조금 넘었다. 오후 3시까지 미코 없는 일본에 머물고 싶지 않았다. 영춘은 모리에게 배낭에 있는 걸 모두 꺼내라고 했다. 모리가 두꺼운 장부와 서류 뭉치를 꺼냈다.

"이게 이사부로와 신타로가 공모해 본가 상납금 일부를 횡령해서 국수회로 빼돌린 회계장부와 증거서류라는디. 겐지가 이사부로 금고에서 찾아냈다는구먼."

모리가 장부를 들어 올렸다.

"그동안 횡령한 돈이 100억 엔이 넘는다는구먼. 겐지 말이, 고베 본가에 이 장부를 넘겨주면서 25억 엔을 달라고 혀고, 낭중에 국수회에 구상권을 청구해 받으라는디."

모리가 장부와 서류 뭉치를 다케시에게 건넸다. 다케시의 얼굴이 곰처럼 부풀어 올랐다. 이를 꽉 깨물고 곤조를 노려봤다. 턱 근육이 경련을 일으키며 부들부들 떨리기 시작했다. 곤조가 뭔가 말하려다 벽에 걸린 일본도를 쳐다보는 다케시의 눈빛을 보고 입을 다물었다.

"너그 싸움은 낭중에 혀고, 이제 한 시간 50분 남았구먼. 후

딱 서둘러야 할 겨. 그때까지 돈이 들어오지 않으면 겐지는 잠수 타고 영영 사라진다고 혀니께."

"잠깐!"

곤조가 급히 아이패드 앞으로 나왔다.

"만일 돈만 받고 비밀번호를 알려주지 않으면 어떻게 되는 거지?"

곤조가 다케시와 영춘을 번갈아 쳐다보며 물었다. 영춘도 놈들을 믿지 못해 현금을 받는 쪽으로 방향을 선회했으니, 곤조가 의심하는 것도 당연했다.

"이놈은 여기 볼모로 남아 있어야 해. 만일 겐지 네놈 말이 거짓일 경우 이놈은 죽은 목숨이고 겐지 너도 세상 끝까지 쫓아가서 기필코 갈기갈기 찢어 죽일 테니까, 그리 알아."

다케시가 이를 갈며 말했다. 영춘은 마땅히 대꾸할 말이 없어 통화 종료 버튼을 눌렀다. 신경을 썼더니 니코틴이 절실했다. 아이스커피를 들고 흡연 구역으로 갔다. 담배를 피우며 하시모토 상에게 전화를 걸었다. 요시노와 히로키의 도움으로 장례식과 추모식 준비가 순조롭게 진행되고 있었다. 준페이 핸드폰의 역할은 여기까지다. 영춘은 핸드폰의 전원을 끄고 심카드를 분리해 쓰레기통에 던져버렸다.

25. 영춘, 아아를 기다리다

하네다 공항 출입문을 나서자마자 후텁지근한 공기가 얼굴을 덮쳤다. 영춘이 택시에 올라 나리타 공항으로 가자고 하자, 기사가 잇몸까지 보이며 기뻐했다. 거리가 멀어 택시 요금이 꽤 나오겠지만, 그까짓 돈 몇 푼이 문제가 아니었다. 차창 밖을 내다보며 영춘은 지난 8개월을 떠올렸다. 청부 살인을 위해 일본에 발을 디딘 순간부터 오늘까지, 긴장의 연속이었다. 이사부로와 겐지의 수장水葬, 미코와의 운명 같은 만남, 민들레 상가 사람들과의 소박한 추억, 후쿠시마에 이어 아소산까지 이어진 숨 가쁜 여정, 그리고 다케시와의 긴박했던 협상까지. 이 모든 장면이 영화처럼 머릿속을 스쳐 지나갔다.

가슴 뛰는 순간도 있었고, 깊은 좌절의 순간도 있었다. 그중에서 가장 아픈 기억은 미코의 죽음이었다. 그녀와의 운명적 만남이 이렇게 허무하게 끝날 줄은 몰랐다. 바케몬 우리 안에서 미코가 자신의 비골을 가리켰을 때, 영춘은 차마 입 밖으로 꺼낼 수 없는 비열한 희망을 품었다. 살 수 있겠구나. 그 치욕적인 안도감이 마음속에서 독버섯처럼 자라났다. 그날의 비겁함을 아는 사람은 없겠지만, 평생 짓누를 악몽이 되기에 부족함이 없었다.

영춘은 나리타 공항에 도착하자마자 출국 수속을 시작했다. 짐은 낡은 배낭과 포스터를 둘둘 말아 넣어둔 지통紙筒이 전부였다. 따로 부칠 짐이 없어 바로 키오스크로 가 준페이의 여권 정보를 입력했다. 항공권이 출력되자, 긴장이 조금 풀렸다.

출국장 게이트로 가기 전, 화장실로 향했다. 빈칸에 들어가 변기 위에 앉아 가발을 벗었다. 짧게 깎은 머리가 낯설었다. 배낭에서 메이크업 상자를 꺼냈다. 문고리에 손거울을 걸고 변장을 시작했다. 보습 크림을 적당히 얼굴에 발랐다. 실리콘에 경화제를 섞은 후 붓을 이용해 덧칠했다. 준페이의 이마 윤곽과 광대뼈의 굴곡을 살렸다. 주름은 아이펜슬을 사용해 표현했다. 마지막으로 파운데이션을 덧바르자, 거울 속에 준페이의 얼굴이 나타났다. 이 정도면 출국심사에서 의심받지 않을 것이다. 영춘은 변장 상태를 다시 한번 꼼꼼히 확인한 후 밖으로 나왔다.

"잠깐만요."

보안 검색대를 통과해 배낭과 지통을 집어 들려는 순간, 예리한 목소리가 영춘을 불러 세웠다. 제복 입은 남자가 지통을 가리켰다.

"안을 좀 봐도 되겠습니까?"

서늘한 기운이 등줄기를 훑고 지나갔다. 영춘은 최대한 포커페이스를 유지하며 고개를 끄덕였다. 천천히 지통을 열고 조심스럽게 내용물을 꺼냈다. 보안 요원이 굳은 얼굴로 포스터를 주시했다. 손바닥에서 땀이 배어 나왔다. 괜히 욕심을 부렸나? 도박은 언제나 위험했다.

"우와, BTS네요!"

옆에서 검색 중이던 젊은 여성 보안 요원이 탄성을 질렀다. 그녀의 반응에 옆 게이트의 일본 아주머니까지 호기심 어린 눈을 하고 다가왔다.

"저도 아미예요! 태형이 팬이에요!"

아줌마가 뷔의 얼굴을 가리키며 흥분을 감추지 못했다. 작은 소란이 일자, 보안 요원이 인상을 쓰며 손을 내저었다.

"됐습니다. 빨리 가세요."

영춘은 포스터를 다시 말아 통 안에 넣었다. 탑승 시각까지는 아직 한 시간이 남아 있었다. 탑승구 번호를 확인한 뒤 비즈니스센터로 향했다. 11시 10분, 놈들과의 약속 시간에서 10분이 지났다. 지금쯤 녀석들 속이 바싹바싹 타들어가고 있을 것이다.

영춘은 컴퓨터 앞에 앉아 계좌를 확인했다. 돈은 약속한 시간에 정확히 들어와 있었다. 다케시가 고베 본가에 횡령 사실을 알리고 돈을 받아낸 모양이었다. 비트코인을 손에 넣지 못하면 국수회와 야쿠자 사이에 전쟁이 벌어질 것이다. 모든 게 계획대로 진행되고 있었다.

비즈니스센터를 나오자 긴장감이 감돌았다. 한쪽 귀에 이어피스를 낀 보안 요원들이 동선마다 배치돼 있었다. 총리실에서 기시다 총리와의 면담을 끝낸 중국 외교부장 왕이가 북경행 BN-302편으로 떠난다는 속보가 전광판에 떴다. 그래서인지 터미널 경비가 삼엄했다.

영춘은 시간을 확인하고 근처 화장실로 갔다. 변기에 걸터앉아 엑스페리아를 꺼냈다. 심카드를 끼우고 전원을 켰다. 가발을 꺼내 얼굴을 가리고 영상통화를 시작했다.

"인자 전화혀면 어떡혀? 돈을 진작 보냈다는디, 확인은 해본겨?"

말과 달리 모리의 얼굴은 느긋했다. 뒤로 다케시와 곤조의 초조한 얼굴이 보였다.

"다 들어왔다고? 그럼 이제 마무리만 혀면 되는 거네. 나는 아내와 딸이 있는 후쿠시마 앞바다에 뿌려줘."

모리가 정중한 말투로 마지막 유언을 남겼다. 영춘은 고개를 끄덕였다.

"겐지, 비밀번호는? 약속대로 돈은 보냈으니까, 빨리 말해."

다케시가 모리를 밀치고 아이패드 화면에 얼굴을 들이밀었다. 그답지 않게 매우 초조한 표정이었다.

"원래 그 번호가 맞는다는디. 손댔다고 현 건 거짓말이랴."

"겐지, 정말이지? 대일본제국의 사무라이로서 천황 폐하의 이름을 걸고 맹세할 수 있는 거지?"

카메라에 얼굴을 들이민 곤조의 표정 또한 절박했다. 횡령 사실이 들통난 그로서는 비트코인밖에 기댈 것이 없었다. 뭘 이런 일로 일왕까지 들먹이시나? 영춘은 비웃으며 서둘러 전원을 껐다. 가발을 비닐봉지에 넣어 휴지통에 버렸다. 일회용 비닐장갑도 변기 속에 넣고 레버를 내렸다.

탑승구 F17. 미리 확인해두었던 북경행 탑승구 방향에서 대기했다. 잠시 후 무전기를 든 의전 요원이 중국 수행원 일행을 인솔하며 다가왔다. 영춘은 옆으로 비켜섰다가 무리 뒤에 자연스럽게 따라붙었다. 백팩을 등에 메고 양손에 쇼핑백을 든 수행원이 땀을 뻘뻘 흘리면서 일행을 쫓느라 정신이 없었다. 쇼핑백 안에 엑스페리아를 슬쩍 밀어 넣고 기념품 가게로 몸을 틀었다. 진열대에 놓인 기념품을 구경하는 척하며 유리창 너머를 주시했다.

"삐이!"

호루라기 소리와 함께 공항 경찰 수십 명이 순식간에 중국 수행원 일행을 둘러쌌다.

"워쓰我是……!"

격렬하게 항의하는 수행원들의 목소리가 나리타 공항을 뒤집어놓았다.

쯧쯧쯧⋯⋯. 영춘은 혀를 찼다. 역시 유키가 준 엑스페리아는 추적당하고 있었다. 사람들이 핸드폰을 꺼내 들고 소란이 일어난 곳을 촬영하기 시작했다. 영춘은 그 자리를 빠져나와 대한항공 탑승구 방향으로 걸음을 옮겼다.

"승객 여러분, 우리 비행기는 곧 인천국제공항에 도착할 예정입니다. 자리에 착석해주시고 안전을 위하여⋯⋯."

영춘은 안내 방송에 눈을 떴다. 새벽부터 복수하느라 정신없이 뛰어다닌 탓에 몹시 피곤했다. 비행기가 나리타 공항을 이륙하자마자 곯아떨어졌다.

창밖으론 점처럼 찍힌 인천 앞바다의 섬들이 보였다. 모리는 어떻게 됐을까? 다케시의 목을 제대로 찔렀다면, 지금쯤 싸늘한 시체가 되었을 것이다. 실패에 대비해 미코의 어린 시절 사진과 차가운 시신이 된 미코의 사진을 다케시에게 보냈다. 그는 모리의 칼에 죽음을 맞이하든지 영혼에 상처 입은 삶을 택하든지, 둘 중 하나를 선택해야 한다. 어느 쪽을 택해도 예전의 그로 돌아가긴 어려울 것이다.

합의금의 사용처는 정해놓았다. 가족 하나 없는 모리의 몫은 '일본피폭자단체협의회'에 기부하기로 했다. 피폭당한 지 80년이 지났지만, 히로시마와 나가사키의 상처는 여전했다.

모리의 합의금이 또 다른 후쿠시마 사고를 막는 데 도움이 될 것이다.

미코, 준페이, 루나 몫으로는 민들레 상가를 다시 짓기로 했다. 7층짜리 건물을 새로 지어 지하 1층에서는 루나가 루팡을 폼 나게 운영하고, 1층에는 하시모토 상의 가구점과 요시노 상의 잡화점을 새로 마련하고, 2층에서는 준페이에게 오미코를 영업하게 해야겠다. 건물 이름은 민들레, 즉 '단포포タンポポ'를 그대로 쓸 생각이다. 정체 모를 프랑스어보다 사람 냄새 나는 '민들레 상가'가 더 정감이 갔다.

거대한 금속 날개가 공기의 저항에 맞서는 소리가 날카롭게 울렸다. 이어서 기체가 활주로에 쿵 하고 바퀴를 찍더니 서서히 속도를 줄였다. 오랜만에 고국에 돌아왔다. 해외 원정이 마무리 수순에 접어들었다. 자동 출입국 게이트를 통과해 입국심사대를 빠져나오는 순간,

"잠깐, 동행을 부탁드립니다."

제복을 입은 두 명의 남자가 양쪽에서 막아섰다.

"무, 무, 무······."

"금방이면 됩니다."

앞에 선 남자가 단호하게 말했다. 불응했다가는 강제라도 연행할 태세였다. 영춘은 직원들과 함께 'SECURITY PERSONNEL ONLY'라고 적힌 문으로 들어갔다.

"영춘아!"

회색 문을 열고 들어가자, M이 활짝 웃으며 반겨줬다. 안경 너머 M의 눈동자가 거울처럼 반짝였다.

"여기 편하게 앉아."

M이 접의자를 뒤로 당겨주며 곰살맞게 굴었다. 영춘은 의자에 앉아 방 안을 둘러봤다. 창문 하나 없는 방에는 LED 조명이 발하는 불빛이 차갑게 비치고 있었다. 둥근 벽시계가 오후 2시 50분을 가리켰다. 초침의 째깍거리는 소리가 방 안의 긴장감을 풀어줬다. 영춘은 배낭과 지통을 내려놓고 의자에 등을 기댔다. 실리콘을 칠한 아래턱에서 땀과 고무 냄새가 섞여 올라왔다.

"변장해서 자칫하면 놓칠 뻔했어. 그거 떼어낼 때 피부가 많이 쓸릴 텐데, 괜찮겠어?"

영춘은 아래턱을 만져봤다. 보습 크림을 바르긴 했지만, 시간이 지날수록 피부에 밀착해 제거하기 어려워질 것이다. 빨리 떼어낼 필요가 있긴 했다.

"여기는 다도코로 상이야. 너 일본어 잘하니까, 대화는 문제없겠지?"

"아…… 안녕하…… 십니까?"

다도코로가 서툰 발음으로 더듬거리며 손을 내밀었다.

"내각정보조사실 조사관이야. 우리랑 공조 중이지. 너 아침부터 바빴다며?"

M이 잇몸을 드러내며 웃었다. 영춘은 의자에 기댄 채 사내

가 내민 손을 물끄러미 쳐다봤다. 사내가 손을 거두었다.

"오늘 아침."

M이 말을 멈추고 영춘의 표정을 살폈다.

"…… 모리라는 놈이 이나가와구미초 다케시의 목에 칼을 꽂았어. 모리도 이나가와 애들한테 난자를 당했고."

"음……."

영춘은 무의식적으로 신음을 뱉고 말았다. 예상했던 일이지만, 막상 현실이 되자 마음이 착잡했다. 다케시는 끝내 미코의 정체를 모른 채 죽었다. 그에게는 차라리 다행일지도 몰랐다.

"그 사건에 곤조라는 공안부장이 연루되어 있어. 경시청 내 사팀이 들이닥쳤고, 엄청난 사실이 드러난 거야. 빙고!"

M이 손가락 두 개를 튕겼다.

"바로 내각정보조사실에 보고가 들어갔지."

M은 매우 들떠 있었다. 비트코인의 존재를 모르고서야 저렇게 흥분할 리 없었다.

"칠복신을 압수해 전부 스캔했는데, 다른 건 단단한 참피나무였는데 하나만 결이 다른 측백나무였어."

M이 계속 말을 쏟아냈다. 로또에 당첨된 사람처럼 들떠 있었다.

"범인으로 너를 특정했지. 그런데 네가 대한항공을 타버린 거야. 항공안전법상 기내는 해당 기체 등록국의 영토라 강제집행이 불가능했지. 결국, 우리한테 협조 요청이 들어왔어."

"순, 순, 순…… 대, 대, 댓국."

영춘은 흥분한 M의 수다를 끊었다.

"뭐?"

무슨 뜻인지 몰라 M이 반문했다. 영춘은 벽에 걸린 시계를 가리켰다. 점심시간이 한참 지났다. 오랜만에 한국에 돌아왔는데, 밥 한 끼 먹지 못했다. M이 어이없는 표정으로 밖에 대고 순댓국 하나만 배달시켜달라고 소리쳤다.

"어디까지 얘기했더라……. 그래, 얘네들이 우리한테 협조 요청을 해왔는데, 조건이 뭔지 아니?"

M이 다도코로를 곁눈질했다. 다도코로는 팔짱을 낀 채 조용히 듣고 있었다.

"분실된 인형, 아니 정확히 호테이를 찾아주면 비트코인 25만 개 중 10퍼센트를 강제징용자하고 위안부 배상금으로 쓰겠다는 거야. 씨발, 이게 말이 돼? 그걸 합의해준 웃대가리나, 날로 처먹으려는 쪽발이 새끼들이나."

M이 소리치며 다도코로를 노려봤다. 다도코로도 '쪽발이'라는 말을 알아들은 듯 인상을 쓰며 M을 쳐다봤다. 갑자기 분위기가 싸늘해졌다. 영춘을 사이에 두고 두 사람이 서로를 노려봤다. 침묵 속에서 째깍거리는 초침 소리만 들려왔다.

그때 똑똑 문을 두드리는 소리가 나더니, 젊은 직원이 양은 쟁반에 순댓국이 든 뚝배기를 받쳐 들고 들어왔다. 들깨 가루 향과 순댓국 냄새가 긴장감을 녹여줬다. 영춘은 국물에 양념을 듬뿍 풀고 공깃밥을 말아 정신없이 퍼먹었다. 오랜만에 맛보는 칼칼한 국물이었다.

"영춘아!"

M이 몸을 앞으로 내밀었다. 영춘은 수저질을 멈추고 고개를 들었다.

"자, 이제 호테이를 넘겨. 장난은 여기까지야."

M의 표정이 싸늘해졌다. 조금 전의 흥분은 사라지고 차가운 미소만 남았다,

"엑스레이에 격벽이 잡혔더라."

M이 지통을 턱으로 가리키자 다도코로가 다가왔다. 영춘은 지통을 끌어안았다.

"호테이만 넘겨. 〈행복한 눈물〉? 그건 상관없어."

잠시 머뭇거리던 영춘은 포스터 세 장과 그 사이에 숨겨두었던 로이 릭턴스타인의 〈행복한 눈물〉을 꺼냈다. 혹시나 해서 인터넷 검색을 해봤다. 릭턴스타인 최고가 기록, 700만 달러…… 진품이면 대박을 터뜨리는 셈이다.

영춘은 보관통을 M에게 건넸다. M이 LED 조명 아래로 그걸 가져가 이리저리 비춰봤다.

"그냥은 안 되겠는데……. 가위나 칼 없을까?"

다도코로가 밖으로 나가 군용 접이식 가위를 가져왔다. 라텍스 장갑을 낀 다도코로가 조심스럽게 지통을 자르기 시작했다. 가위 끝이 벽면을 따라 내려가자 은박 뚜껑이 드러났다.

영춘이 만든 비밀 공간이었다.

"조심, 조심."

M이 흡족한 표정을 지었다. 다도코로가 뚜껑을 열었다. 영춘은 두 사람을 곁눈질하며 순댓국을 마저 먹었다. 다도코로가 건넨 에어캡 완충재 속으로 M이 손을 집어넣었다.

"이게 뭐야!"

M이 기겁하며 내용물을 내던졌다. 회백색 파편 세 조각이 책상 위에 흩어졌다. 영춘은 국물에 닿지 않도록 재빨리 조각을 집어 들었다. 한국으로 가져가기 위해 세 조각으로 나누어 지통 안에 숨겼다. 유골 목걸이를 만들어 평생 간직할 생각이었다.

"아, 진짜!"

M이 주먹으로 책상을 내리쳤다. 양은 쟁반 위에 있던 반찬 그릇이 달그락거렸다. 쏟아지면 책상이 지저분해질 것 같아 쟁반을 바닥에 내려놓았다. M이 영춘의 배낭을 잡아채 뒤집어엎었다. 공항에서 산 칠복신 인형 한 세트와 호테이 인형 열 개가 쏟아졌다. 다도코로가 양복에 먼지가 묻는 것도 개의치 않고 바닥에 엎드려 허겁지겁 인형을 주웠다.

"아, 진짜 돌아버리겠네."

인형을 하나하나 확인하던 M이 소리를 질렀다.

"어느 게 진짜야?"

포기한 그는 영춘에게 신경질적으로 물었다.

"아아."

영춘은 자신의 페이스를 유지했다.

"뭐?"

"아아."

영춘은 손을 입에 대고 물 마시는 시늉을 했다. 순댓국이 느끼해서인지 담백한 아이스아메리카노가 무척 당겼다.

"야, 다도코로! 가서 아아 한 잔만 사와."

"왓?"

다도코로가 영어로 반문했다.

"아, 진짜! 앞에 카페 가서 '아아' 달라고 해. 아이스아메리카노! 원 플리즈. 오케이?"

M이 다도코로를 쫓아내다시피 밀어내고는 CCTV 선을 가위로 싹둑 잘라버렸다.

"영춘아!"

M이 바싹 다가오자, 은단 냄새가 났다.

"너, 호테이 그거 몰래 숨겨놨지. 내가 여기서 빼내줄 테니까 나랑 손잡자."

M의 목소리가 은근히 가라앉았다.

"이쪽 선수들은 내가 다 섭외할게. 빗썸 연구개발팀에 있던 백코, 걔가 이번에 판교 팀에 합류했어. 그놈이 암호 화폐 넘버원 해커잖아. 걔도 데려올게. 일본 애들이랑 쇼부 쳐서 한 장만 받아내자."

M의 목소리가 점점 커졌다. 그가 처음부터 들떠 있던 이유는 역시 비트코인이었다. 이번 기회에 인생 역전을 꿈꾸고 있었다.

"5대 5. 아니, 네가 7을 가져. 난 3만 주면 돼."

'한 장'이면 억 단위를 말하는 걸까, 조 단위를 말하는 걸까? 워낙 액면이 커서 액수를 가늠하기 힘들었다.

"나도 이제, 이 생활 좀 털자."

M이 지친 듯이 말했다. 목소리가 쇳가루 묻은 것처럼 갈라졌다.

"정권이 바뀔 때마다 추풍낙엽이야. 얼마나 더 버틸 수 있을지 몰라."

M이 간절한 눈빛으로 영춘을 바라봤다. 영춘은 대답 대신 검지와 중지를 세웠다. M이 재빨리 담배를 끼우고 라이터를 켰다. 영춘이 연기를 내뿜으며 시선을 위로 향했다. M도 영춘을 따라 벽시계를 쳐다봤다. 두 사람은 잠시 째깍거리는 초침 소리에 귀를 기울였다. 그러다 M의 눈동자가 점점 커지더니, 그가 문을 박차고 나갔다.

"승화원! 다도코로, 승화원이야!"

사무실 밖에서 M의 목소리가 들렸다. 놈은 미코의 화장터까지 파악했다. 짧은 시간 내에 많은 걸 알아냈다. 두 나라 정보기관이 공조하니 시너지 효과가 엄청난 모양이다. 잠시 후 M이 다도코로와 함께 문을 열고 들어왔다.

"너, 일본에서 오미코 사장하고 썸 탔다며?"

다급하게 뛰어나갈 때와는 달리 여유를 찾은 M의 얼굴에 미소가 가득했다.

"승화원에 확인해보니 내일 예약한 여자 중 무연고자가 한 명 있더라. 그 사람이 오미코 여사장 맞지?"

M이 재미있다는 듯 웃음을 감추지 못했다

"이 친구가 승화원에 전화해서 접수 서류를 받았거든."

M이 핸드폰을 내밀었다. 서류에 붙은 미코의 사진이 핸드폰 화면에 나타났다. 미코의 얼굴을 보자 영춘은 가슴이 뭉클해졌다.

"화장을 취소시켰어. 우린 시신을 인수하러 한 시간 뒤에 출발하는 하네다행 비행기를 탈 거고. 영춘아!"

M이 목소리를 낮췄다.

"다도코로는 한국 근무가 벌써 세 번째야. 근속연수를 합하면 10년이 넘을 거야. 거의 한국 사람이라 보면 돼. 나랑 완전 절친이지."

M이 다도코로와 눈빛을 교환하면서 웃었다.

"윗선에서 합의? 애초에 그런 건 없었어. 내가 너한테 했던 제안을 다도코로가 나한테 똑같이 했어. 너한테서 호테이를 빼앗아 일본 정부와 쇼부 쳐서 한 장을 받아내자고."

M의 목소리에는 자신감이 묻어 있었다. 팔짱을 낀 다도코로 또한 여유로운 표정으로 상황을 즐기고 있었다.

"넌 새끼야, 우리가 호테이 가져올 때까지 여기서 아아나 마시면서 기다리고 있어."

M이 웃자, 다도코로도 함께 낄낄거렸다. 영춘은 애꿎은 담배만 뻑뻑 피워댔다.

"아직 조사가 안 끝났으니까, 보호소에 집어넣고 잘 감시하세요. 내일 다시 취조할 겁니다. 참, 커피 한 잔 달라고 했지. 아이스아메리카노 하나 시켜주세요. 보호실에 넣기 전에 그거나 마시게 해주세요."

낄낄거리며 나간 M이 출입국관리소 직원에게 말했다. 영춘은 담배 연기를 천천히 코로 밀어냈다. 돈 앞에 무너지지 않는 사람은 드물었다. 돈이 인생의 전부는 아니지만, 세상에 돈만한 것도 없었다. 자신도 유혹의 순간을 수없이 맞이했지만, 그때마다 욕심을 버리고 슬기롭게 극복했다.

하네다 공항을 떠나기 전, 흡연 구역에서 하시모토 상과 통화했다.

'오늘 미코 짱 화장을 할 거야. 맞아, 원래 내일인데 손을 좀 썼어. 오후 3시에 여자 노숙자를 화장하기로 돼 있는데, 미코 짱하고 순서를 바꾸기로 했어. 내일부터 연휴라 참석이 곤란한 사람들을 생각해서 급행료를 좀 줬지. 참, 준페이하고 루나가 돌아왔어. 몰골이 말이 아니야. 미코 짱 소식을 듣고 계속 울고만 있어. 유골은 준페이가 수습할 거야. 그 대신 우리는 오늘 저녁 추모식 준비에 전념하기로 했어. 그런데 모리는 어

디 갔는지 통 안 보이네. 추모식은 저녁 7시부터 시작할 거니까, 연락되면 같이 오미코로 와.'

지금쯤이면 모리의 사망 소식을 들었을 것이다. 오늘 저녁 오미코에서 열리는 추모식의 주인공으로 모리 또한 포함될 가능성이 컸다. 모리의 유언대로 후쿠시마 앞바다에 뿌려달라고 하시모토 상에게 문자메시지를 보내야겠다. 영춘은 벽시계를 보았다. 3시 50분. 지금쯤이면 비골 대신 호테이를 품은 미코가 한 줌의 재로 변했을 것이다. 이로써 미코의 복수를 완전히 마무리했다. 영춘은 의자에 등을 기대고 느긋하게 '아아'를 기다렸다.

작가의 말

화창한 가을, 나는 넓은 멍석 위에 우두커니 서 있다. 고추를 말린 멍석에는 노란 고추씨가 가득하다. 어머니는 이미 멍석 한구석에 주저앉아 고추씨를 줍고 있다. 고추만 걷으면 집으로 갈 줄 알았는데……. 저 조그마한 고추씨를 언제 다 줍지? 그저 한숨만 나온다.

잔뜩 부은 얼굴로 어머니 옆에 앉아 낡은 플라스틱 바구니에 고추씨를 주워 담는다. 이 조그마한 걸 왜 줍는 거지? 아무리 해도 끝나지 않을 것 같은 일에 화가 나고 짜증이 난다.

허리가 아프고 팔다리도 아픈데 도무지 진도가 나가질 않

는다. 고개를 들어보면 여전히 운동장만큼 넓은 멍석이 눈앞
에 펼쳐져 있다. 느티나무 아래에서 놀고 있을 친구들을 생각
하면 억울해서 눈물이 날 것만 같다. 입술을 깨물고 씩씩거리
며 작업을 계속한다.

얼마나 지났을까? 몸이 아픈 것도 부아가 치밀던 것도 다
잊고 고추씨를 줍는 일에 몰입하고 있다. 고추씨를 줍는 일 외
에는 어떠한 잡념도 떠오르지 않는다. 드디어 눈앞에 멍석 끝
이 보인다.

"수고했다." 어머니가 이 한마디를 남기고 집으로 들어간
다. 나는 내 뒤로 남겨진 넓은 멍석을 바라본다. 그 많던 고추
씨가 하나도 보이지 않는다. 끝나지 않을 것 같았던 작업이 끝
을 맺은 것이다.

소설을 끝낼 때마다 멍석 위에 섰던 느낌이 되살아난다. 수
고했다는 어머니 말씀과 함께.

책이 출간될 수 있게 도움을 주신 분들에게 진심으로 감사
드린다.

칠복신의 환영

초판 1쇄 발행 2025년 10월 24일

지은이 김이수
펴낸이 이수철
주 간 하지순
편 집 최장욱
디자인 박예진
영업관리 최후신
콘텐츠개발 전강산, 최진영, 하영주
영상콘텐츠기획 김남규
제 작 서동관
관 리 진호, 황정빈, 전수연

펴낸곳 (주)픽셀앤플로우
출판등록 제2025-000171호
주소 (10449) 경기도 고양시 일산동구 호수로 358-39 동문타워1차 703호
전화 02) 790-6630 팩스 02) 718-5752
전자우편 namubench9@naver.com
인스타그램 @namu_bench

ISBN 979-11-993934-0-0 03810